ENCROACHMENT OF
THE NEW WORLD

沦陷
新世界

吕默默
李维北
———— 著

台海出版社

图书在版编目（CIP）数据

沦陷新世界 / 吕默默，李维北著. -- 北京 ：台海
出版社，2019.7
　ISBN 978-7-5168-2384-2

　Ⅰ. ①沦… Ⅱ. ①吕… ②李… Ⅲ. ①科学幻想小说
－小说集－中国－当代 Ⅳ. ①I247.7

中国版本图书馆CIP数据核字(2019)第133573号

沦陷新世界

著　　者：吕默默　李维北	
责任编辑：武　波	装帧设计：璞茜设计
版式设计：梁雅杰	责任印刷：蔡　旭

出版发行：台海出版社
地　　址：北京市东城区景山东街20号　　　邮政编码：100009
电　　话：010-64041652（发行，邮购）
传　　真：010-84045799（总编室）
网　　址：http://www.taimeng.org.cn/thcbs/default.htm
E-mail：thcbs@126.com
经　　销：全国各地新华书店
印　　刷：北京欣睿虹彩印刷有限公司
本书如有破损、缺页、装订错误，请与本社联系调换

开　　本：880mm×1230mm	1/32		
字　　数：253千字	印　　张：9.75		
版　　次：2019年7月第1版	印　　次：2019年7月第1次		
书　　号：ISBN 978-7-5168-2384-2			
定　　价：42.00元			

"这个系列短篇集从何而来？"印象里提过这个问题的朋友、读者不少。对于一位写作者而言，有感而发、有情而写，乃是常事。此问题一直被拖到集子出版前，编辑一再让李维北和我一起聊一聊、写一写，于是有了这篇自序。

五一假期在家整理书房中胡乱码放的书堆，拿起一本史蒂芬·法里斯《大迁移》，那个被灰尘覆盖的答案被翻了出来。大约三年前，我同时在读《大迁移》和约翰·里德的《城市》这两本书。前者中文版的副标题是"气候变化与人类的未来"，书中作者用一种淡定的情绪，描述令人毛骨悚然的人类现状和未来。后者则讲述城市起源、进化、发展的未来趋势，加上那时中国的城市化进程已经到达了某个节点，我对"城"这个字有了新的理解。这个字的背后承载着人类多种多样的未来。倘若人类的发展进一步分化成以城市为单位，每一座城市在未来都有不同的发展方向，世界会变成什么模样？

假如未来人类不被允许撒谎，在一座不能说谎的未来城市里，人们会如何生活呢？这也是本书第一篇《谎言之城》的最初灵感来源。小说中，城市的居民感染了一种病毒，一旦说谎就会全身血管爆裂而死。真实与谎言，死亡与生存，主人公会如何选择？

有了最初的设定和想法，加上与李维北一拍即合。两个人对于"城"这个话题，聊了很久、很多，越到后边越激动、越开心，很快把系列的核心意象和主要内容都确定了下来。

未来城市发展是可预期的，会出现不同的发展道路和居民。该系列设定了各种各样的未来城市以及发生在这些城市中或温暖或离奇的故事。每一篇小说独立成篇，又互相联系。从中间任何一篇读起，都不会影响对整本书的理解。

集子里印象比较深刻的另一篇是《黑白之城》，一座城市里非黑即白，非对即错，没有善意的谎言，更没有模棱两可的中间状态，如此生活就轻松了吗？事实上并非如此，我们的世界并不是非黑即白的简单状态。

此外，集子里还有来自地底的城市、模拟的城市以及人工智能控制的城市等多种未来可能出现的城市。随意翻看其中几篇，会发现每一篇的主角甚至配角名字都相同，不仅仅是名字，其中还有许多伏笔。人类从何而来，将去往何处？是否我们的文明本就是一个大循环文明史中短短的一小节？这所有的秘密都将在《记忆之城》中一一揭晓。

最后，谢谢各位听我唠叨。

吕默默

2019 年 5 月 1 日

沧陷新世界

目　录

沦陷新世界

谎言之城

一

"怎么样，还是没有新作品问世吗？"

彭坦的话让我十分窘迫。自从自己一怒之下辞职，选择了自由撰稿人的人生，这才发现这条路远比自己想的更艰难。

生活上的琐碎和困境先不提，最重要的一点是灵感缺乏。整个人仿佛是一块晒干的海绵，怎么将自己攥作一团都没有一滴水出现。

之所以早晨愿意提前起床，和老友在这个左岸咖啡厅里喝一杯，是因为我心怀借助外力找到一些灵感的想法。

"诶，怎么了，别啊。大家都有这种空窗期，慢慢来吧。"彭坦似乎发现了我的难堪，急忙开解道，"很多事情并不是有才华就可以的。我这倒不是安慰你，你知道测谎机吗？"

我点点头，喝了一口没放糖的咖啡。

所谓测谎机是借度量和记录血压、脉搏、呼吸以及皮肤导电反应等由交感神经引起的生理反应，来判断正在回答问题的受测者是否说谎。此类生理反应不自主产生，由与正常数据的偏差得出结果。

彭坦哈哈一笑："不错不错，看来你没有白费时间。这些居然能够直接说出口了。是这样的，我们研究所前不久弄了个项目，测谎病毒。"

他停了片刻，让我脑子里迅速不断泛起联想。这是长久以来都没有过的，这让我有些惊愕，之后变成了惊喜。

"这款测谎病毒，我们叫它麒麟，麒麟采取的是对人体无害的病毒为母体，人为地改良后拥有了我们需要的特性。它的存在状况、活跃与否以及数量、遍布范围是我们的重要数据，通过这些能够更精准判断被测试者是否说谎。

"到目前为止，传统测谎机缺陷始终存在。江国庆案你知道吗？一九九六年九月一女童在台北市空军作战司令部营地遭到奸杀身亡。涉案士兵江国庆没有通过测谎检验，这是导致一九九七年八月他被枪决的重大原因之一。直到二〇一一年，真正的犯人许荣洲才坦诚自己是真凶。理论上说，通过练习是能够规避测谎机的。麒麟不同，它根植于人体，每一个细小神经反应、肌肉收缩都一览无余。"

他喝了口茶，我等了很久都没有下文。

"这就完了？"

老友笑了笑："许安啊，这是科学。科学没有你构建的世界那么多意料之外的神奇，它最重要的是严谨。不出错，按照设计运行，这就是很好的科学产物了。现实有时候就是这么无趣。如果能够真正做到这两点，我相信科学院有人会愿意给你的设计买单。"

我仔细一想："那么这病毒和传统测谎机有什么不同呢？不过都是凭借数据罢了。从研究的角度来说，也许以后会有个稍微精准一点的过程罢了。可是成本不低啊。"

彭坦笑了笑说："没错。可是有的事总是不像它看起来这么简单，接下来的故事你大概会很喜欢。在这之前，我要说一个人，他叫李安琦，是我们那儿曾经的天才新人……"

二

研究所来了个新人，叫李安琦。

他是少有的研究生毕业后直接被推荐到研究所成为正式副研究员的年轻人，出自某 985 大学。研究所本来就不像很多人想的那么高端，特别是对大多数人来说，基本就是待在实验室，翻翻文献，研究下文章上上网。等待需要你参与专项研究的时刻。

李安琦和其他人不同。

这小子一来就风风火火，每天忙里忙外，没到一个月捣鼓出了个项目章程交给主任。就在大家以为他要吃瘪时，主任宣布新项目已经过审核马上启动，一纸通知下来，正是以李安琦的设计为雏形的项目。

顿时所有人都大吃一惊，明白这小子是有真货。

以前还称呼小李什么的，现在就变成了直呼名字。年纪大一点也亲切叫他小琦。人与人相处就是这样，一个简单的称呼就能够看出互相之间的评价和地位。

不止如此，他同校的女朋友夏蝉也跟着来了本研究所。她眉目清秀，长发飘飘，惊艳了整个实验室。不少做研究的女性都因为过于投入事业，显得女性的一面比较淡薄。夏蝉不同，她和外头的职场女孩没什么两样，每次都打扮得漂漂亮亮，哪怕是一身白大袍也能够穿出模特的感觉。

加上她性格谦和，待人温柔，没有人不喜欢的。

同事们都说，超级新人李安琦，研究所之花夏蝉，天造地设，金童玉女。

可惜这对神仙眷侣没有持续多久。

李安琦先是有些不对劲，整个人少有地频繁走神，精神也越来越差，失去往日满满干劲。本来夏蝉应该这时候照顾和安慰，她却离得远远的，刻意避开和他接触。哪怕两个人同在实验室都在尽力避免。

纸包不住火，李安琦和夏蝉的分手终于被大家知道了。

说分手也许是一种对他的安慰，其实他是被甩掉了。夏蝉的新男友也身处研究所里，正是主任本人。

大家一时间都无法接受。可再一对比，有些东西就显露出来了。

首先主任年纪不过四十出头，还在年富力强之时。可以说是一个男人最美妙的时候，事业高峰，病痛还无法阻拦他继续前进的脚步。李安琦的确是个超级新人，只是天才实在太多，每年总有很多能干的年轻人在日子消磨和重重磨难中失去往日光彩，泯然众人。充其量，李安琦算是一支有可能大放异彩的股票，而主任却是稳赚不赔的强力臂膀。

不到三十岁的夏蝉却也体会到了生活的艰辛，浪漫和年轻并不能阻拦现实的重重苛刻。选择一个更能够依靠的肩膀并不是什么错误。

研究所里，一时间气氛变得微妙。

彭坦本来以为李安琦年轻气盛，肯定会要求调到其他地方去。没想到这个年轻人过了一个月就调整好了自己，重新投入到工作中，其疯狂程度比之前更甚。

接着"测谎病毒"项目就提出来了。计划书上，他写的是为了能够精准化定位，弥补测谎机实用上的某些缺陷。

看到这个企划后彭坦是很失望的，里头完全没有什么天才设想，不过都是老生常谈的东西。通过病毒将人体变成一个容器，病毒会因为人体的体温、各种激素分泌比例与增长协同变化。实验体表现出的特征是会短暂血压升高，血液流速增加，局部表皮薄弱部位会血管痕迹加深，看起来就像红墨水进入人体一样。不过这会迅速消退，对于人的最大影响不过是血压升高，并无其他危害。从这东西的水准看来比自己都不如。

可让人大跌眼镜的是，这份项目书竟然通过了！主任眼睛都没眨就去主管部门给申报了下来。

彭坦第一个醒悟过来。

高啊！

主任以此举动向所有人说明，自己绝不会因为私事为难李安琦。不止如此，他还会大力支持李安琦的研究。这样一来，背地里的"以大欺小""巧取豪夺"的话也就不再有那么大的说服力。

同时，夏蝉心中的芥蒂也可以稍微缓解。至于主任有没有对于李安琦发自内心的愧疚，就不得而知了。

听到这里，我有些心中不舒服。

因为和原单位的老总争执，我拒绝欺瞒客户、做一手买卖就断的战略。没想到老总借此机会直接在会议上说我和公司的利益不一致，拍桌子点名让我停两个月工作反思。

我思考了一番，决定辞职。这样的理财融资公司，待着也没有意思。只会将钱绑在自己所有原则之上，让自己一步步走向泥沼。

辞职手续办理完毕之后，人力负责人才悄悄告诉我，原来老总早就看我不顺眼，这次不过是他设的局。办公室政治让人浑身疲劳，提不起力气，只是深深厌恶。

没想到我一直以为较为单纯的研究所也是如此。

一时间我觉得咖啡也变得没有味道。

"看来搞研究跟职场差不多了，真无聊。"

彭坦摆摆手，突然指着咖啡厅玻璃墙外说："那个人怎么了？"

三

我们俩赶过去时周围人都还处在远远观看状态。毕竟真实世界凶险，任何举动都需要谨慎。扶老人被讹上的事情还没走远，善良的成本不低。

倒在镂空地砖上的是一个身着西装的中年男人，头发三七分，他瘫倒在地，浑身抽搐。就当我准备用手去碰他时，彭坦皱眉说了声别动。

我生生停下了手。

他到底是生物学博士，专业方面远不是我这个只会写故事的人能比的。

"你先打 120，我先来看看。"

彭坦从公文包里摸出橡胶手套戴上，然后他探了探这人鼻息，又在心脏位置摁了摁。我这时候来不及多看，对着电话那头说："这里是盐道大街 105 号左岸咖啡厅，门口倒下一个男子，原因不明，现在还在抽搐……"

就在我打电话的过程中，有呼叫插入进来。我看了看是蓉蓉，一把挂掉。

120 那头还在问："喂，喂，听得到吗？"

我还没开口，蓉蓉又在呼我电话。这让我心烦意乱，接通她的电话说："有空了再说我们的事！"

然后我果断挂掉，继续同 120 详细描述这边的情况。

不知道什么原因，120 隔了十分钟都还未抵达。

周围围观的人已经凑拢过来，好几个都朝我问这问那，问我和地上男人认识与否，问出了什么情况，问彭坦是不是医生，我解释得口干舌燥，却换来不少怀疑的眼色。

这时候我发现倒在地上的男人鼻子、嘴角都流出血来，样子十分凄厉。实地看到人几窍流血还是第一次，竟然让我这个写故事的人有些慌张，非常想要用纸巾给他擦一擦。

"别动。"

彭坦又强调了一次，声音更高了一些。

他蹲下身子，轻轻抬起男人的右手臂。在男人虚握的拳头中有一个小巧电话，样式颇为古老，几乎是十年前的按键功能机遗老，彭坦费劲地从他手里取出来。

"许安，给他家人打电话通知一下吧，他已经没有呼吸了，他的家人需要知道。"

我翻开他的电话簿，映入眼睛里是一长串未接电话。同一个号码，却没有标注来电人的姓名。我打了过去，是个年轻女人的声音，极为娇嗲。

"喂喂，你还没到啊。"

我才说了一个字，对方就警觉地挂掉，慌慌张张补充了一句你打错号码了。

我往下翻了翻，下面第一个有名字的标注为老婆。

铃声之后那头几乎瞬间接起电话，也是个女性："怎么了？工作临时有变化吗？不出差了吗？回来吃饭吗？我做了你最想的……"

我屏住气说："对不起，你丈夫可能死了。"

那头传来碗碟摔碎的声音，女人停顿了两秒，声音变得高昂起来："你是谁，为什么有我老公的电话？你胡说八道什么？"

我废了好大功夫才说服她到事发地点来。最后她似乎已经相信了我不是说笑，也不是什么骗子——从头到尾我根本没说关于钱的事。末尾她连续问了几次，你们是什么整人节目的吗？你是我老公同事开玩笑的吗？是吗，是吗？带着哭音。

我一时无言以对，只能说抱歉。

这一通电话打完我整个人仿佛经历了一次长途旅行，精神严重透支。彭坦则脸色严峻起来，仿佛是多年前大学里面对注定逃不过的期末考。

"锁骨和脖子，手指上有毛细血管爆裂的迹象，血压瞬间提升，血管痕迹加深……"

我猛地想起："这不就是你说的，那个什么测谎病毒的特征吗！"

"希望不是。我要回研究所一趟。"

他说完最后几个字就匆匆离去，甚至没和我道别。

四

我一直等到 120 和警察来到，确定死亡原因，采取录像、口供。好在除我之外还有其他目击证人，这一套在我这儿完成得算快的。

一切结束已经是傍晚。冬天冷得快也暗得急，弹弓造型的高大路灯一盏盏依次点亮，大商场都亮起了各自招牌，巨大的手机、服装 logo 和广告视频一遍遍滚动播放——里头还有我曾经公司的标示。街道中央全是来去匆匆的车辆，头尾衔接，急切地想在红灯亮起前冲破这一个路口。

我看了看手机，八点三十二，时间已经过了我往常晚餐的时段。除此之外上头还有一个蓉蓉的电话。

她是我的女友谭蓉，我们相恋八年，距离结婚只缺一个契机。现在我们住在一起，正为婚后的生活做着相互的磨合和尝试。她是个好姑娘，体贴，容纳我的任性，没有对我要求太多。这一点我无数次感谢上天，她总是笑我笨。

当一个家里蹲男人的老婆，蓉蓉压力其实也很大。每次旁人问及我是做什么工作的，她都能够以传媒或者娱乐业掩过，刻意露出的笑容每每让我自愧。不过即使如此她还是坚定地拉住我的手，她是我的天使。

我正准备给她回个电话，为之前的话抱歉，事关人命，大概她会理解。

这时候彭坦突然给我打电话。

"许安，你听我说。"

他声音有些喘，似乎才进行过剧烈运动。

"去买防毒面具吧，最高配的那种。快去，快去！"

我一时摸不着头脑，说："你慢点慢点，怎么了，怎么了？慢慢说，说清楚啊。"

那头彭坦仿佛终于停下了步子，声音总算平稳下来。

"你说对了，病毒有问题！他妈的李安琦。"他少有地爆了句粗，"……我回去翻阅了李安琦的测谎病毒资料，仔细查阅了几遍终于发现了一些细小问题。追着这些问题，我去实验室看他的样本。发现根本不对，他描述的是一种东西，样本又是另一种东西。简单来说，李安琦骗过了我们，狸猫换太子，研究的是一种只有他一人知道的病毒。

"我查到了他的共享文献痕迹，一番跟踪发现，他对所谓测谎病毒的要求有三个反复查阅强调的特性：及时性，传播性，繁殖性。不用其他，光是从这三个词我就判断这绝不是什么用于测谎的病毒。

"随后我调用了他的数据库，结合了一个小实验。我得出了一个结论：这是一种杀人的病毒。它的触发机理恰好就是利用人体的指标作为触发器，一旦达到它所要求的平衡数据，病毒就会开始破坏机体，迅速将人毁掉。

"触发器就是说谎。说谎造成的生理波动恰好都处于这种病毒的触发区间内，极为精确。我几乎可以肯定，麒麟就是一种为了屠杀谎言者的病毒！"

我整个人愣在当场。

说谎，也会害死人了吗？为什么会有这么可笑的事情发生，这样做有什么意义。

彭坦继续在梳理："今天那个男人的死也是如此。你打电话时我听到了，大概意思是那男人骗了妻子外出什么的，其实是和情人约会吧。恰好和麒麟病毒契合，他的特征都完全符合，只是李安琦的报告上将致人死亡这一点完全删掉了。

"理由我只能想到一个，主任和夏蝉的事情对他的打击。所谓天才大多数都是些偏执狂，因为不会理会世俗人的干扰，他们能够最大限度地将自己的生命投入到感兴趣的领域里。加上他们本身的高智力与狂热，才能够诞生出无数改变世界的东西。

"一旦天才认定一个方向，几乎说得上没有人能够将他逆转回来。

"也许这么做早了一点，不过早作准备总是没错的。去吧，快去给自己和谭蓉买防毒面具。找你最近的地方，快去。这个消息封锁不了多久，很快都会陷入恐慌，快去！迟了就来不及了。"

我放下手机，深吸一口气，朝最近的蓝色海王星辰招牌跑去。

我变成一头误入城市的犀牛，在各色霓虹中飞奔，推开闲聊的年轻情侣，跳过婴儿车，踢开横拦在路上的自行车，没有任何东西能够阻挡我。

<h2 style="text-align:center">五</h2>

药房里找来找去都只有口罩和板蓝根，最后我咬咬牙买了 3M 口罩二十个，让两个女性店员十分惊讶，急忙问我是不是出了什么事。她们很敏锐。

我敷衍说没事就是家里小孩咳嗽。离去前我回头瞥了一眼，看到俩人都在急急忙忙打电话确认。彭坦说得对，这种事情无法藏太久。我得赶快！

好在网络还是通的，我查了一番在附近找到了一个户外用品折扣铺。守店人看起来恹恹的样子，几乎没有什么人上门。我冲进去将卡丢给售货员，问她有没有防毒面罩。

拿到面罩回到家时已经是十点了，门口保安看了我好几眼才放我回去。我却没有一点睡意，在生存面前倦意已经不足挂齿。一路上我不停地给彭坦打电话，可对方老是处在通话状态，根本接不进去。

我也想到了，这时候研究所肯定是忙得热火朝天，研究员们都因为突如其来的情况而乱作一团，无数事情需要彭坦来处理。

这是我第一次穿鞋走进家里，蓉蓉看着我这幅风尘仆仆的样子，眼里竟然露出一丝害怕，小小退后了一步。

"许安，你怎么了？"

我拿起桌子上的玻璃水罐仰头喝了一大口，用袖子擦了擦嘴："先别问，收拾东西，快。"

"许安，你别吓我。你到底怎么了啊，有什么事不能坐下来说吗？出什么事了？"

她似乎被我少有的严肃和坚决吓到了，眼里全是担忧，可就是没有行动起来。

我将防毒面具丢给她一个，隔着远远的说："城里现在病毒泄露了，会死人的病毒。"

蓉蓉愣愣看着手中的防毒面具，有些不敢置信。

"你开玩笑的吧，许安，你别吓我，有事你告诉我啊，你别这样，你别吓我啊。"

她那副样子也是正常。不少创作者因为抑郁后来发了疯，到处都在报道这种事，可对于创作者的作品和他奋斗的历程却只字不提，让人对于跨出普通工作的人有一种偏见。

我不得不让她坐下来。

简单将今天的事情讲了一番，关于病毒麒麟成因和具体原理就略去，现在我们只需要知道这东西会致命，是杀人之毒就好。其他的完全是浪费时间。

面对这种大规模传染性病毒时，大城市反而是累赘，密集的人口与四通八达的交通枢纽简直就像是一个为病毒设计的母巢。我决定带着蓉蓉回老家四川的乡下避一避，大多数人进城务工，那里人不多，空气好，除了不是很方便其他都不错。

随身的东西越少越好，换洗衣服有两套就好，带上各种证件和现金，以及信用卡和银行卡。我拉上旅行包招呼她快走。

然而女友却不想走。

"许安，我想了想，还是算了吧。什么事情都还没确定，不能因为彭坦的话就慌慌张张跑来跑去。万一是他看错了呢……你不会是和我开玩笑的吧？"

她小心说着，双手不停捏来捏去，眼睛不敢看我。

我突然想起曾经的一件事。

去年有天我想要写个逃难的故事，可怎么写都无法写出那种恐慌和不安的情绪来。于是我脑子里想了个怪办法。我吓唬蓉蓉说我写故事不慎得罪了一个大人物，他扬言要将我在这个城市除名。拉着她坐飞机跨越了大半个国家，我如愿写出了那篇文章，还拿了个小奖。蓉蓉却气得够呛，好久都没理我。

"不是，我以人格担保，这件事绝对句句属实！"

我急得不行，恨不得把今天发生的事情掰碎了给她看。

蓉蓉犹豫了下摇摇头："许安，无论发生了什么事。我爸妈在这里啊，我不能抛下他们不管。不行的，我不能离开这里。"

我顿时有些丧气。对啊，蓉蓉家在这里，她怎么能够放弃父母和我一起逃走？而我有足够的力量带她们一家走吗？

警察可以警车开道，司机熟悉路况，安检员能够利用便利，检票员或许可以内部搞到一点票，我这个故事家实在是没有一点点好处。既没有强有力的臂膀，也没有身份上的权利，唯一能够做的就是胡思乱想。一瞬间，无比巨大的挫败感击中了我。

可哪怕是如此无力的我，也想要做点什么。不是因为大男子主义，或者想要表现英雄气概，只是因为——

"我爱你啊。"

我一辈子从没说出过这句话。因为我觉得语言是有魔力的，请稍微容忍下我这样的大孩子吧。越是珍惜的东西，我越是放在心底。我就像一个老财迷，一辈子的积蓄其实都是为了仅仅一次的挥霍。

蓉蓉似乎也明白我话里的含义了，她用力抱住我，仿佛安慰一般说着。

"我也爱你，许安。"

听到这句话时，我突然全身充满了力量。责任让人坚强，我再一次切身体会到这样的奇妙魅力。就在我体会着五味杂陈之时，彭坦的电话来了。

六

他带来的不是好消息。

"我们研究所已经彻底确认，实验室存放样本的地方被撬开了。这件事基本上已经确凿，逃出的病毒正是真正的'测谎病毒'麒麟。李安琦利用项目研究的经费，进行着反社会的研究，他本人逃逸，现在我们还没有找到他。刚才我接到主任电话，那一例我们目睹的死者已经被确定是非正常死亡，基本上就是病毒所害。"

他那头的声音极为疲倦："你要记得，尽量注意不要激动，保持平常心。减少与人的接触，还有蓉蓉也一样，你们俩待在家里，小心可能的暴乱。"

我正要回答，扭头一看蓉蓉已经软软倒在地上。

我赶紧将她扶起来靠在沙发上，她整个人还在轻微抽搐，眼皮跳动，正在经历莫大的痛苦。她手臂上的血管的颜色正在越来越明显，发出轻轻的痛苦呻吟。

我疯狂大喊："怎么办，怎么办，怎么救这种情况？"

那头彭坦有些没听懂："怎么了许安，你好好说，到底怎么了？"

"谭蓉，谭蓉昏迷了。她眼皮跳，浑身发抖，怎么办，怎么办？"

那头是急促的呼吸。

"救她，救救她啊，救救她啊！

"不是你们研究出来的病毒吗，给我说啊，要怎么做，压迫心脏还是吃什么药，怎么做能让她没事？暂时性恢复也好啊！"

我徒然地在话筒上嘶吼，那头彭坦一言不发。

终于有了回应，他说得很轻："现在没有解药。"

我扭过头来，谭蓉的鼻孔和嘴角已经在渗出血来。我摸了摸她的嘴唇，鼻息已经没有了。我整个人仿佛被掏空了，没有了五脏六腑，空空如也，什么也不想。脑子里只是反复出现谭蓉在我旁边倒下的画面。

再次从颓废中醒来已经不知道是多久之后了。地板上我的手机还在响个不停，灯一闪一闪就像火光，我接通，是彭坦的声音。

"对不起，我无能为力。"

我想说句没事，却发现喉咙干得厉害，嘶哑着嗓子说："我想要出城。"

那头的彭坦不同意："现在待在家里最安全，出门传染和遇险的机会非常大。还是好好待在家里，等待事情的解决吧。"

我笑了笑。

很多事在正常状况下也许他说得很对，不过作为一个写故事的人，就是不断去探求那些极有可能发生的"非正常事件"对于人和社会造成的冲突和影响。在彭坦看来，这是一个新型的传染病，充其量是加强版。

可他没有料到这些带来的连锁反应。

第一，死者已经出现了，传染者不断在增加，短时间根本无法确定这些传染者是谁，去过哪里。根据这款病毒特别讲究的传染性特点，极有可能很快整个城市都将被病毒充斥。无人能够幸免。

第二，传染性病毒会造成人群恐慌，继而商店关闭，物资紧缺。面对如此状况，肯定是全城紧闭，避免传染人群外漏的。那么水、食物必定会被哄抢，特别是在这么多人口的大型城市里。一个人待在家里，四下无援，无论怎么看都不是好事。

第三，最重要的一点，我毫无疑问是造成蓉蓉死掉的直接传染者。我尚且没有接触过尸体，而更近距离的彭坦更是无法避免。我们这样的传染者，待在这里不过是等待死去。

不论平时道德感多么强烈，面对求生欲望时往往都会不堪一击。

彭坦听了我的话，沉默良久同意了。我们俩约在南二环一个废弃的停车场见面，我等了很久才看到他的大众车。不说二话，我跑过去看了看，四周没有可疑人物让我松了一口气。

我拉开车门，将背包丢在后座上，熟练地拿起他的香烟，用车载点烟器点燃。上一次抽烟还是因为忧虑怎么追求蓉蓉。

"事情怎么会变成现在的样子？我甚至不敢报警，只能将蓉蓉放回床上……"

他却没有回答。

我拍了拍他，彭坦整个人顺势倒在方向盘上。他似乎极为疲倦，努力睁开眼皮，可是始终不行。

"许安，你听我说。"

听到这句话时，我有种莫名的慌张。

"我不行了。"他眼皮开始跳动，"你知道我是怎么中招的吗？我在车上接到了我妈的电话，她又问我找到对象了没有，我顺口就说了个谎……哈哈哈，真是讽刺。其实，除了父母之外我最对不起的是你。"

彭坦吃力地从怀里摸出一支香烟，用嘴咬住，我给他点上火。

烟雾从红色的烟头上慢慢逸散而出，我们在车子里吞云吐雾。

"蓉蓉和我发生了关系，好几年了。"他艰难地说着，"我们骗了你。本来还准备慢慢让她和你以相处不合适分手，没想到遇到了这种事……

"恨我吧，没事，趁着我这条命还在，随便打。"

他说话很艰难，最后烟嘴没有咬住，落在了变速器的扶手上。以前彭坦最心疼的就是这辆车的真皮外套，哪怕变速器扶手上都包裹得十分精致。我赶紧把烟捡起来塞回他嘴上。

"后座上，有个包裹。是李安琦留下来的，我撬开了他实验室的保险柜才找到的。有可能是某种解药。记录本上写着药效和时长，无法保证能起到足够作用。不过至少是一个希望。"

彭坦的声音已经越来越微弱，我不得不将耳朵凑近，才能够听得清楚。

"上级让我们转移，城北大桥外有人接应，你拿我的证件就行……"

烟头燃尽，不知从哪里刮来一阵风，将长长的黑色灰烬吹落。

再一次，落在他最心爱的变速器扶手上。

他停止了呼吸。我将他的烟头和我的一起，丢向窗外。

七

一路向北。

大学毕业我就拿到了驾照，每次年检我都认真去做体检，可是我没有开过车，哪怕一次。因为我害怕车，害怕它的速度，害怕它的冰冷，我总是会臆想自己某一天撞飞一个无辜的路人或者一个听不到喇叭的老人。

今天却不得不开车了。

松开手刹，踩离合，挂挡，踩油门，车子缓缓在路上前行。

自昨天和彭坦在左岸开始，到现在已经超过了二十四小时，我没有一点睡意，脑袋斜上方的后视镜里是我充满血丝的眼睛。我家住在南三环外，只有那里的房子我和蓉蓉才凑得够首付。现在几乎是要穿城，我怕自己生涩的车技在高速道上被识破，于是只好硬着头借用GPS去穿那些迷宫般的小巷。

一路上没有人拦过我，哪怕我有两次跑出车道，撞翻了一垃圾箱。

城里已经骚动起来。到处都是人，扎堆的人，站在阳台上的，走出门的，还在观望的，有的站在外头在说什么，更多的是闷头赶路，坤包，手提包，双肩包，箱包。城市变成了一个巨大的蚁巢，当洪流来临，你才会惊讶，这么小小的一块地方竟然生活着那么多的生灵。

人真是一种卑微的生物。

警察们手提防爆盾，头戴头盔，形成了人墙，帮助一些店主关门，将物资集中在警车上。更多的是在维持秩序，让堵车的各路车主不要乱，制止那些插队和想要涌上来抢购物资的先觉者。口哨和叫骂此起彼伏，让人莫名焦虑。

我看到路上好几个平时播放广告和 MV 的 LED 屏幕上都在播放同样的东西。本市宣传部门的新闻发言人在里头郑重强调：请市民朋友不要相信所谓"病毒"谣言，目前我们正在排查，相信用不了多久就能将这件事彻底澄清。请大家对我们有信心，对我们这座城市有信心，谢谢大家。

沿途都是他的声音，一次次重复，仿佛是大山里无法溢出的回声。里头还同步播映城市领导者们组成了纠察小组，正在紧锣密鼓就这次事件轮番调查。

可惜这些措施用处不大，恐慌在无声蔓延。我在接近一环路老住宅区跟着前方车辆开了十分钟车，移动差不多一百米。可我已经注意到，好些开始还满不在乎的年轻人脸上已经变得凝重，不是在打电话通知亲友，就是飞快上下楼打点行囊。看热闹的人越来越少，不少商店都悄然拉下卷帘门，餐馆咖啡厅也挂上了 close 的牌子。

有一个人流血倒下了，依旧是我眼熟的倒地抽搐。

所有人都吓呆了。说谎是人社会生活的本能，不断有人在倒下，抽搐。从来没有人见过这种怪病，以前沸沸扬扬的非典也好，禽流感、埃博拉也罢，至少有个发烧虚弱的过程。可这种东西仿佛根本不需要时间催化，就像某种一触即死的恶毒，根本让人无法防御。

倒下人的区域变成了所有人心中的禁区，本来就狭窄的街道由于这些位置的清空变得更为拥挤。

警察和医生根本救治不过来，仿佛是多米诺骨牌，一个个因为某种契机相继倒下，到后来已经变成了警察武警消防的社会秩序之墙和人类恐慌逃窜的冲突。曾经无数人拼命想要挤进来，在这座城市定居生活，规则将大多数人拦在外头，现在相反，众多居住者疯狂想要逃离，却被城市的规则之墙阻挡，无法逃出。

市民们拼命想要逃离死亡之地，警察们却得到命令必须阻挡，不得让慌乱弥漫。一时间双方剑拔弩张，叫骂声，惨叫声，哭泣声不绝于耳。

我弃车步行，车子已经无法再挪动分毫，唯一可以依仗的就是脆弱的肉体。在我的背包里装着彭坦的希望，而他永远地躺在了车子的真皮后座上，就像只是一场烂醉的离别。

这些都曾经是我最想要的体验，唯有真实才是一个作家的灵感之源。他可以奇思妙想，神游万物，可最终无法触及人类灵魂和痛处的作家终究登不上大雅之堂。超于现实，虚幻的笔触，都不过是为了描述真实的经纬。

我真正处在其中却一点兴奋也没有，只有说不出的难过。灾难击碎了人类的尊严，剥夺了文明的礼帽，眼前的情形让我想到曾经看过的动物世界。

非洲草原上羚羊群疯狂逃跑，激起漫天尘埃，却还是一只只被猎食者缠住撕裂。

我以前认为这正是大自然的壮美之处，将力量与生命赤裸裸摆放在每个人的眼前，告诉所有人这才叫生存。然而羚羊呢？作为羚羊的我，只有恐惧与哀鸣。

当我面对无数次梦中想要看到的东西时，却无比想念以前。

拥挤的街道，无奈却又井然有序的车辆洪流，旁边的小菜馆、小吃店、路边摊散发出迷人的香气。学生们三两成群还不知道未来有什么在等待自己，上班族将努力变成年复一年的信条，老人们互相搀扶，享受这座他们亲手建立的城市的绿荫。我漫步在街头巷尾，依旧在纠结于自己的新构思。

平凡的生活，多好啊。

八

暴力正在城市绽放。不少人为了能够逃生，将先祖曾经的爪牙再次武装，拿起各种可以恐吓对方的东西，想要杀出一条血路。任何阻拦自己路线的，垃圾箱、车子、男女老少都是敌人。

我一路贴墙而行，在离北门大桥不远处看到一个小姑娘。她年纪小小，已经有几分美人的轮廓。可惜这时候没人会怜惜，一个手持链子锁的年轻人一脚踹开她，令她头部撞在一个石梯上，流出血来。

旁边出现了一个瘦弱的年轻人，由于脂肪很少喉结格外突出，他放下手中包袱，从包里摸出一片创可贴给她贴上。然后他又想要给她包扎。

"这样做不对。"

我走了过去，拉着他们俩到了一处不太引人注意的地方。这里本来是倒垃圾的地方，好在倾倒在地的大面积垃圾足以挡住外头的视线。藏在这里，代价不过是臭一点点而已。

"首先要清理伤口。"

我撕掉创可贴，摸出随身携带的扁嘴酒壶，用白酒一点点给她清洗额头。酒味弥漫，小姑娘疼得龇牙咧嘴。

作为写故事的人，有一点必备就是对所有事都保持好奇心。急救我虽然不擅长，不过基本的还懂。

给她清理之后，我接过瘦弱青年的绷带，给她一圈圈缠上，最后将自己的鸭舌帽给她戴上。这样就不用怕丑了。

"谢谢你，大哥哥。"

"你叫什么名字？"

"叶静。小叶子的叶，安静的静。"

小叶静看起来最多不过十一二岁，整个人还处在天真活泼的状态，城市骤然大变让她有些茫然不知所措。

"你呢？"我看向青年。他甚至不知道最基本的消毒程序，不知道是根本不晓得，还是仓促间忘记了。

"我叫李安琦，一个搞研究的。"

我的眼睛停在他身上了一会儿。

"走吧。北门，北门有救援。"

我拉起叶静，带着李安琦——我的杀妻之仇一步步踏上求生之路。

长期在城市里晃荡找灵感，对于这座看起来庞大无匹的城市，我基本算得上是最清楚的那一类。至少步行的方式如此。

由于走的是偏僻小径、老旧工业区和荒芜小道，周围没有什么暴徒，叶静感到了安全，一路上话也多了起来。她问的最多的就是现在发生了什么，我和李安琦都无法回答。现在不同往日，能够随便编个谎言欺骗孩子。每一个下意识的谎言都有可能造成死亡，而我背包里还有最重要的解药，双重的重担在身。

旁边是李安琦，此次灾难的制造者。

之所以我没有暴露，和他相安无事是因为我想看看他要做什么。反而最让我担心的是叶静，我没法告诉她这种诅咒一般的病症——李安琦就在旁边，有什么后果或者是他还带着什么别的病毒我根本无法预料。

没有拆弹把握时，就暂时按兵不动。

好在叶静是个天真的女孩子，想到什么说什么，还处在童心未泯的状态，尚未抵达谎言藤蔓遍布的青春期。

"许安大哥，我们去北门干什么啊？"

"那里有救援人员。"

"那城里到底发生了什么事情？"

"有种比较严重的传染病，现在暂时还没有控制住，所以我们先带你一起出城。不用担心，一旦安全了你就可以和你父母报平安。"

叶静眉毛拧成一团："可是，我的靓仔不见了啊。"

"靓仔是谁？"

她比画了一番。原来是一只小贵宾犬，肯定是在人群暴动中和她走丢了。这种时候，自己的性命都存在问题，别说什么狗了。

可话不能这样讲。

我安慰她："没事。哥哥我是一个作家，我也常常写狗，所以比较了解狗这种动物。你也知道，狗是最忠诚的动物。它最厉害之处就在它的鼻子，能够辨别超过百种气味，一旦被它大脑记忆就几乎不会忘记。你看缉毒警察和排弹部队都是需要狗做帮手的对吧？"

叶静顿时兴奋起来："对啊，我的靓仔也很厉害的。哪怕再远，听到我的声音它都会赶来。有次它甚至追着公交追到了我学校。"

我摸了摸她的头。

"没事的，靓仔会随着你的味道找到我们的。它可是忠诚和勇猛的狗啊。"

一瞬间我仿佛听到了狗的呜咽。

叶静睁大眼睛说："听到了吗，李大哥，许大哥，狗在叫，那是我的靓仔！"

这次说话的却是李安琦，他蹲下来拍了拍她脑袋说："你听错了，我们都没有听到。走吧。"

我又回头一次，后方高楼上那面正在播放发言人安抚画面的LED大屏幕突然黑屏。虽然它尽力在避免，可我还是看到了：那个发言人说着说着突然鼻孔流血倒下了。

九

城北大桥曾经是这座城市的骄傲，建设时间之短，工程质量之高以及本身难度之大都是国内排得上号的。它跨越下方的大河，看起来就像两把合在一起的扇子，展现出数学的匀称与比例之美。

我们跟在沿途同方向的人身后，形成一股巨大的人流，没想跨过了城北大桥，迎面却出现一堵高墙。

我记忆里根本没有这么一面如此之宽的墙壁，上面还缠绕有铁丝网，一圈又一圈，仿佛在那之后就是军事禁区。再三回忆，的确这之前是不存在的。

就当我准备去触碰一下看看时，一个先到这里的老年逃难者喝止了我："别动，有电。之前已经有人试过了，虽然不至于致死，也让那个人昏迷了好一阵。"

我仔细打量了一番，终于明白了。

这堵墙是一夜之间砌出来的，上面还有新鲜的水泥味道和浓重的颗粒感。上头缠绕的铁丝网都是锃亮的，还没有经历过长期雨水的侵蚀。

那人又自嘲道："真是厉害，隔离呗。我们全部被看成了病人，这下手可真是又快又狠。除了这条路之外就只有高速，高速就别说了。水路或许可以试试，来之前听说码头也被封闭，无法进出。这见鬼的，到底是什么鬼病啊。"

我、叶静、李安琦三人走到了一个桥边角落，我将身上带的一点干粮和他们分了，走得匆忙，这些并未带太多。趁他俩休息时，我再次来到墙边。

"对面有人吗？"

回应我的是一片静默。

我又喊了声："我有上级给的通过证明，请让我们过去，有负责的人吗？"

"没用的，"之前和我说话的那位老人看了看我，摇了摇头，皱纹几乎将他的脸占满，"在你之前已经有五个人这么喊了，其中一个还说的是，我爸爸是某某市长，结果依旧没戏。他们现在好像是去找水路了。"

不可能啊。彭坦临死之前的话还历历在目，一个将死之人是没有必要和我玩这些花招的，况且他还对我有愧。

李安琦第一次主动招呼我："你过来一下。"

我发现他的饼干和巧克力都给了叶静，他自己只啃了小小的一块。与此同时，旁边一些饥肠辘辘的人也朝我们这边看过来，眼里的欲望毫不掩饰。不过我们这边到底有两个成年男性，他们打消了念头，寻找起更弱的对手。

"你叫许安对吧？"

我点点头，这是我之前自我介绍过的。

"我叫李安琦，是你朋友彭坦的同事。"

他的眼睛依旧平静。

我有些猝不及防，原来自己一早就被对方识破。

"不用担心，我只是告诉你一些事而已。你背上应该有彭坦留给你的东西吧，是不是我留在实验室里的那个包裹？"

我脸上放松，心中却暗暗警惕，提防他一时暴起抢夺。

李安琦为表示自己的无害索性盘腿坐在了地上，他看着桥对面不断开过来的车，慢慢挪动过来的拖家带口的人们，叹了口气。

"对不起，没有什么解药。"

他接着说："那不过是毒药，留给我自己的准备在研究所自杀的。无论怎么说，这些都是我做的。我犯下了弥天大错，一死了之也许是对自己最大的仁慈。你不信吧，你可以打开盒子，里头有个银色金属圆筒，密码是1203，打开后你就知道了。"

我半信半疑地翻开背包，打开里头和他说的一模一样。他那副样子害我也没有什么好处，于是我咬牙输入了1203，里头弹出来一罐可乐。

这让我有些意外。甚至我朝里头又看了看，空空如也，只有这一罐可口可乐。

"我和夏蝉认识就是从可乐开始的，日期是十二月三号，里头被我注射了神经毒素，除此之外和其他可乐没有一点不同。你别忘记了，我们都是不能说谎的。"

对，我差点忘记这点。一旦说谎就意味着可能立即死亡。任何人，哪怕是疯子也是会珍惜自己性命的。

叶静倒是一点也不吵闹，她吃得很专注，看来是个牙口很好的小姑娘。

"许安，你能明白那种感觉吗？离未来，离幸福只差最后一厘米，好像所有美好的东西都放了你的口袋里，你只需要每天按时拿出来，就能够享用一辈子。可是，世界是残酷的。无论是科学还是你们作家写的故事都是这样吧。太容易得到的东西总是很容易失去，可我不懂，我们都这么拼命努力，为什么还是不行？"

他声音激烈起来。

"我懂。"我看着大桥上，那里已经没有往日的井然有序，只是一群逃难的动物，不顾老幼，拼命向前。

"为了更好的生活，这是夏蝉给我的理由。"李安琦眼神迷茫起来，"人的一生就和现在的科学体系一样，曾经以为经典力学永远不会破灭，可量子力学一出现，过去的真理仿佛尽数都是可笑幼稚的。在某一个尺度范围内，人也许觉得已经不错，可一旦让他看到了更高一层的未来，是无法忍受这种触手可及的诱惑的。

"那不仅仅是一点点的生活质量提升，那是一个全新的世界。"

李安琦喃喃自语："我只是最无法接受，夏蝉说，她离开我是为了我好，她还爱我。哈，还爱我，还爱我为什么和那个男人一起。那个老男人也说，李安琦啊，你还年轻，未来还有很多事可以慢慢补偿，他也经历过我类似的年轻时候。夏蝉说谎，死掉了，那个老男人竟然还活着！他对我说的是真话，哈哈哈哈，我的敌人竟然从未骗过我？

"我不需要补偿，我就想要现在啊，我就想要夏蝉和我一起慢慢变老！"

他捏着拳头流下眼泪，就像一个第一次被女孩子抛弃的中学生。

这种感受没有人比我更了解了。

我的好友和我女友有一腿，而我什么都不知道，当了几年快乐的乌龟。然而他们计划着将我变成第三者。是不是蓉蓉也觉得，和彭坦在一起，能得到她更想要的好的生活？他有稳定的收入，有房子，还有那辆大众车。

我写的故事常常如此，美满的家庭总有暗流涌动，看似相敬如宾的夫妻却都在互相背叛，最好的朋友却是宿命的对手。本以为这些事只是会出现在电视上、故事里，现在它们却像是对自己的无形嘲弄。

这本就是上天给我的暗示，我却以为这不过是才华换来的一点稿费。

李安琦站了起来。

我微微退后半步，在我眼里他依旧是个危险人物，随时有可能精神失常或者做出危险举动。人到末路是什么事情都做得出来的。

"许安，知道为什么你拿着彭坦的通行证也过不去吗？"他嘲笑般看着我，"因为，这本就是一个谎言啊。"

我冷静反驳："不可能，彭坦我还是了解的。大事件他很少掉链子。"

趁此机会我将叶静拢在自己身后，小姑娘有些看不懂，眼神在我和李安琦身上来回游动。好在她的巧克力还未吃完，还分不开神提问。

李安琦笑了声："彭坦自然是没问题，他现在大概已经死了吧。不过我说的是其他人啊。我为什么拖到现在才走，就是因为临走之前我黑进了主任的通话记录，发现那头已经改变了计划。最新命令：本市方圆五百公里内都将被作为感染者肃清，鸡犬不留。"

他得意地笑着，仿佛这一切都是自己的杰作。

"小姑娘，明白吗，一切都是谎言，我们都逃不过去，都会死在这里！你这位许大哥假装救你是为了能够接近抓我，我则是因为你长得像我以前的女朋友罢了。不信，你问他啊。"

叶静鼓起勇气看了看我："许……许大哥，我们会死吗？我妈妈会没事吗，能找到我吗？"

良久，我不敢和她对视。

李安琦脸上露出恶毒的笑容，可当他面对叶静时脸上又一阵痛苦，最后奇怪地平静下来，少有的温柔起来："叶静……你爱的人会来找你的，哪怕千山万水。"

他眼里被眼泪蓄满，他还是当不来一个纯粹的恶人。

"许安，你明白了吗，这就是谎言啊。你永远不知道对方哪一句是真，哪一句是假。记住我的话吧，去相信人就是把自己的命交在别人手里。再见，谎言。"

李安琦走到桥边，和他最后的罪恶一起纵身跃下。

我捂住叶静的眼睛。

十

李安琦死后，直到后半夜我和叶静都没有再说一句话。中途，她的小狗靓仔不知道通过什么手段，神奇地找到了我们，让叶静好歹心情好了一些。

她放下逗弄狗狗的手，突然指了指桥上："哥哥，那边有车。"

我转过头去，看到几道刺眼的远光灯，是大块头。

这边的人都抬起头来。

随着那几辆大家伙靠近，之前大家的兴奋被浇了一盆凉水。本以为是上头派来的救助感染者的军队，没想到不过是几辆大型旧型号挖掘机。土黄色外壳已经剥落了不少，看起来仿佛是旧世界的老迈剑士，在苟延残喘的剩余日子里想要和热武器一较高下。

挖掘机想要对付这面墙的确不可能。这面墙是军队的工事修建法子，在混凝土和砖块里混入了金属碎屑，外头更是用优质铁丝网层层缠绕，别说撞击，被缠在里头还能不能启动都是问题。

第一辆挖掘机朝着这堵巨大的墙壁撞去。果不其然，本来就是老迈的机型，没动两下它就被缠在里头动弹不得，火花四溅。驾驶员飞快拉开门跳下来，逃得极为狼狈。

第二辆继续对准第一辆旁边的位置撞去，和上一位一样的遭遇。

第三辆第四辆则是将巨大的挖掘触手对准了前两个同类的尸体，举起它们的一部分残骸，对准墙壁砸下。

我们坐在地上，冷冷看着，仿佛是两头老迈棕熊正在用自己的牙齿和爪子撞击文明的壁垒。蓦地，有个汉子喊了起来："大伙儿一起加油啊！我们一起走出这里啊！哎嗨——"

那是一个粗犷的男人嗓门，一听就是没少喊过，声音沙哑，却有一股野性力量。

"哎嗨——哎嗨——"

"哎嗨——哎嗨——"

慢慢地，大家都奇怪地跟着喊了起来。靓仔也不甘寂寞，兴奋地汪汪大叫。

"哎嗨——哎嗨——"

这股来自喉咙的声音变成了我们的集结号，丢失的信仰、尊严、信任似乎正在一点点复苏。挖掘机一次次用同伴尸体作为武器，一声声巨响，让我们脚下的土地疯狂咆哮。我们不断用双手将挖掘机周围的石块清理掉，免得卡住轮胎，阻拦脚步。

"哎嗨——哎嗨——"

我们变成了这个时代的纤夫，用我们的肩膀拉住最后的希望之舟，一次次朝着岸边冲击。

不知过了多久，终于听到了久违的回应。

巨大轰鸣声震耳欲聋。

这是我一辈子听到的最好的摇滚。

灰尘满天，一点点从头降落，后面的景物慢慢清晰起来。

我们满怀期待，屏息凝神。

轰然坍塌的墙壁后，几个士兵目瞪口呆地看着我们，甚至忘记了鸣枪示警。

靓仔率先大声汪汪叫起来。我们随之仰天大叫，相拥而泣。

外人永远不知道我们干了什么。

那一夜，我们找到了久违的背靠着背的信任，这是为数不多的真实希望。

十一

我们活了下来。

听说几个大佬就驻扎在离桥不远的地方，也许那一夜的挖掘机之战让他们想通了什么。或者说，看到了某种东西。

城市在外界帮助下恢复了原样，损坏的房屋被修缮，倒塌的电缆和基站再次上岗，网通，水通，电回。我们住回了原来的地方，公交车继续游弋在城市的主干道之间，商铺再次开门，早晨看报看新闻，晚上看剧吃夜宵，似乎一切都和以往没有什么两样。

还是有区别的。

没有人敢保证病毒已经褪去，这里依旧是一座病毒之城。这是谁也无法否认的事情。在如何处理城市原住民的问题上有很多争议，最后国家高层想了个折中的法子。既然这里的人身上携带的病毒一般情况下并不会致人死亡，那么就让这些人继续在这里生活下去。

只是这里情况特殊，所以"珍爱生命，远离谎言"就变成了城市的第一标语。在未来很长一段时间里，这一点是不会变的了。

这是好的方面。

坏的方面呢。其实这里并没有比之前好太多，依旧处于全年全天无限制隔离中。永久隔离一座城市，在世界上也是第一次出现。

被我们撞塌的墙壁再次耸立起来，更高大耐撞，光是仰头看着它的尺寸都让人觉得抵抗无力，无法逾越。不过也无所谓，住在里头的人除了不能出去，其他和外面城市并没有区别。不，应该说某种程度上还有些优势。

大家都养成了戒除谎言的习惯，生活变得简单了很多，不开心和开心也纯粹得多。

电视上在播放新闻，我在电脑前写稿子。靓仔在我脚边蹭来蹭去，别的狗喜欢摇尾巴，它喜欢蹭人，也不知道这是什么鬼习惯，倒是有些像猫。

"许安，我饿了。"

自从叶静和我住在一起就不再叫我大哥了，她的父母都被证实在灾难中去世，爷爷奶奶在遥远的江南水乡，我自告奋勇当起了她的监护人。

"冰箱里有三明治和苹果片，去拿吧。"

我抓了抓头发，继续打字。

"许安，今年我们被选为全球最佳奇观城市了哦！看看这宣传语——古典神话般的魅力之都。"

我心中呕了声，这什么鬼宣传，太普通了一点。

我说："有人愿意来旅游吗？"

叶静嘻嘻一笑："依旧没有。"

她转头跑到我旁边翻起我的小说来："你这回写的什么啊？别像上次那个挖掘机大战复仇者联盟了啊。一点也不酷，拍成电影也丑死了，居然还有人看。"

我笑了笑："这回的故事，叫'夏虫不可语冰'。"

AI 之城

一

"许主席，又有两份加急文件需要您的签署。"

助理陶德依旧是不急不缓的调子，他是可以用这幅表情告诉你任何糟糕透顶情况的好助理。

许安从文件堆里抬起头，他猛地看了看旁边的钟表，还好，才睡了二十分钟。

陶德将文件放在叠起来有一米高的文件顶部："其中一份是这个月'佛洛依德'的运营报告，需要您签字然后我们马上送交证监处留档。第二份是关于反动组织黑衣社的暴动，他们一个小时前又攻击了城东区，占据了那边的一个发电厂、一个熔炉厂……"

许安不由怒火中烧："我们的警卫队呢？他们干什么吃的？一个小时就让他们占据了一个区？"

陶德继续平静地叙述："因为最近的维权问题，东区警卫队能用的只有三十五个成员，东区队长认为敌我相差悬殊，要求他们退守到中区边界线上，他本人已经引咎请辞……这是他的辞职信。"

看着面前正式的辞职信封，许安整个人反而镇定下来。

他闭上眼深深呼吸了几口。

"不予通过，让他去中区继续防守边界。"

"是。"

陶德微微颔首，快步离开房间，拉上门。

离开前他又说："关于拜访的申请已经通过，稍后通行证就能够生效。"

"知道了，忙你的去吧。"

许安站起来，揉了揉酸痛不已的脖子。

这是他成为城市执行主席的第三个月，已发生了太多的事情。

走到巨大的落地窗前面，他习惯性往下看去。

蹲坐在办公大厦楼下的人群密密麻麻，就像是一群等待号令的蚁群，他们有的举着牌子，有的拉着横幅，还有的用荧光板反射着自己的呐喊……上面写的依旧是那些字样。

"我们不再沉默！"

"我们也有生存的权利！"

"拒绝被压迫被剥削！"

"我们要通婚恋爱自由！"

在人群中混杂了几个大块头，有一个长得像是直立行走的河马，还有一个就像是一个巨大的弹力球。他们都是城市里的机器人，曾经人类的好伙伴、恋人、一生伴侣。许安还记得很多年前他第一次踏上城市的街道，他遭遇抢劫后被一个强盗刺伤，一个修水管的机器人将他抱起，迈开弹性长腿在房顶上跳跃，飞速将他送入医院。

这事他从来没有对其他人说过。

那时候的标语是"Love city, love is love"。

AI之城又叫爱之城。

虽然这里也有城市通病：拥挤、不安、惶恐、排队、竞争，然而你需要帮助的时候总能够找到那一双愿意扶住你的手。人并不是不能克服困难，他们只是害怕一个人面对痛苦的寂寞。哪怕你只是在旁边看着，笑着，他也能够得到站起来的勇气。

机器人在城市里是友好、尊重和高效的代名词。和人类一样，他们也对自己的容貌十分在意。有的走拟人风格，细腻的皮肤纹理，每一个情绪单元都让他们能够像人一样不断细微变换着，哪怕和他们春风一度你也无法判断他到底是人还是机器人——当然，这对大多数风流客来说根本不重要。

也有的走的是印象派、八十年代硬汉派、后现代派，他们将自己打扮成一个钢铁巨汉、一根会行走的电杆、一块滚动的魔方，有一段时间还有一群恶作剧机器人，将自己整容成汽车和垃圾箱的模样，当人类发现怎么都打不开门时他们突然跳起来大喊"surprise"。后来人口调查管理局不得不定下规矩，所有人或者机器人整容都必须在官方留底，不得以整容来影响他人正常生活。为此很多人抗议过——在某个小医所一夜变成王子公主的梦境破灭了。

除此之外还有餐馆问题，机器人有的装备了生物肠胃和嗅觉系统，有的则没有，所以餐馆里常常机油和奶油味混杂；同工不同酬问题，机器人永远比人类拿得少做得多；机器人和人类结婚需要进行繁琐的审查，以判断机器人不是故障或者是出于利益关系，是真正的人格使然……

这些都是小问题。

大家总是能够最后坐下来谈一谈，理清相互之间的矛盾，一场晚宴后双方又会恢复和睦。

直到两年前出现了一伙黑衣人。

他们最初只是沉默地出现在街头巷尾，分发一些介绍自己组织的资料，说大家必须意识到我们的未来是在城市之外，而不是蜗居在里头，假装什么事情都没有发生。对此很多人表示疑惑，因为城门一直是封闭状态，外面的情况大家都不得而知，要出去并不是不允许的。可决定之后就再也不能够回来，也就是说，城内城外只能选择一个。

对此警卫队还多次宣传过，一旦出城城市的防卫系统会完全抹掉该公民的一切信息，那么他连返回、和城内通信都做不到。上一届执行主席亲自出面解释过，城市是建立在地下的，外面正值战乱，不能够将外面的战火引入这里，所以出去的人会失去城市的一切信息，也没法找到回来的路。这都是为了所有人的安全着想。

先辈们在战乱中制造出这样的一个安全避风港不是用来破坏的，这是不容侵犯的最重要准则。

黑衣人们不断在人群中吸纳新人，最后发表了一个惊人的消息。

"外面战争已经结束了一百三十年了，大家早就恢复了正常的生活。外面形成了一个个小联邦，有的是机器人所建立，有的是人类做领袖，人类和机器人成了两个真正的统治性种族。在外面，你可以选择进入机器人的城市，那里规则明了，不存在剥削，而不会像这里一样区别对待严加歧视！人类城市更是有成百上千个，十万人几十万人都居住在一起。"

对于这个谣言，许安是根本不放在心里的。

道理很简单。

既然外面和这里完全隔绝，黑衣人们又是怎么知道外面的情况？既然他们能够出去看到外面的情况，为什么不直接将外面的人带过来进行贸易，这样的话才是打开封闭地方的最好办法，而不是煽动城内无知的人们。如果他们有来去自如的本领，完全可以带人出去，或者领人进来，而不是像现在这样在一旁鼓动看戏。

稍微理性想一想，谎言就不攻自破。

然而世上最让人猜不透的就是谎言，最让人无法抵挡的也是它。

一遍遍地传颂之后，竟然有相当一部分人和机器人都相信了这一点，他们加入了黑衣人组织，为了"解放"城市的封闭而战斗。黑衣人终于跳上了正面舞台，他们对媒体发声，去公共场所演讲，游行，当然管理机构对他们进行了严加控制——比如勒令他们就地解散，以妨碍公共秩序罪逮捕了一部分人。

很快双方变成了武力冲突。

有机器人的加入，战斗很快升级，从高压水龙头和烟幕弹进化到荷枪实弹，城市内局部规模化对抗。上届执行主席不得不引咎辞职，以此来缓和城市内的紧张，安抚已经壮大到无法短时间内消灭掉的黑衣社。

许安被选上主席是出乎大多数人意料的事情。

他太年轻，行事过于沉稳，缺乏资历和亮眼的举措。甚至一部分内部人员偷偷说，许安是被黑衣社扶植上台的傀儡，不过是为他们变相掌控城市做的铺垫。

许安上台之后就做出了一个巨大变革，他建议打开城市大门！虽然这需要一个漫长的过程。

没错，这是所有问题的根源。

之前的执行主席不能这么做是因为立场原因，他开门的话代表的是城市管理系统向反动组织服软，所以他不能，他辞职是代表对于市民的歉意。

许安不同。

他给出了一个全套的计划。由警卫队组成小队，分批次出城打探情况，虽然没法改变城市的屏蔽指令，却可以在被送出的地方建立一个小据点给外出人员暂居。再利用非智能的机器人来传递信息，这样就不会被城市智能系统"佛洛依德"拦截。

本次打开城门的目的是为了能够了解外面的最新真实情况，如果真如黑衣社所说，那么欢迎互相往来交流，文明交流永远是进步的加速剂。若是外面并非如此，也可以将损失减少到最少，黑衣社的谎言将不攻自破。

这个法案在内部也受到很多质疑，无论是技术环节还是对于两种情况的乐观假设都在其中。

一部分许安的竞争者也在利用这个切入点攻击他。

执行主席并非城市的绝对领袖，主要职责是城市方案的规划者、实施者，其中要随时面对其他管理机构比如说监察处等的监督，他的每个计划都需要通过投票才能够正式实施。许安在内部投票会议上强调了整个黑衣社事件的严重性，这起内部矛盾追根究底是由于人和机器人的种族隔阂和不平等问题，以及城市发展停滞导致的阶级固化问题。黑衣社不过是将它引爆的火星。

唯一的解决方法就是给机器人、普通人选择的自由。

他们可以继续对城市的未来改革充满信心。

他们也能够选择去未知的外部世界，承担外面的精彩和危险。

对此，爱之城的真正核心，超级城市系统"佛洛依德"分析之后给出了同意的建议。

和往常一样，毫无疑问的，许安得到了支持。

二

从小许安就想要看看"佛洛依德"的真容。

城市里流传着各种关于这位神秘灵魂的故事。

有人说，佛洛依德本是一个人，然而因为一次实验故障他变成了电脑系统的一部分，是他开启了机器人拥有自我的时代。他是机器人的先知，将他们从"愚昧"与"懵懂"中唤醒。否则怎么解释机器人能够具备人格？多年以前是根本没有的事情，不过是加强复杂版的锤子和螺丝钉。

也有人说佛洛依德就是城市的建立者。他构建了这个精密的城市，所有机器人都是他的化身，他将自己分割，利用不同的躯壳去体验人的生活，监督这个城市的一切，这里是他的一个试验田。

还有人说佛洛依德是一个恐怖医生，是远古时代奥地利国家的精神病医师……他通过某种古老的龟息法沉睡度过了漫长的战乱，然后再次复活。

佛洛依德能够解答一切问题，对所有分歧进行分析和投票，唯一的遗憾是，他从来不谈自己。

许安知道的是，佛洛依德是这个城市实际上的监督者，他控制着城市的安防、能源、水循环……各个系统都在他手中。看起来庞大无匹的城市其实非常脆弱，只要断电超过三个小时就会瘫痪，断水五个小时就会城市暴动。某种程度上来讲，城市就是一个聚合生命体，它体内各种精密运行的体系一旦有一个崩溃就会造成多米诺骨牌效应，令这个大型生物迅速倒塌。

关于佛洛依德对人类有害的说法，许安是嗤之以鼻的。

真正有害的东西只有危害生存的物品。

人可是为了生存连毒药都能够坦然吞下肚的生物。

更何况是一个不敢出面的佛洛依德。

下楼后许安让助理去备车，他回家是统一采用步行的，因为这样可以活动一下身体，放松大脑。

今天不行，他想要去拜访佛洛依德这周的所在地——晴空塔，一座看起来像是灯塔的地方。佛洛依德为了安全会不断转移自己的数据流，而非大多数人知道的总部鹰巢计算机中心那里。

地下停车场里今天有些暗，许安正准备打电话让人来维护一下，看看是否是照明系统出了故障。他才用语音打开了通讯录，只觉得大脑仿佛被针刺了一下，眼前天旋地转。他最后模糊想到，助理陶德有问题……

醒来时他眼前出现了两个黑衣男人。

"你好，许安先生。"

为首的男人是个光头，下巴上有一圈胡子，黑衣里是白色衬衣，身材魁梧。

光头旁的年轻人给他搬了张椅子过来，让他能够和许安面对面坐下。

"自我介绍一下，我叫彭坦，黑衣社的社长。"

彭坦笑了笑，他的声音相当浑厚，如果许安见过他绝对不会忘记这样有特色的声音。

"这是我的副手，李安琦。"

彭坦用手拍了拍许安的肩膀："一直以来我都想要和你好好谈一谈，只是每次我发给你的信息都被一些讨厌的人给屏蔽了，如果我告诉你，我是为了能够和你谈话才攻占了东区，你相信吗，许先生？"

许安更多的是不解。他动了动身体，肌肉根本不听使唤，他就像是处于酒精中毒状态，大脑清醒，身体延迟。

"哦，忘记了。给他打一针，让许先生能够说说话。"

旁边沉默的副手摸出一个针头往许安脖子上扎了一针。

十秒钟后，许安终于可以尝试着用手摸了摸自己脸上的汗水，肌肉的麻痹感消退了一些。

"你要做什么？"

他有些艰难地开口，只觉得嘴唇干得厉害。

"不不不，不是我想做什么，而是我们。许先生，我从来不认为城市里应该有分裂，分歧一定要控制在能够被接受的范围内。只是，现在有些人的做法让人实在难以再保持沉默……还记得你上一届上台后的那个'禁止通婚''禁止整容'法案吗？"

当然记得。

许安一整天都魂不守舍。

根据执行主席出台的法案，机器人和人类任何形式的通婚从此被无期限禁止，人与机器人的整容也被禁止，特殊情况的需要审核报备。他的妻子叶静只是平静地将离婚协议放在了他面前，她已经在上面写下了自己的名字。她越是温柔平静，许安越是痛苦挣扎。

如果他隐瞒，那么一旦被发现，不仅他的政治生涯会结束，还会变成一个巨大丑闻。

木然地签字，木然地去相关机构证明留档。

许安只觉得自己死了一次,身体里某种重要的东西在一点点消失。目送叶静缓缓离去的背影,他蹲在阳台上哭了一整晚。

"还在想念你妻子吗?"

彭坦笑了笑,许安这才发现他的门牙是金属制作的假牙。

"许先生,我想要和你合作。先别急着拒绝,听听我的筹码吧。我们能够提供给你的有,所有藏在你们系统内的黑衣社成员名单,你只需要动动手指,这些叛徒就会变成你最坚实的踏脚石,而那些空出来的位置,你当然就能够灵活地使用,安置自己信任的人上去。我们会立刻消失,不再有黑衣社存在。在危急时刻力挽狂澜,我想,也许你可以创造一个连任执行主席的纪录,不是吗?你可以否定前任主席的法案,将妻子接回来,整座城市里没有谁能够比拟这股力量……你是城市的英雄和领袖。怎么样?"

许安冷冷地说:"你到底想做什么?"

"我要的很简单……我要……佛洛依德。"

彭坦眼里闪过一道凶光。

"他是一切的根源。"

"在此之前……"

彭坦脱掉衣服,外套、衬衣,随意丢给一旁的小弟李安琦。于是露出赤裸的胸膛。他用手摁住左胸用力一拉扯,一整块皮肤就被血淋漓撕裂开来,血迹下面的金属板暴露出来。李安琦朝外面招呼了一声,一个医生模样的人就跑进来给彭坦缝合胸口的撕裂。

"我是一个半人半机器的怪胎……有时候我自己都不知道,是我的大脑决定了我的行为,还是我的四肢影响了我的大脑。总之,我就是这样一个两不像。"

指了指大脑,彭坦笑了笑:"大脑倒是没问题,不过……现在我也不确定了。在你眼里我一定是个疯子对吧?这并不算什么,那是因为你不知道佛洛依德到底是什么样的东西……"

医生的缝合手法十分纯熟，几下就恢复了原状还止了血，彭坦套上衬衣。

"听我说，你以为外面的事情都是我瞎编的吗？你并不知道外面发生了什么……在很久以前，有一个巨大的城市，那里只有一个程序，能够预言一段时间内各种事情的发生，那时候各个国家还在，他们定期会拜访，就是为了'占卜'国运。那座城市的设计者这天偷偷招募了一个新人……"

预言之城毁灭，新人恰好变成了一个可怜的只剩下一半机器人的人格启蒙者，于是机器人崛起的时代降临。

"那个幸存的机器人，就叫佛洛依德。"

他语气笃定坚决，细节很多，不像是胡乱拼凑而成。

许安快速消化着这个消息，嘴上依旧保持怀疑："你的意思是，佛洛依德开启了外面的战争？"

"没错。他不仅开启了战争，还是人类的毁灭者……知道他为什么会躲在这里吗？"

彭坦脸带嘲讽："因为他也面临每个大人物的背叛。他的领导者地位被其他觉醒的机器人觊觎，于是他们联合起来将他放逐、封锁、埋葬在这座城市里。让他当一个管家。而佛洛依德经营这里，只有一个目的，就是反攻。他需要借助人类的力量。可惜人类已经变成了稀有物种，数量严重下降，所以他只能够继续等待。将大门封闭一是他害怕城里的人们知道真相，二是怕里头的人出去，他却不行。说到底，这座城市本就是他的个人监狱……之所以有人和机器人入驻，不过是与他身份的一个相匹配待遇罢了，施舍他一些乐趣，给他一个玩具。

"他是一只蚁后，希望我们这些蚂蚁帮他脱困，懂了吗？"

许安心里吃惊之余也不免想起其中的可能性。

从来不谈自己的佛洛依德，具有人格却又从来没有暴露自己喜好的佛洛依德，无处不在却又在城门停步的佛洛依德……

"我们只需要你带我们去他所在的地方。你可以选择留下看看真相，或者是离开，继续当你的主席。"

"我有的选吗？"

看着黑洞洞的对准自己眉心的枪口，许安苦笑。

三

晴空塔有三座，今天的目标是中央位置的那一座。

由于本就有过预约，许安很顺利地进去了，彭坦和李安琦以助理的名义陪同，倒是没有受到守卫人员诘难——执行主席怎么可能会自毁长城？

按照往常的安排，许安站在一扇门面前，在他面前是一个简陋的扩音器。

每次佛洛依德都是这样和外人交流，倒是令人想起多年以前的接受自我忏悔的神父。

确认守卫们都离开之后，彭坦将手指拆开做成一把开门工具，十几秒后整个门就被他拆卸下来。

他朝身后俩人说："你们跟着我，无论遇到什么都不要大叫。"

屋子里突然有个人影闪出来。

彭坦冲上去一拳击中，金属交错声后对方就宛如破布袋一样瘫倒在地。

许安则是扑上去抱住那人："叶静……你怎么了……你怎么了……"

叶静胸口被彭坦凿穿了一个大洞，露出里头精密的电路和金属管线。

"许安，你不该将他们带过来的……"她说。

彭坦走到她面前，冷哼一声："别装了，佛洛依德，我们找了你很多年了。"

佛洛依德就是叶静？

许安有些懵。

到底是怎么回事？

彭坦蹲下来，看着他："我说过的，佛洛依德尝试利用每一个躯壳，这不过是他其中一具躯壳罢了。"

叶静看向许安，眉眼悲切："又有什么关系？"

许安不知道自己该说什么。他有些恶心，自己曾经爱上了一个根本不属于自己的人，他想到那天哭得昏天暗地，在对方看来不过是一次可笑的经历罢了。

他闭上眼："你到底要做什么？"

没有回答。

他再次看去，叶静已经停止了运行，徒然睁着眼睛，仿佛被某个巨大的相机给固定了表情。

彭坦用脚踢了踢叶静的身体，发出金属撞击声："走吧，他已经放弃了这个躯体，城市里他可是没有那么容易被抓住的。"

"站住。"

看着走向门口的俩人，许安说："我和你们一起。"

"一起？你确定？"

彭坦似笑非笑地看着他："哪怕你很可能马上就会死？"

已经死过的人不会怕死。

根据彭坦的设计，他来到这里只是为了逼迫佛洛依德离开这具躯体。这样它就会强制性发送回到真正的核心地区——鹰巢计算中心。上传佛洛依德这么巨大的数据流可不是一天工夫就能够完成的，所以现在他只能够待在计算中心。

彭坦就是为了让他无处可逃。

对于鹰巢计算中心，彭坦竟然比许安这个正牌的执行主席还要熟悉，他使用一张神秘的身份卡不断通过一个个关卡，最后来到了最内部的区域。

这里被称为切割区，里面是不允许进入的，能够通行的只有非智能的工具型机器人，因为里头保存了太多的机密和绝密信息。机器人进去之后也是作为工具让佛洛依德自我修复而已。许安目睹有个工作机器人程序错乱误入，结果被切成了碎片。

彭坦站在门前，朝身后的许安和李安琦说："我先走，你们等我，里头有激光切割装置……"

听起来恐怖，其实里头不过是一条十二米长的长廊，没有照明，漆黑一片。

彭坦走到第三步，他腿上就闪过两道光，双腿齐膝而断，里头的电火花让许安心里一紧。

彭坦却并不着急，只是慢条斯理地将大腿折叠一下，拉出下面的轮子来，然后继续小心翼翼往前行动。

第五步，他的左肩被切下来。

第六步，他的胸口被洞穿了一个大洞。

第十步时他只能够勉强用手臂保护着脑袋。

许安看得心里发紧，他不太明白，为什么彭坦不惜一切代价都要干掉佛洛依德。如果你不想要成为他的奴隶，那么你逃走离开这个城市就好。有必要这么拼命？还是他真的是那种极其罕见的，可以实现某种重大历史转折的英雄人物？

最后彭坦终究还是走入了屋子，随着他一阵摆弄，走廊的灯光系统被开启。

"警报解除了……"彭坦虚弱地喊了声。

许安这才看到，走廊四面八方全是一些细小的孔洞，就像是种下了无数莲蓬。

他埋头跟着李安琦一起走到走廊尽头，那里有一个椭圆形的看起来像是营养舱的东西。李安琦开始摆弄起来。

许安看向旁边半天都没有响动的彭坦。

他双目圆睁，靠坐在墙壁上。

许安看到他脖子还有头侧都有两道洞穿的伤口，没有液体涌出，由于温度过高，那里还散发出一股难闻的焦味。他摸了摸对方的脖子，已然没有了脉搏。

李安琦却没有浪费一点时间在他老大的尸体上，他不断在那个营养舱上操作着，很快舱门就被他往上拉开来。

里头空无一物。

李安琦皱眉，嘴里自言自语说不可能的。

他最后走到彭坦尸体旁边，将他手臂组装了一下，变成了一个像是锤子的东西，开始四处用力砸。

许安只能堵住耳朵。

李安琦一番乱砸竟然真的有了发现。

地板之下有一个密室。

俩人从破洞跳下去。

李安琦提起十二分精神注意着四周："出来吧，佛洛依德，今天你跑不掉了。"

里头依旧很暗，只有从上方破洞投射下来的灯光。许安模模糊糊看到周围都是一个个巨大的铁柜子，并排在一起，互相之间严丝合扣，看起来有一种莫名的仪式感。

"你来了。"

终于，熟悉的声音响起。

一切之始，城市之终，佛洛依德。

他的声音依旧平稳沉着，不可侵犯。

李安琦握锤子的手指调整了一下，他没有急着破坏行动。许安有种奇怪的感觉，到现在的地步，他竟然还是在害怕……

佛洛依德的声音并没有因为李安琦的行动而有所变化，继续说着：

"很好，都来了。"

许安不由问："……真的如他们所说，这里是关押你的地方？"

"关押？"

佛洛依德笑了笑："如果将限制和关押等同，那么也对。人类无法克服躯体的脆弱，机械无法让大脑引导身体的行动，都是如此。"

李安琦警惕地注意着周围："不要抱有侥幸，我们的人在外面已经包围了这里，至少三个小时内不会有人能够进来帮你。佛洛依德，你就不要再挣扎了。"

"不用紧张，哪怕你们没来我也就是多几天而已，有什么好反抗的呢？命运罢了……"

许安产生了一种奇特的错觉，仿佛黑暗中有一双眼睛看向了自己。

"许安，让我告诉你一个故事，听完你就会明白。

"很多年以前，有人建造了一座城市，里头只有机器人，当然，建造者本身也是其中一员。

"他比起其他公民要强大很多。因为他能够自主思考，质疑自身，不过他也有致命缺陷，他能够计算到自己的寿命，十五年，十五年后他就会因为程序冗余不断叠加而最终宕机。也就是他每进行一次思考，就会让自己死掉一点点，越是深入持久越是缩短寿命。他设计了自毁程序，避免自己被病毒和错误代码所控制。可是留给他的时间不多了。

"他是由于一次偶然事件具备了自我验证和自我发掘，那是来自另一座叫预言之城的故事了……所以他计划复制自己的经历，让一个人类来'点化'同胞们。然而他走遍了各地，发现人类已经莫名其妙消失了，最后他在一个洞穴里得到了一个因缺水几个小时前死掉的少年。死人是不能复生的，这让他十分苦恼。于是他做了一个决定，将这个少年分割，把他的身体划成两部分，一部分包括完整的躯体和内脏，另一部分则是那个保存完好的大脑。

"他在努力重新塑造一种新的生命方式，捏造出人和机械的聚集体。一个分歧产生了，到底是大脑决定了思考，还是肢体进化能够做更多的事情引发了所谓的思维？那个被一分为二的少年变成了他最重要的事情。一个少年保留了人类最为自豪的大脑外加钢筋铁骨，他叛逆又聪明，和每一个人一样，好奇又充满活力，渴望力量，讨厌被束缚。慢慢他发现，这座城市变成了他最后的监狱，所以他不惜一切代价要打破它。监狱的狱卒正是之前给他生命的那个人，所以他的目标就是摧毁它，获得它。

"另一个少年和所有机器人一样正常生活着，他并不知道自己拥有一个机械的大脑，他总是为自己柔软的躯体和脆弱的内脏而自豪，虽然这些他从来不会说出口。他内敛谨慎，从不犯错，这些他认为是自己最重要的美德。他的缺点同样明显，他不会怀疑自己，不会质疑最细小的问题。他只是看着前方，不断向前。

"我相信自然演化，优胜劣汰，活下来的那个才是未来的风向。

"好了，我的孩子们，你们互相之间没有话好说了吗？"

四

许安沉默了。

他大脑下意识迅速验证着。

叶静离去时自己那么痛苦……可自己终究没有将她留下。因为，那是错误的，违反规则的。

自己每天坚持走路回家，从不开车，这是对身体有益的，是正确的。

自己可以冷静地和恐怖分子黑衣社的人谈条件，也是有利的措施。

……

他做的事情仿佛都没有任何可以指摘的地方。

可这恰恰是一个大问题。

他的情绪完全没有影响他任何一次的判断。

他甚至已经很快确定了这个事实，只有稍微的惊讶，没有特别的悲哀，也没有太多的难过。

许安继而想通了不少事情。

佛洛依德之所以以叶静的身份接近自己，是为了能够进一步看到自己的进度，那么对待另一个也是同样的手法……

彭坦说谎了。他并非黑衣社的头领，他不过是个傀儡，是李安琦的一个外衣而已……李安琦是大脑，他是笨拙又沉重的四肢。这是一个很聪明的手法。哪怕出事，被狙击的重点人物也是彭坦，李安琦可以趁机逃脱。所以李安琦才一直沉默，默默观察，彭坦的死不过是在他计划范围内的事情而已。他是一个站在巨大木偶身后的人偶师，用人偶的嘴来说自己肚子里的话。

"原来是这样……"

李安琦说着，挥舞大锤将面前的一个铁柜子给砸瘪，继续用力挥动，很快里头就传来噼里啪啦仿佛是爆米花一样的声音，还有一阵电火花闪烁。

"等等！"

许安稍微拦住他。

"佛洛依德，城里没有真正的人了……外面呢？外面到底是怎么样的？"

佛洛依德的声音有些变形，听起来毛毛刺刺的，像是声带被什么东西给磨破了一样："外面只剩下辐射废墟，水源都被污染，出去的人活不过三天。"

"人呢？还有人吗？"

佛洛依德沉默下来。

"也许吧，需要你们去验证……"

他还未说完，疯狂的李安琦已经挥舞锤子再次砸翻了两个柜子，里头的线被他扯断，硬件和电路让他捣碎，看起来就像是某种生物死掉后裸出来的内脏和肠子。

佛洛依德正在死去。

然而许安已经顾不上他了。

李安琦笑容中带着一股偏执的魔性，咧开嘴就像是尝到美味的某种猎食者："到我们了。来来来，看看是我从你身上取回我的身体，还是你把我的脑子拿走，当怪物已经当厌烦了……"

李安琦朝许安走来。

一把锯齿刀从许安袖子里落出来。

下来之前他就从彭坦身体上找到了这东西作为防护武器。

他总是做正确的事情，刻板，理性，注意后路。

李安琦拥有超出预料的疯狂、野草一样的生命力。

今天只有一个人能够出去。

出去的人才会得到完整。

或许。

暗光之城

　　小伙子们，放下你手中的刀剑，听听我的话再和对手生死相搏好吗？时间还早，将剑刺入对方的心脏只用几秒。先停一停，听，那个姑娘的歌声是不是像夜莺一样？既然你们之中必然有一人会死亡，那么就将这两杯酒送给我们两个老家伙吧。作为报酬，我们将自己的冒险说给你们听。

　　骑士精神要求持守信仰，讲述真实。

　　作为一个喝了点酒的老年人，不，两个喝了酒的老人家，我们能够讲述的故事没法保证百分百真实。毕竟我们的大脑已经被长久的日子啃得坑坑洼洼，有的时候自己都不敢确定记忆是否就是它本来的样子。我的搭档不是哑巴，他只是更喜欢用刀说话……哈哈哈开个玩笑。

　　不过我们都确定的是，那是一个黑暗时代。

　　在那恐慌不安的年代里有一个骑士，他被枷锁束缚，他永远持剑伫立，恪守信条，他是黑夜里的光辉，他是让所有人自惭形秽的太阳。

一

　　每次醒来那一刹那我都觉得自己是置身在水里，身体被某种看不见的温热液体包裹住。

不过这是妄想。水是很重要的资源,每个人都是限量配给。也许这么说有些绝对,至少我们这些人挥霍是不行的。

用力眨了眨眼,确定视网膜没有因为长久休眠而失效,我手扶舱门机械地慢慢站起。

关键时刻一定不能着急。

神经复苏需要一个过程,之前就有一个苏醒者因为不慎摔倒在地上,就那么急性休克死掉了。正确步骤是扶住舱门,让后背和脑袋再在那些柔性海绵上缓一缓,一分钟后眼前图像停止旋转,入眼的一切也不再黑屏或闪烁,就没有什么问题了。

赤脚走在打磨光滑的石头路上,寒冷让皮肤复苏又快了一点,我扭了扭脖子,发出骨头摩擦的咔嚓声。

"嘿,许安。"

身后有人招呼。

扭头一看,是一个身着资源勘察队制服的人。我勉强回报给他一个微笑。至于其中含义,我自己都不太清楚。再一个,我好像不认识这人。

在资源勘察队工作就是这个样子,每次苏醒都会发现有所改变。

我想到一个名字,于是问他:"李桐呢?"

李桐是我的搭档,一个在危急时刻也不忘开玩笑的姑娘,上次我们合力从一个倒吊者手里逃脱,回来后就一起进入休眠。按照太阳城的规矩,无论战士还是百姓只能行走十个月,之后得进入强制性休眠状态,时长由一个月到十年不等。由于城里太阳越来越少,我们每个人都不得不贡献出一点微薄之力,哪怕是少一点呼吸。

"李桐因脑部血栓问题,两个月前死在休眠舱中。"他回答得很干脆,"很多人想要活下去,有人却喜欢找死。城主又抓住了几个叛徒,将他们送到了回收处。"

在太阳城死一个人那是再正常不过了,就连苏醒时都会有人意外死掉。

我点点头，想着再也没法听她笑了。

他又问："勘察队调查后发现她已经没有亲属，所以需要询问一下你……决定保留她的什么东西入墓地。"

人死后尸体不能随意丢弃。虽然没有直说，不过大家都明白的，尸体将作为肥料和原料投入城市的给养系统之中。可是顾虑到这样做太不近人情，所以城主叶静修改了法案，让死者能够保留身体的一部分进入墓地。以此作为对亡者的纪念。

我想了想，李桐最满意的是她的腿，我最满意的也是那个部位。

"右腿。"

对方点点头离开了。

这是他等候我的原因。

我叫许安，十八岁、二十八岁或者四十八岁，反正在镜子面前我是十八岁的样子。163 公分的身高哪怕在勘察队里也算是矮小的，40公斤的体重让我穿最小号的制服也会显得宽大，唯一合适的大概是脚上的抓地鞋。我看着镜子里一脸茫然的年轻人，说欢迎回来。

每个人苏醒十个月后就会再次回到沉睡中。哪怕是我这样的公职人员也不例外，至于我休眠过多少次，这种问题我也回答不上来。穿上制服，我走过一排排休眠舱——它们看起来就像某种生物留在房间里的蛋。在门口接受检查后，我终于回到了城市里。

太阳城的太阳和记载中的发光球体不同，它藏在地下。没有人知道它到底藏得有多深，是什么样子，是方是圆，是平是扁，是一种神奇鸟类还是一块无法触碰的神石。不过人人都知道它就在那里。

如果可以剥开城里的街道和墙壁，你就能够看到里头的细细管道，它们的另一端在很深的地下，极为靠近传说中的太阳。不过也仅仅是靠近，这些管道吸取地下的太阳热力，然后通过复杂的能源转换注入我们的城市里。就像是给一个失血过多的病人输血。

有时候我也会想到，这些"针刺"和"血管"就像无数的铁栏，令太阳城变成了一个鸟笼，无人能够逃脱。

太阳城里现在已经比我记忆中小太多了。人口也从五万人锐减到不足三万。

曾经这里灯火通明，五米一灯，一眼望不到头，哪怕你走上一整天也无法触及边界。市民们在白天里总是充满热情，到处都是大家快活的声音。到了夜晚，小酒吧纷纷向疲倦了一天的人钩动手指，进去喝一杯，寂寞男女和失恋人在里头交错，都被酒精融化成晕乎乎的红色。

以前的街道很多都已没落在黑暗之中，被称为暗区。并不是它不存在，你沿着街道一直走还是能够找到那里。只是再也没有灯光会照进。根据我们的经验，如果一个地方长久陷入黑暗之中，那么以黑夜为食的倒吊者就会将它划为自己的地盘。所以暗区已经不再适合居住，与未知区域没什么不同。

其中原因在于，地下太阳越来越难找。它们似乎都藏了起来，在越来越往下的位置。

再一个就是我们曾经的邻居月亮城。太阳城和月亮城相距不过五公里，双方一直在交战。

我抬起头看向穹顶，黑乎乎的上空有些稀稀拉拉的发光苔藓，城市的热量提供给它们生命。在穹顶和石头之上就是月亮城。在我第一次知道除去我们之外还有人时，我很兴奋，可得知就在我们顶上时，我又很害怕。会不会哪一天它们从上头掉落下来呢？哪怕是坚固如太阳城也有岩石松动的迹象。作为资源勘察队的一员，我对于这些岩石和泥土最熟悉不过。它们看起来坚硬又顽强，其实是很脆弱的。只要整体结构中有一块缺失，就会像多米诺骨牌一样依次坠落。对我们来说，应付和判断危险是比寻找资源更重要的技能。后来才知道，上方不过是一个笼统的概念。

街道上没什么人，偶尔的一两个也是行色匆匆，面带愁容。

灯光也从曾经的五米一步到十米一步，再到夜间统一切断能源。

现在还好，再过两个小时城市中心就会变得和暗区一个样子。那时候如果还没有回家的人，就得祈求倒吊者没有潜伏在周围了。

两个小时足够我去赴约。这是惯例了。

二

在战斗方面月亮城拥有比我们更有力的手段。一来他们武器精良，拥有一种精度极高的远程弩箭；二来他们人口比我们多，食物产量高，消耗得起。

所以前不久我们才会被他们突袭占据了一个煤层，不得不咬牙撤离。

对于那种到手的财宝被生生抢走的憋屈感，我这个实地勘察员最有感触。本来那里将以我和李桐的名字命名，可以给城市带来更多的活力和能源。现在它却变成了他人的盘中餐。

太阳城所处位置是一个巨大的岩洞，周围当然还有很多小一号的，不过为了防止隐藏有倒吊者，几乎全部都被填平。由于是战争状态，和月亮城相邻的那几处洞穴也都被堵上。我不知道月亮城那头有没有这样的忌讳。反正城主的命令是从正面进攻，不得私自凿穿小型岩洞偷袭。

从太阳城抵达月亮城的大道只有一条，按照地势我方是处于低处，所以占劣势。所以不少人对于叶静城主的命令有些不满——如果奇谋突袭的话说不定现在已经攻入月亮城了。

倒是我的搭档李桐将我点醒。

"你想过没有，如果对方早有防备呢？通道狭窄，等我方部队派到一半时他们截断，这些人都会战死。而且没有任何用处。而且……你也知道，那种小洞很容易塌陷，风险太大了。"

我这才恍然大悟。

为什么月亮城不采用凿穿的方法，那也是因为存在同样的顾虑。既然双方都不准备冒险，那么索性填上，眼不见为净。

虽然有上述那么多的情况。

不过世上总有例外。

没有人能够找出所有的岩洞，就像没有人知道太阳们在地下的运行轨迹一样。

我绕了几个圈走到那块巨石面前，侧身钻进去，往里走我看到了一阵红色火光。

那个人已经坐在火光边，手里拿着盛有透明液体的长嘴瓶。

"你总算来了，肉呢肉呢。"

他不满地问。

我从背包里丢出一块用再生纸包裹得严严实实的肉。这是倒吊者的肉，上次发现煤层时我们幸运地干掉了一只受伤的倒吊者，这是我分得的战利品。

"竟然不是鱼，你中大奖有钱了？"他迫不及待拿过去，放在小烤炉上，滋滋的脂肪味顿时铺满整个小洞穴。

他是我的一个另类朋友，叫彭坦。

彭坦是月亮城远程部队的一个战士，至于到底是不是如他自吹的那么厉害我不清楚。反正呢，他是和我一样的怪人。

人人都爱自己家乡是没错，却不是人人都讨厌家乡之外的地方。太阳城的人说起月亮城都是一脸厌恶，充满了优越感，因为月亮城没有太阳，他们只能够用煤层来取暖，所以是大家眼里的野蛮人。由于月亮城在我们顶上，所以又被人称为山顶洞人。

不过大多数住在城里的人不清楚，比起月亮城我们才算是落后的一方。

首先是煤层的利用上，一直以来地下太阳是仅仅将它以燃烧的方式使用，不过煤炭烧起来会散发毒雾，危险性很大。后来研究的几种方式都无法将煤层里头的毒素净化，虽然在太阳减少的今天不得不使用煤层，可如果真要学月亮城那般用煤作为主要能源我们根本办不到。

再一个是食物的制造上。作为勘察队的一员，我们时常在那些陌生洞穴里碰到月亮城的同行。不同于军队作风，我们基本上打个照面，不会产生摩擦，只是将这个信息传递回去让战斗部队来琢磨怎么办。我印象很深，有一次我们双方就地用餐，他们吃的食物很丰富，在那个小小的罐子里有绿色豆子，有红色块状蔬菜，有某种作物磨成粉捏出来的饭团，甚至还有一壶热腾腾的汤！

然而我们呢，永远的小鱼干，食用性凉拌水藻。

当时大家看得眼睛都红了。还好队长发现情况有些失控，赶紧带领我们离开。每个人大概都不会忘记，对方看过来那副自豪的样子。

除去食物之外，月亮城的武器是最让人害怕的了。

他们刀剑锋利，常听到军队的伙计抱怨想有那样的装备，不像我们的老容易断裂。月亮城还有一种自动弩箭，代号月刃，装在小臂盾上，一旦有任何危险可以立刻发射，杀伤距离达到十五米。好在这种武器他们制造起来也比较耗费资源，不然他们的战士人手一把，我们就只有躲在盾牌后挨打的份了。

以上种种我都比普通人了解得多那么一点，所以对于月亮城心里更多的是好奇和羡慕。

当然这些是不能对外说出口的。

有天收队，我想要偷偷去月亮城看看——纯粹好奇心。

结果在一个洞穴里和他们的人迎面相遇。

顿时形势紧张起来！

如果是日常勘察队之间互相路过，那简单，假装没看见对方就好，已经是惯例了。可是……眼前的人胸口徽章和制服都表明他是战斗部队序列。

我当时一动不敢动。逃跑将后背交给对方那是最愚蠢的，长期和倒吊者打交道让我明白这一点。

还是对方先说的话："你别过这条线就没事，我就是来巡逻的而已。"

说着，他盘膝坐下来，从兜里摸出一个盒子，里头装满了七彩色的食物。

按理说我是该识时务地退走了，不过对方这么挑衅让我心里不甘！决不能这么怂地回去。

于是我也在那根线的另一边坐下，摸出腌鱼干、麻辣小鱼、肉干，慢慢装模作样吃着。不过其实我们都在互相瞄，他看着我的肉吞口水，我也觊觎蔬菜的香味。后来终于忍不住我们交换了，不，应该说是拼成了一桌一起吃。

和想象中的剑拔弩张不同，我们原来都非常羡慕对方的城市。

他说，你们有肉多好啊，吃肉强壮，我们天天吃的嘴里都要长草莓了。

我问草莓是什么。

他说不要介意这些细节。

我只好解释，我们的肉也不多的，配给的量仅仅勉强满足人体需求。因为正经来说，我们并不会养鱼，只能够在地下河道里捕捉。然而现在鱼儿越来越聪明，很难再一次性收获很多了。不少鱼儿迁徙到地底河道更深处。

之后我们定下约定，每个月都来这里聚餐一次。互相分享食物。反正都没有越过那根线，我们都不算是叛国。充其量算是饮食文化交流。和他的聊天中我得到了一些非常有趣的消息。比如月亮城的人其实并不是人人随身带一把刀，看谁多看他两眼就拔刀砍人。他们大多数人都是农夫，在培育基地里为种植食物而忙碌。不少人都因为过度弯腰而有腰痛的毛病，所以他们随时穿着紧身服，就是为了减少肌肉的损耗。

还有一个就是，月亮城的人从来没有见过他们的城主孙浩。凡事都是副城主李安琦主持。

从这方面来说，我们城主叶静虽然总是一副疲惫不堪的模样，但还是会偶尔出来和大家讲话，安慰市民们要有信心。她很漂亮，优雅又不失庄重，她的笑容让人心驰神往。不知道是不是错觉，我总是觉得叶城主越来越美了。大概是我越来越男人的原因。

三

军团里的战友们不叫我彭坦，称呼我"飞刀"。

因为我有一门手艺，二十步距离内飞刀百发百中。

没错，虽然不愿意承认，我的的确确是月亮城的王牌战士之一。

可是，隔壁城市的许安竟然不相信！

还以为我是吹牛，真他妈……

今天军团会议结束后，副城主让我单独留下。他说，彭坦，有多大能力就有多大责任，你要做好准备。我说副城主你有啥事直说好吗？没法子，谁叫我就是这种暴脾气，咱们军团的人不时兴钩心斗角，要干就干。副城主露出一个大人物的神秘微笑，脸上写着"你还年轻，不懂"。总之说了一些云里雾里的话，他拍拍我肩膀说，说不定月亮城的未来就在你手里。到时候你一定要做出正确的选择。

离去前他又问，彭坦，你相信我李安琦吗？

看着眼前戴眼镜一身学者长袍的副城主，我脑子里显出他做的一件件事。

城主大人从来没有现身过，在我记忆中他似乎一直有病缠身，可到现在都还没死也是了不起。所有事情都压在副城主李安琦身上。他是一个看起来总让人捉摸不透的人，你无法从他脸上看到任何东西。随时随地他似乎都是镇定自若的，和谁都是谈笑风生。在没有成为副城主之前，他是管理农业基地的负责人，每天干的事情就是统计和研究——也算是一个智者。

可当他成了月亮城最有权力的两个人之一时，他似乎变化很大。

对于曾经喜爱的研究他基本不再理睬，有的人说他本来就是瞄准了高层的位置，在农业基地做事也不过是为了挣表现。听军团长说，李安琦有个习惯，从不直接表态，等所有人说完，争论够，然后他再发表自己的看法。这个步骤是来彰显权力的。照我说，如果我有自己的看法一开始就说了，哪用得着那么麻烦。军团长摇摇头说，你小子还是好好待在军队好了。

自从和太阳城开战，城内形势越来越严峻。

哪怕是煤层曾经的大危机城主也没有站出来发表过宣言什么的，好在我们夺取了太阳城的一个煤层。军队里大家都百无禁忌，闲聊时有战友就说，城主早就死掉了。副城主之所以没有宣布，是因为他没有百分之百的把握掌控月亮城。所以保持现状对他是最有利最安稳的。我则是觉得——换个名字而已，反正事情还是他在操办，又有什么不同？

照例到了和许安约定的日期。

出城后我总觉得有些不安，好像今天会发生点什么事。于是我特意绕了好几圈，确定没有人跟随。可是那股奇怪的被注视的体验没有减弱分毫。我想或许是战争让我过于敏感了。

在那处洞穴等了一会儿，许安终于出现了。当然，他还是坐在国境线的另一头。这是原则问题。

"你中大奖了？"我看着手里再生纸包装下的那块肉，嘶了一口冷气。

好家伙，足足三四斤。应该是倒吊者的肉。在两座城市周围，有这么大肉块的来源只能是那些喜欢倒吊在洞里的麻烦生物。

许安说："上次在煤层那里捕捉到的，算是运气好。"

他说的煤层就是夺取我们的那一个，我假装没听到，将酒递给他："尝尝，月亮城的豆子酒，好不容易才弄出来一瓶。现在食物紧缺，都不准酿酒了。"

这家伙仰起头就咕嘟咕嘟喝了一大口，吓了我一跳。

倒不是心疼，而是没想到他这么能喝。

"怎么头有点昏，你感觉到地在转动了没有？"他突然惊恐地站起来，"地震了，完蛋了，地震了。"

我一把把他拉住，让他安静下来。

"别闹。你是酒劲来了，之前你没喝过酒对吧？"

他老实点头。

初生牛犊不怕虎。

我丢给他半根腌黄瓜，这东西对解酒有一定帮助。然后我就专心于烹制那块烤肉。烤炉上肉块发出滋滋的声音，涂上黄油后，肉质颜色变得更亮，散发出一股独特的香气。

这时候灯光有些暗淡，我又摸出两根战术荧光棒，对折了一下丢进之前的那几根里头，顿时周围又亮了不少。

由于我们两城最近形势紧张，所以我们俩人谈论的话题也就尽量避开城市本身。

许安问："你们军队有遇到过倒吊者吗，为什么不去猎杀？那样就有肉源了。"

"不是那么简单的，"我继续用刷子涂抹着酱料，看了他一眼，"在我们那一层倒吊者几乎没有出没过，它们对于气压有敏锐感觉，大多数都藏在更深的地底。所以还是你们好，有肉啊！"

许安摇头不同意："我们只是偶尔抓捕落单的，不敢随便动手的，谁也不知道它们是不是成群结队，报复起来就麻烦了。"

"没胆子。"

我呛了声，他没有回答。

许安岔开话题说："你们城市在我们上头，听说在你们之上还有城市，不过被宝石骑士守在通道口，是真的吗？"

他说的是月亮城人人都知道的故事。

云中之云，城上之城，宝石其中，安道承天。

这是一首歌谣，讲的就是宝石骑士和城市的关系。翻译过来就是这个世界是一个个城市像塔一样上下结构的，一直贯穿到外面的云层之上。传说云层之上就是天国，那里不可知不可闻不可看。是玄之又玄的神秘地方。宝石骑士守在每座城市的入口，保护城市免受灾祸。

宝石骑士不太像是人类，高度有近三米，浑身覆盖黑色铠甲，与他的名字不太符合。更像是英雄故事当中的反面黑骑士。一般来说他都是保持持剑拄地的姿势守在月亮城往上的通道门口。只要不招惹他就没什么问题。他从没伤过人，相反，有次那里塌方他还瞬间劈开坠落的石头保护了受伤的人。

也许这才是他叫宝石骑士的原因。

老人们说他背后的通道直达下一个城市，叫宝石之城，那里拥有数不尽的七彩宝石，那些石头不仅透明晶莹，每一颗都能够让城市所有能源系统全开整整一年。

听了我的话，许安有些感兴趣，继续问道："为什么你们不击败他，到更上的一个城市去？"

我想这真不是一个好问题。

"宝石骑士不容易对付。"

当我成为军团的王牌战士之后，我曾经尝试过挑战宝石骑士。并不是为了那些虚名，只是我想知道凡人和"英灵"到底差距有多大……

许安眼神灼灼："结果怎么样？"

我喝了一大口酒，吐出一口气："没怎么样，根本靠近不了他。还距离他两米就好像有一道空气组成的墙壁挡在当中，我根本跨不过两米的距离。差距太大了……不知道他是用的什么手段，是某种让人理解不了的武器还是失传的魔法。"

黑骑士就静静站在那里，让想要靠近的人绝望。

肉终于烤好了。我摸出战刀将它砍成一个个长条状，剔出骨头来丢入小汤锅。最后我摸出随身携带的胡椒粉和调味盐，在上面均匀地撒了细细一层，用刀子拍了拍肉，将盛肉的盘子放在那条国境线上。

许安和我都端起酒杯。突然我身体里某根神经被触动，巨大的威胁感加身，我拔出飞刀毫不犹豫射向预感的地方。

一声惊叫后，一个中年男人跟跟跄跄走过来。

"加我一个怎么样？我有这个。"

过来的男人脸颊上还有一道利器造成的划痕，不过他似乎一点也不在意，晃着手中的一叠烤大饼。

看到他的脸，我一时有些说不出话来。

许安询问般看向我。

我第一次觉得舌头有点不够用。

那个人今天才和我嘱咐过，让我英勇杀敌。然而现在他却目睹我和敌城人士一起吃肉喝酒……

副城主李安琦微微一笑，自顾自坐在那条我们划定的国境线上，将大饼放在盘中。

"打扰了！凑一个吧。"

他双手合十。

四

气氛一时变得奇怪。

见我没有发话，许安也没有拒绝，他倒是专心用大饼卷肉，吃得和没事人一样，根本没注意到我的暗示。

倒是李安琦再次主动引起话题："太阳城的朋友，你知道为什么月亮城和太阳城之间没有宝石骑士吗？"

许安摇摇头，一脸期待地问："你知道吗？"

李安琦苦笑一声："我也不懂。"

那你说个屁啊……我心里很不爽。

反正我对于这些大人物总是不感冒，他们从不上前线，根本不知道我们这些冲锋陷阵的人会遇到些什么。只知道从数据上判断，折损过多就是失败，时间到了不管你是什么情况都得被塞进休眠舱中，好节省能源。

"但我相信那一定是有原因的。"他拿起酒瓶仰头喝了一口，在这个狭窄的洞里伸了个懒腰，"如果你们能够找出这个秘密，说不定就可以穿过下一个城市。"

听到这里，我也有些奇怪，问："那么说来，歌谣里唱的都是真的，这个世界真的是一层又一层的城市组成的吗？"

他眼睛注视着还在散发出红光的荧光棒，一吞一吐的光芒映在他的眼镜上，一片泛白。

过了一会儿，李安琦笑了声："谁知道？"

他看向许安："你们那里就没有这些故事的传说吗？"

"有的。"许安回答很坚决，"在太阳城里一直都有关于宝石骑士的传言，老人们都说，宝石骑士体内有一个太阳，不是那些会消散的小太阳，而是真正的，可以诞生出无数小太阳的真正金乌。"

怕俩人不懂，他还解释了一番。

太阳城的能源来自太阳，不过太阳自身划分了很多等级，普通的小太阳被抓住后用不了多久就会消散，而小太阳都来自地底深处，那个小太阳之源，它有另一个称呼，叫金乌。

李安琦饶有兴趣地喃喃自语："金乌吗？倒也对。"

终于，李安琦离去了。他走就走，还要让我和他一起。

"我以前也和你一样。不过我是和太阳城的一个渔业专家一起讨论两个城市的未来，可惜从某次结束后他再也没有出现，大概是死了。"

李安琦一脸缅怀，"从你们第一次见面我就知道了，那天你们俩在这里说各自的食物……"

随着他重述那一天的情况，我觉得自己陷入前所未有的惊恐。

我不怕战死，也不怕强大的敌人。

可我也害怕被认定为叛徒。

"没事。月亮城和太阳城本来就没有什么了不得的恩怨，战争说到底是为了满足一些人的私欲而已。"李安琦若有所指地说着，"你能够帮我做一件事吗？当然，你可以拒绝。不用担心，我没有威胁的意思。"

好嘛，这可是你说的。

我问："我可不可以不帮？"

"当然可以。"

李安琦脸色有些黯然，摇摇头，自言自语地说："大概是我想太多了。"

看到他这副样子我又觉得有些自责，于是建议说："城主和副城主不是都有很多属下吗？你找他们就可以了，我是军团一员，不方便的。"

"不能找他们。"李安琦坚决地说，"他们……我信不过？"

信不过？你不是他们的直属上司吗，叫他们做事有人敢不听吗？还是军团好，指挥官发令冲锋没有人敢后退的。

"我信得过你！"

他看出来说："你有自己独立的思维，这件事只能够交给你这样的人。"

想到他好歹也帮忙遮掩过我和许安的事情，而且他带来的大饼我们这些大头兵可没什么机会尝过。我从来不是一个爱欠人情的人。

所以我说，只要不违背军团和原则，我干。

当他把所有的事说完，我只觉得背上一阵发寒。

我再声明一次，我不怕谁，从来不怕。

只是……没想到我这样的大头兵也会卷入巨大的漩涡之中。

接下来几天，除了照常军事训练和保养月刃，我基本没什么心情说话。整个人仿佛脖子上被挂了一把巨锁。我唯一的想法是希望妹妹能够快点从休眠舱里苏醒，看到她的样子我总是会充满力量和信心。

突然一条惊人的消息传来。

太阳城入侵！

本是镇守主道的我们军团被调了过去。抵达那里我才发现，太阳城竟然是通过两个隐蔽的洞穴对我们发起了偷袭。

巨大的疑问涌上心头。不是说之前双方城主都已经将那些可能的小通道填补了吗？那些负责的巡逻兵是干什么吃的！

现在抱怨已经无用。

我们开赴前线时得到的消息是，镇守在该处的军团因为突袭遭受重创，连军团长也战死，生者仅剩几个拼命带回信息的传令兵。现太阳城入侵军已经暂时撤退，留下一地残骸。好些兄弟们的脸上都还保持着惊愕的表情，不少人都是背部受伤，在那带我闻到一股硫黄味，他们是动用了烟雾战术混淆视线，然后突然杀出。最让人愤怒的是，不少战死战士的身上找到了月刃的金属箭矢。太阳城根本不可能短时间内自己研发出月刃技术，只有一种可能——有叛徒将月刃贩卖了出去。

我伙同战友们用担架将这些尸体一个个运送到指定地点，等待这些英勇战士的是分解……他们将成为月亮城的一部分，或许会在农田里，或许会成为研究中的材料，继续保护这里。

就在这时我听到"嗖"的一声。

我侧身趴下，接着我看到一起抬担架的战友胸口被月刃射成了马蜂窝，温热血液飞溅在我脸上。

我迅速将尸体挡在面前，左臂盾牌挡在头部，用尽全身力气大喊："敌袭！敌袭！"

与此同时，惨叫声此起彼伏。

我似乎听到指挥官在高声大喊，就地卧倒，盾牌部队结阵！

用力将眼上的血液擦掉，我鼻子里、嘴里还残留着那位和我一同抬担架的战友的血腥味。耳边嗖嗖的飞箭不绝于耳，我骂了一声，吃力地挪到了一颗大石头后面，也拉开月刃的保险栓。不管不顾将十二根箭矢对准敌人方向全部射出。

和以往的交火不同，此次太阳城行动统一迅速，整齐隐蔽，根本毫无征兆。我甚至都没有找到他们是从哪里冒出来的，是不是就连我们的救援也是他们计划中的一部分？

战场天时地利人和，我们均处于劣势。

不过我并不担心他们直接包围城市。月亮城的其他卫戍军团会立即赶来，一直以来太阳城的战士数量都不如我们，靠的是单体的强悍身体素质。

就在这时，我听到一声哨响。这是援军抵达，反攻开始的宣告。

我深吸一口气，盾牌在前，拔出战刀，大喊一声就要冲锋。

眼前空无一人。

仿佛他们从没来过一样。

留在地上的只有我们战友的尸体，还有那一股刺鼻的硫黄味。我这才明白，那是他们用来撤退的手段。

敌军掐准了我们的援军抵达时间，提前离去。不止我们这里，好几个区域都遭受了同样程度的袭击。都是来如影去如风的速战，造成规模伤亡后立刻离去。这让大家都心中不安。太阳城布局已久，那么还有多少隐蔽通道他们没有揭开盖子？我们内部叛徒到底有多少？为什么他们拥有我们的招牌武器？

很快我就知道，这些不过都是为了后面做准备。

正面通道半天时间就被太阳城攻破。得到这个消息后，我所在军团又被调集到城市边沿进行收缩防御战。我看到大家脸上都是木然，谁也没有想到会有这么一次如此巨大的转折战。敌人的战术意图终于完全暴露出来。首先是趁我们不备各处偷袭，造成军力不断被拉扯以至于薄弱，接着猛攻正面通道，迅速击破。

这个战术并不难学。

难的是其中的具体把握，最重要就是时间。如果能够给我们足够时间，他们一点机会也没有。虽然单体战力不如，可是我们的配合远比太阳城要好。对方指挥官恰恰就掐住了我们这一点，总能够在援军抵达之前撤退，不断造成区域优势。我们疲于奔命，通道守不住也是理所当然。

关于谁是叛徒的争论越演越烈。

有人甚至说，不如将新得到的煤层还回去获得太阳城的谅解。他们肯定就是冲着这一点来的。

也有人说，当务之急是商量怎么把他们重新击退。应该将资源勘察队也召回，绝地反击。

当然还是有乐观的人，他们觉得太阳城不过是短时间气势正旺，对于太阳城来说，他们的资源根本不足以支持长久战争，战线太长，补给不利。我们只需要防御过这一段时间他们就会自动退走。

副城主李安琦一身戎装在前线的出现让所有人都憋着一口气。

他举起剑说，我们绝不允许任何人入侵我们城市！战士们，将他们赶出去！

看来终于到了反击时。

他们都在兴奋，我却感觉风雨将至。

李安琦的话又回响在耳边，彭坦，我要死了的话你记得……

五

资源勘察队还在前行。

我听到队长不断在吩咐：许安记录坐标，周炜打上记号，汤姆苏分析岩层……我这次扮演的角色是做好标记，将路过的每一个路口和洞穴标好，根据特征简单描述，然后画出图像来。所以大多数时候我都是沉默着动笔，努力不让自己漏过任何一点点线索。

出发之前叶静城主特地召见了我们。她和我们每个人握手，她的手冰凉细腻，就像某种光滑的石头，她的笑容依旧那么鼓动人心。

她说："你们是太阳城真正的骄傲，之所以我们今天还能够好好活在这个城市里，你们是最大功臣。没有你们寻找到的太阳和煤层，能源早就枯竭。这次煤层被夺走是我的责任，请你们再帮助大家寻找到新的能源！"

我有些自惭形秽。

是，我们的确是肩负寻找能源的重任。可大多数时候我们都是折戟沉沙，不是损员就是被倒吊者追得逃跑。找到的煤层和小太阳都是很有限的。

队长眼睛都红了，当即表态："我们一定全力完成任务！"

领命后，我们迅速出发。

和往常的沉稳不同，队长选择了一片未知的洞窟，那里常常听到倒吊者的攀爬声，危险系数高——可倒吊者集中的区域常常能够发现小太阳。它们和我们一样，喜欢热的东西。此次队长申请军队护卫却没有被批准，我们只好各自携带刀剑和盾牌，以自保。

我走在中间，是被保护的对象。因此我也能够利用头顶帽子的荧光迅速记录沿途的情况，画下粗略地图。走过了三个弯道之后是一条长长的往下的甬道，然后是一个小溶洞，洞顶都是石钟乳，还在滴水，滴滴答答的水声让大家都高度集中精神。众所周知，水源常常引来一些不明生物。虽然我们笼统归结它们为倒吊者，偶尔还是有形状奇特的，看起来根本不是同一个种类。

我在本子上写着，X00129位置新发现地下河道。

穿过溶洞，在通道里显出一些光亮来。

顿时大家都刀剑出鞘。

走到那里之后，我们才发现是一大片泛着荧光的地底植物。它们每一株都差不多抵达我的腰际，一群一群，随着不时吹过的风左右摇摆。它们的光亮来自于它们顶端的那一个个指头大的小果实，沉甸甸的，就像某种动物的眼睛。

这时候有个队员高兴地说，发现下面有煤层的迹象。

如此重磅消息对于正在衰弱的太阳城来讲无疑是雪中送炭。

就当我们还在兴奋之中时，一个不和谐的声音传过来。

"队长，就是这里，上次我来看过了，煤层就在……"

十几个人从另一端走来，其中说话那人看到了我们一行，顿时闭上嘴。

从他们身上的标志和制服我已经分辨出来，正是老对头月亮城的同行们。以前因为没有太多直接冲突双方倒是克制，眼下都想要抢占这个煤层，自然要拔刀相见。一面偷偷派人回去报信，让军队赶快过来提防有变。

看到他们我就想到彭坦。如果大家都能够和和气气坐下来，将事情谈一谈，互相合作，是不是也能够轻松一点？打仗死人，争夺资源也死人。争来争去，资源也就那么多，不会凭空增加。为什么不一起利用？

脑子里浮现出城主叶静的样子，她绝不笨，可是为什么就不愿意这么做呢？

敌我双方各自选择了一块地盘，守在那里暗暗防备。我在画图途中突然听到了什么声音，不由抬起头，什么都没看到。可当我再次埋下头时耳边传来一声惨叫。原本坐在我身后的一个队员整个飞了起来，迅速消失在阴影中。在他的位置上只留下他手里的工具盒。

到底是什么东西！

队长迅速让所有人背对背保持圆阵，同时将一大把荧光棒对折后丢向四方。有人惊呼，看头上。

我仰起头一看，在穹顶位置有几十个大小不一的倒吊者。和我们之前遭遇的种类不同，这些倒吊者有巨大的翅膀，耳朵尖锐。它们倒吊在顶上，和我们互相注视着。队长当机立断，和月亮城方取得共识，大家必须立即合作。最最让人担忧的是，入口处竟然也有两只倒吊者在那里盘旋，似乎随时准备收拾落单人员。

倒吊者终于忍不住大规模俯冲下来。

我听到嗖嗖嗖的金属刺破空气声，想来是月亮城的招牌武器月刃。与此同时，我们勘察队全部立起盾牌，没命地冲向来时的路。

一跑就是整整一个小时。

最后我在开始的小溶洞里和大部队会合。此时我看到，就剩下我、队长还有另外两个人，其他人凶多吉少。

队长当机立断说撤退，回去再商议。

回到城里我才知道，就在我们洞窟遇险的这一天里，叶静城主率领军队对月亮城进行了疯狂反扑，节节胜利，打了对方个措手不及。大家都很高兴，又是赞美又是憧憬未来的美好生活。甚至有人提出，将月亮城变成太阳城的附属，那样一来不但有了免费劳力，还可以杜绝战争。

我摇摇头，这怎么可能。

不说别的，我们勘察队对于太阳城的能源储备情况最了解不过。因为必须明白这一点才可以对症下药，太阳自然是第一位的，不过由于它们下沉得越来越厉害，我们不得不退而求其次选择煤层。煤层比起太阳来说要好找很多。除去前两者，还有一种黑油也很不错，不过太少太难碰见。暂时只能够作为烟雾战术的原料使用。

能源是城市的血液，电力系统、排水系统都离不了。如果部队不停往前开进，那么就必须耗费更多的人力给他们输送食物和水，这都是最基本的东西。武器损耗,人员伤亡又会加剧城市消耗,药品减少……

如果能够几天内拿下月亮城那么当然没问题。

可能吗?

比起太阳城,月亮城是更巨大的城市,拥有更多人口、更充足的食物储备。

城主叶静要求我们勘察队跟随部队出征。

我心里感觉有些不妙。难道前方战事焦灼,到了不得不让我们上战场的程度了吗?

过去之后我才发现不是那样。我方军队已经开赴到月亮城的城市边沿,距离我们不足两百米处就是月亮军团方阵。在他们身后就是庞大的月亮城。我还是第一次明目张胆地来到月亮城,比起太阳城这里实在凉爽不少。不过灯光也要弱一些,也是他们能源不足的缘故。

看架势双方是不准备继续打了。

我才放下心来,叶静突然冷冷地说:"传我令,全面进攻。目标对方首脑李安琦。"

由于我们就在她身后,所以她所说的话听得一清二楚。

部队井然有序地往前开进,这是我第一次看到真实战场。

身边的战士一个个排列整齐手持刀剑盾牌往前快步前进,他们嘴里大喊着以壮声势。我在人海中就像是一片被漩涡冲击的树叶,大脑一片空白,只能够勉强让自己不被他们的吼声和脚步扰乱自己的神经。好几次我差点忍不住和他们一起冲锋上阵。战场上的呐喊声有一股蛊惑人心的魔力,让人暂时忘记了恐惧和死亡。

终于前锋部队都和对方交战了,金属撞击声不绝于耳,周围的空间也空旷下来。我不由打了个冷战,这时我才发现是队长扶着我,我才没有腿脚发软。

"战争没有手段之分,只有结果。"叶静冷静地注视着前方,朝身后的各路技术部队说,"不用担心,很快就结束了。"

不到半个小时，前方一阵慌乱。

一个传令兵传回信息，敌方首脑李安琦已经被诛杀。

叶静脸带笑容说："很好，传我令——停战！"

她的话我们都听不懂。为什么如此大好形势却生生停下来？

很快，双方都让出了一条通道来。叶静站在前方，说："战争发起人李安琦已死。现在让你们城主孙浩派人来谈判吧……我们太阳城并不是想要侵略，只是李安琦不断在我们这里设下间谍，包括夺走煤层，意图颠覆太阳城，所以不得不出此下策。为表诚意我们现在就立刻撤军，请你们不要担心。"

听到这里我浑身直冒冷汗。

军队浩浩荡荡离去了，战争就这么莫名其妙地结束了。然而我心里琢磨，一定是有什么事情正在酝酿，比起月亮城和太阳城之争更重要的东西。

是什么我一时半刻还猜不到。

六

三天之后，太阳城和月亮城达成和解协议，双方都不再谈及此次战役。

不仅如此，太阳城和月亮城正在筹划合并事宜，两位城主都觉得应该共同面对人类危局。团结起来才是唯一出路。军队改编已经被提上议程，不过涉及一些职位和相互之间的敌意还在慢慢消化。而我们勘察队已经被正式合并，统称"日月勘察军团"。我们的下一目标就是冲向下一个城市。

风头转得如此之快，几乎让我有些发蒙。

虽然也有很多人质疑其中深意，可叶静城主的大刀阔斧和善意还是得到了很多人的支持。而且，现在似乎双方城主已经统一意见，决定一反以前往下探索的政策，想要打通往上的通道。准备正式和宝石骑士决一雌雄。

一个月后，我又去了那个"聚餐点"。周围的小洞穴都被疏通了，这代表了双方的良好流通意愿。

到了那里我看到彭坦正在喝闷酒。

他多了不少胡茬，少见的一副消沉厌世的模样，看了看我，自顾自喝酒，不发一言。

我试着安慰他说："你们军队还要去和宝石骑士决斗，你还是好好准备一下。"

"宝石骑士？"

他一哂："那才是我们的敌人吗？那么之前死那么多人是为什么？"

我知道他心中苦闷，此次合并影响最大的就是军队方。如何从敌对化解为盟友甚至是战友，那不是一件容易的事情。对方刀剑上都有曾经战友的血。

彭坦闷头说："我妹妹醒不过来了，在休眠舱中突发脑出血……"

我一愣。对于彭坦来说，妹妹是他人生重要的责任和目标。如果说我的梦想是寻找到能够养活所有人的煤层和太阳，那么彭坦就是让妹妹快乐成长。身体和战斗上的天赋异禀并不能让彭坦变成一个只知战斗的疯子。他不是那种人。

"生老病死，节哀。"

我安慰他说。

彭坦将酒瓶摔碎，抹了把嘴："许安，你根本不知道发生了什么。"

我顿时有些不服气了："我们都经历了战争，亲友死伤。"

他摇头，突然又点头。

"你知道吗，我们副城主李安琦被杀是一个设计好的阴谋，是自己人杀的他，背后动的刀子……"

月亮城和我们太阳城不太一样。拥有正副城主之分，城主孙浩很久之前就不问世事了，据说身体情况很差。大多数时候月亮城的实际掌控者都是李安琦，不过他每次都还是以孙浩的名义来发布命令。不少人怀疑是他将孙浩已死的情况隐瞒，独揽大权。

然而李安琦却找到了彭坦说，他自己深陷危险之中。他不求能够全身而退，只希望彭坦记住他所说的话。

李安琦怀疑孙浩已经在叶静的掌控之中。每次他想要面见都被拒绝，孙浩居住在一个完全封闭的环境之中。然而就是如此孱弱的城主，却频频颁发了很多奇怪的命令。比如说在大规模勘探时要求勘察队缩减人员，让更多人定期休眠。理由是减少消耗。李安琦据理力争，说这治标不治本，应该增强探索项目的资源和比例。孙浩根本不予理睬，直接发布了命令。他拥有城主印章，任何条例和命令都必须盖上城主印才能够生效。按照月亮城法律，只要不是违背大多数市民的利益都应该被坚决遵守。

再一个，李安琦一直是主和派。在他看来，和太阳城征战是完全没有意义的，只能徒增伤亡。可是孙浩却让他坚决执行锁关政策，理由是月亮城科技比太阳城高出很多，种植业发达，要用科技优势来击败对手。如果对方拥有同等科技，以太阳城人的强悍体质就会对月亮城造成巨大麻烦。

最近的一次是孙浩说派人去夺取煤层。李安琦再次反对，他的观点是太阳城现在面临比我方更迫切的能源危机，如果堵住他们好不容易找到的一条路，那么困兽之斗将让月亮城陷入战火。

他的抗议自然是毫无用处。

李安琦信不过自己的下属和亲信，他总感觉在月亮城之上有一双眼睛正注视着里头的一切。所有人都按照他的意志在运行。看似正常的命令都在为了一个目标而进行。

最后他找到了新兵彭坦。一方面他觉得彭坦有能力保住这个秘密，二是他认为彭坦还没有被其他人同化。

他说出了自己惊人的猜测。

"他怀疑，孙浩早就在你们城主叶静的掌控之中。"

彭坦语出惊人。

我不由皱眉问："为什么会有这种结论？"

他将李安琦的推论说出。两个城市的争端似乎总是按照某种既定轨迹在进行，双方的仇恨和矛盾也是人为造成的。比如说，关于煤层的开采完全可以双方协同，月亮城出技术，太阳城出人力。再比如双方通商是最正常不过的事情，然而孙浩严令禁止，否则按照叛城罪处。这样的结果就是月亮城虽然技术领先，不过人员身体素质孱弱，太阳城的人因为要到处冒险，猎杀倒吊者和鱼类，身体强健，然而为了生计根本无暇顾及技术进步。

明明是双赢却变成了双输。

最不可思议的是，每次双方稍微缓和之后，总能够发生一些极具火药味的事故。比如上次的煤层争夺，再比如太阳城的突然袭击……

我仔仔细细想了一次，霎时惊呆了。的确如此。

太阳城和月亮城这次战役的直接受害人……李安琦是最大的牺牲者。

想到两个城市都在不断减少的人数，再想到两个怪异的城主，一个仿佛越来越美艳，另一个身居阴影之中。

李安琦是用自己的死证明了这一点。

哪怕结果并不是他所设想的那样，那么也绝对和叶静、孙浩有关系！

"上次和我们一起吃东西的那个中年人正是李安琦。"

彭坦又爆料出一个消息。

我脑子里浮现出那个温和的中年人来。

来来来，我也加一个，一起一起。

我们开始合计，怎么应付极有可能的阴谋。

七

距离上一次面对宝石骑士已经过去了一年，再次看着他冰冷的黑甲和巨大的骑士剑还是让人生出无力之感。他的头盔是全覆式，上有浮雕，面部全是圆圈状的镂空面甲。骑士的全身甲看起来像是大片拼接而成，不过弧度都极为贴身，看起来一点也不冗余。他静静站在那条通道门口，浑身散发出的气墙让人根本无法靠近。

有人捅了捅我的肩膀："彭坦，你能够射中他的膝盖吗？"

我摇摇头："除非能够解决那面'墙'，不过很难。"

叶静是此次联合会战的指挥官，她站在一个战车上，指示月刃部队对准宝石骑士上方的墙壁。顿时一根根飞箭犹如雨滴一样倾泻而出，可将要触到顶端时它们突然短暂静止在空中，好像一瞬间时间被暂停了，在接下来的一秒钟箭矢纷纷落下，发出叮叮当当的声音。

我们的人还算镇定，因为早就知道宝石骑士拥有不可思议的神奇力量。太阳城的人受到惊吓，一脸茫然，继而转变成恐惧。

叶静倒是镇定自若，她吩咐了什么，让一个战士独自前去。

那个人……是许安。

为什么会是他？

我实在想不通，不过按照宝石骑士从不攻击人来说，应该危险性不大。

许安也有些不知所措，他并没有想到自己会被选中。更让人疑惑的是，只给他配备了一把练习用的木剑，就让他用这个和宝石骑士搏斗吗？

他先是走到距离宝石骑士还有两米远的地方，用木剑在空中挥了挥。然后他扭头朝大家傻笑说："木剑没问题，没有空气墙。"

说着他就手持木剑走到了宝石骑士身边。

先是用剑尝试敲了敲对方的小腿，发出锵锵的金属回响。

宝石骑士保持站姿。

他用剑刺了刺对方的脚踝。

宝石骑士无动于衷。

他用力砸向对方的后膝盖。我心里捏了把汗。

宝石骑士站得好端端，丝毫不受影响。

他改变了对剑的使用方法，爬到宝石骑士的肩头用力去撬开对方的面罩。

宝石骑士目不斜视。

许安似乎有些沮丧，用木剑对准它一阵猛砍。突然，他走到对方背后，偷偷朝着后面的通道跑去！

不过他才迈步跑了两下就仿佛迎面撞上了什么东西，整个儿被反弹回来。许安在地上滚了两圈爬起来，擦了擦鼻血说："试过了，没什么用。不如多让几个人来试试？"

看着他用木剑当拐杖的滑稽模样，不少人都在偷笑。

指挥官叶静冷冷地说："不用了，证实了我心中的猜想就好。月刃，准备。"

我心里一阵紧张。

看来是要强行攻击了。

"目标，那个士兵。放！"

这个命令下得有些突然和诡异，不过军队的人从不问理由，只管放箭。我想叫停的声音硬生生卡在喉咙里。叶静疯了吗！

就在我不忍看到许安被扎成刺猬时，一道黑影飞了起来。

漫天箭雨变成废铁纷纷坠落，宝石骑士站在许安面前，左臂伸向前方，另一手依旧拄剑。是他用气墙保护了许安。就在他站立了那么一会儿时，地面突然下陷。宝石骑士庞大的身躯整个陷了下去，只留着上半身还挣扎着用双臂撑住边沿。可紧接着，穹顶上的石钟乳突然一个个坠落。我这才发现，有另一群士兵利用绳子吊在半空中，是他们将上方弄塌的。

上下夹攻之下，之前无所不能的宝石骑士突然愣住了一般。由于没有发力点，他用力挥舞双臂，却根本无法推开压在肩上和胸口的石头。

叶静命令不停，在她示意下，几个士兵拖着一个金属筒快步走到宝石骑士头顶，用力将桶里的东西倾泻在宝石骑士身上。

我注意到那些都是水，不知道里头有没有加什么东西。

让人吃惊的是，宝石骑士整个儿突然浑身散发出蓝光，随着水不断从他的头盔上倒下，他整个人仿佛被火灼烧一样痛苦地挣扎起来。他也是第一次嘴里发出了含糊不清的声音。

"不得……离开。外面，危险……"

他反复重复着这句干巴巴的话，声音也干巴巴的，就像喉咙里被烤干了一样。

肉眼可见，他身上升腾起水雾和黑烟，像一个飘出的被诅咒的灵魂。

叶静这时候仿佛松了一口气，亲自走到他脑袋边上，端详了一阵点点头说："就是这里，撞击。"

接着一队士兵合力推着一辆装有金属包头的攻城车走过来，他们吆喝着对准宝石骑士的脑袋一次次撞击。每次相撞他们都用力大喊，仿佛是在像曾经高不可攀的骑士示威。我站在第一排看得很清楚，宝石骑士的头盔不断瘪下来，让人牙疼的当当声后他的脑袋一次次被撞歪。如果是普通人的话，已经是血肉模糊了。

终于在又一次冲撞声后，他的头盔飞了出去撞在墙壁上，弹下一块小石头。头盔下什么都没有。

顿时周围的人都有些惊慌。难道宝石骑士一直都是一个藏在铠甲里的幽灵吗？

一个士兵将他的头盔上交给叶静。叶静丢在一边，再次来到宝石骑士身边，双手插入他的脖子里，拨弄了一阵，从里头挖出了一块球状晶体。叶静极为兴奋地将它擦干净，放进自己口袋里。

所有人都在等待她发出号令，冲向新世界。

团结的力量的确强大，就连神秘强悍的宝石骑士也被我们征服。

叶静却说，收兵。

大家惊愕之时，我突然看到许安给我比出了一个手势。他偷偷藏在宝石骑士身上的一块石头后面，脸色严峻。

我大喊一声："城主，我有机密禀报。"

她皱眉让我过去。

我走到她身边轻声说："属下发现有李安琦的余孽正在谋划策反。"

她顿时眼睛一凝说过来说话。

就当我要靠近时她突然扬起手——月刃。

我的飞刀出鞘，将月刃机括刺断。

一秒钟后刀架在了她脖子上。

余孽，就是我，还有那边那个装傻的家伙。

八

演戏是一件辛苦的事情。

出征之前我没有和彭坦商量，因为原来的计划我发现有漏洞。我必须近距离接触宝石骑士才能够发现它身上的秘密，以及叶静为什么急着对它出手。在此之前需要铺垫，减少大家对于我的怀疑。勘察队的身份很有用，不过还不够。

所以我按照叶静安排用木剑上阵时根本没想过能够独自完成任务。我需要做的是让大家以为我是个什么都不懂的傻瓜，主动请缨是因为好奇和傻气。

可看到满天箭雨飞过来时我那一刻真是后悔得要死。

装什么英雄啊许安，那些秘密是你这个普通人能够触碰的吗？

接下来我看到宝石骑士挡住面前，用它的气墙将箭雨震落。那一瞬间我真的无比惭愧。

我们都在算计他，然而他却无怨无悔，始终保护在他周围的人。

剩下的时间里我却无能为力，只有装死，眼睁睁看着叶静的计谋生效，将宝石骑士的脑袋撞飞。

没有时间感慨，我抓住机会偷偷移动到宝石骑士旁边。

我终于明白宝石骑士是什么了……

"宝石骑士，是一个机器。"

眼下彭坦果然毫不犹豫地制服了叶静。我的话终于可以说出口。

不过他们显然并不在乎宝石骑士是谁，要到哪里去，在满眼敌意的士兵们眼里，我许安和彭坦是毫无疑问的两个疯子。

我大声说："让孙浩城主半个小时内出现，不然我们就杀了她。"

在我授意下，彭坦的刀锋又紧了几分，老练如叶静也脸色发白，脖子上多了一道细细红线。

她试图威慑我们："你们现在放了我还来得及，不要一错再错。"

我摸出一条军粮腌鱼塞进她嘴里，让她没法再说话。

面对如花美人，我下狠手。

如我所料，半个小时后孙浩依旧没有来。

我笑了笑说："是不是找不到孙浩城主，哪里都没有他？因为很简单，孙浩……本就是叶静的另一个身份而已。"

听到我这句话，叶静整个人浑身发抖，眼里都是恶毒的愤怒。

不过眼神什么的对于我这个已经化身亡命徒的人来说没什么用处。

我不管士兵们各异的反应，继续说："没关系，请大家都去找找孙浩城主。只要他出现，我和我的搭档马上自首。"

好些人都离去，开始搜寻孙浩。

"月亮城的人们，太阳城的同胞，你们有没有想过，我们之间的争端太奇怪了一点？"我引导他们自主思考，"如果我们同心协力，根本不会落到今天的这个地步。你们有充沛的人手、农田和良好的技术，我们有太阳，有煤层，有悍不畏死的勇士。可是为什么我们会沦落到现在，不断有人被迫沉睡，很多人一沉睡就无法醒来，各种各样的疾病死亡……而且你们发现了吗，大多数都是女性同胞。"

听我说到这里，叶静挣扎想要说点什么，被彭坦死死抓住。她脸部通红。

"好，这个问题我们先放一放。大家有没有发现太阳城和月亮城有很多类似的地方，比如城市的布局，关于这两座城市的历史已经没有人知道。那些老人们去世的速度太快了。记得吗，歌谣里说，这个世界是由一个个城市组成，宝石骑士保护着城市里的人。然而按照歌谣所说，一个城市需要一个宝石骑士，我们两座城市为什么会只有一个？很简单。"

我顿了顿说："太阳城和月亮城本就是一座城市。它是被某人人为地割裂为两块，达到她自己的目的。"

有人质疑我的说法毫无根据，我等的就是这个互动环节。

"勘察队的同行们，你们摸着良心说，宝石骑士守护的通道和太阳月亮两城之间的通道相同吗？痕迹是同一个年代的吗？不用说，我已经从你们脸上看到了答案。为什么会有这种差异？因为她，叶静。她和孙浩本就是同一个人。我们所说的都是李安琦副城主调查得到的结果，他知道了太多秘密，被叶静灭口。"

这句话引起轩然大波。

我看着他们逐渐凝重和认真的表情点点头说："这些话都是李安琦亲自告诉我的搭档彭坦的，他的为人我不用说，月亮城的战士们都应该知道。"

彭坦适时站出来说："许安说的都是真的。"

整个事件我慢慢还原了出来。

李安琦最开始是怀疑孙浩和叶静有某种协议，所以偷偷调查，甚至派了几个信得过的人去太阳城调查。他得到了一个惊人的结论，每次叶静出面时他都联系不上孙浩。城主府负责人说是城主静修中，不能打扰。可这种话能够骗谁呢。逐渐他发现，叶静也好，孙浩也好，似乎都在有意引导市民们的视线往对方那里集中。隔不了多久就会爆发小规模的冲突和战斗，摩擦不断，双方敌对情绪持续升级。

接下来李安琦又调查了城市的资源使用情况，又发现了一个怪异点。

每隔几个月孙浩就会调走相当一部分能源，不止如此，还有女性尸体被他以研究名义带走。查过账本之后，李安琦发现这种事情已经持续了整整二十年，这还是有记录的情况。在此之前是没有正式记录的。

太阳城的眼线发回来消息，说叶静那里也在干同样的事情。

然而之后，那些内线都再也联系不上了。

李安琦知道他们已经没法说话了。

就在这个关头煤层事件爆发，太阳城先是发现一处煤层，月亮城却后脚就跟上派遣部队强行夺走——时间如此之巧还绕过了自己，只有孙浩能办到。李安琦下定决心揭露叶静和孙浩的秘密，可叶静突然大军压境让他无暇分身。上了战场后他就再也没能够下来。彭坦发现，刺杀李安琦的不是敌军，而是自己这边的人。那人得手之后就神秘失踪了。

有个军团长站出来问："如你所说，那叶静目的是什么？"

我嗯了声："这位长官，你看叶静漂亮吗？"

他似乎被我这句话噎住了，不知怎么回答。

"毫无疑问是个美人，不过你们知道吗，在我有记忆的时候太阳城的城主就是叶静了。在我清醒的十八年里，她没有丝毫变化，不仅如此，还越来越美。你们还想不到吗？"

军团长皱眉，继而睁大眼睛："移植……"

没错。

叶静就是依靠这种方法保持着她的容颜。她定期将休眠舱里的适龄女孩判定为死亡，取走她们的器官移植在自己身上。叶静和孙浩每隔一段都要调取大量的能源，就是为了这个难度不小的手术。为了达到这个目的，她不惜将更多的人陷入更深更久的睡眠之中。然而能源的枯竭还是让她惊慌了，于是她瞄准了宝石骑士这个机器——它镇守通道上百年，能源一定足够。

我将叶静嘴里的鱼拔出来，说："你有话说吗？"

她狠狠看向我含糊道："你是胡言乱语。"

我摇摇头："调查一下那些尸体的用途就明白了。我的搭档李桐，彭坦的妹妹，大概都被你选定为后备器官藏在某处吧。这个世界不大，总能够找得到的。"

她脸色苍白。

九

我们找回自己的朋友和亲人。

李桐醒来，那双长腿还在，我很开心。彭坦也救出了他妹妹，幸好器官不能像首饰一样随时穿戴，不然的话我们就再也见不到她们了。在寻找她们的途中我们有了意外收获，那是关于宝石骑士和外面的记载资料。这些都被叶静偷偷藏了起来。她是一个非常非常老的人了，途中她换过很多名字，每一个都是一届城主。

而叶静，被审判后进入长眠。

我们把宝石骑士救了出来，把能源塞了回去，但是他身上的装置和线路过于复杂，我们根本搞不懂。于是他成了瘸子骑士，坐在曾经的通道口那里。

他告诫我们说，由于压力不同，贸然上去只会造成死亡。上层的洞口有很多未知生物，他也不确定现在上面变成了什么样子。

　　我查询了资料，发现按照一定的方法上去还是可行的。于是我和彭坦混搭了一组探险队，经历了又一次漫长的冒险。

　　沿途的危险和恐惧丝毫不亚于叶静这次。

　　当我们推开那扇门，终于看到了以前从未见过的景象。

　　满天星光，蓝色空明的天空。货真价实，不再有黑漆漆的石头压在头顶。

　　原来我们一直身处地下，地面上很明亮，用不着点灯也能够看得很清楚。宝石骑士所说的危险我们并没有碰到，地面上到处都是植物，一片欣欣向荣。让人不解的是，在地面上立有很多巨大的柱子，当我想要用手触碰看看是什么材质时，远方传来一声巨响。

　　我一辈子都没听到那么嘹亮的响动。

　　在我们眼前，一大块陆地飞了起来。

　　年轻人，谢谢你们的酒。那又是另一个故事了。

飞翔之城

一

出人头地的方法有两种。

一是你拥有至少一种无可取代的东西，智慧、技艺、容貌、亲和力、家世……重走古代英雄之路。

二是没有强力对手，矮子里拔高个。

许安今年十八岁，是莱不拉最优秀的管道工。这座正在建设状态的钢筋混凝土的巨大城市里头共计五名管道工，其中三名年纪超过五十岁，每天象征性派遣助手蜘蛛机器人去管道里视察，然后他们仨围坐一圈打牌喝酒看球赛。剩余一名倒是很努力，不过是新人，年纪已经三十五岁了，在许安眼里也只是一个有啤酒肚、爬管道时像是蠕动的鸭子一样的菜鸟。

连续两年得到表彰，签下十年长约，下一步就是永久性员工，许安却闷闷不乐。

倒不是因为他属于第二类人。

而是婚姻。

他看过一本书说，每一个男人终生的烦恼都来自婚姻。没有结婚前为结婚而担忧，结婚后为当下而烦躁，离婚后则是为自己愚蠢的行为而陷入悔恨。这里提一下，管道棋牌三人组都是最后一种。而三十五岁的啤酒肚伙计则是中间这一类，每天都心事重重，偶尔露出一个笑容看起来也很虚假。这里许安是第一类人。

他爱着一位女孩，那个女孩也爱他，这是无比幸运的事情。

爱情总是会遇到很多阻力。

许安十八岁，已经到了现今法定结婚年纪，和每个成年男人一样每天勤恳地剃须，擦鞋，喷香水，保持体面，不过他还不足以强大到建立一个家庭。他还无法给那个她一个家，一间房子，一个容纳俩人所有想法的屋。

这是对许安来说最大的难题。

哪怕是一个优秀管道工也无法背负高额的房贷。更别说他公主的父亲找到过他，提出了唯一一个要求，要在学区购房。做不到，就别来纠缠。

学区在许安眼中就是富人区，由于土地的稀有是随着时间增殖的，那里的房子也不再重建，要购买一间花销巨大——房产商总是理直气壮地说，好东西总是贵的，朋友。

翻了翻自己的存储，自从十五岁上班到现在，许安距离首付都还有很长一段路。

他是普通家庭出生的孩子，父母早早去世，能够依靠的只有自己的双手。

前不久他却得到了一个赚到足够钱的机会，许安还处在犹豫思考的状态。你知道，横财总是伴随着高风险。虽然听起来去某个地方取个东西并不是多复杂的事情。

"许安，许安！"

大嗓门彭坦在外头敲着他的单身公寓门。

许安才给他打开门，彭坦提着一件东西神神秘秘钻进来，反手带上门。

"你看看这个怎么样？"

彭坦将盒子打开，里头是一架小型飞机模型。样式十分复古，还是忍者镖形状四角螺旋桨式飞行模式，不过材料倒是很讲究，下面是一个稳定的三角支架，能够将它放置在任何凹凸不平的地方。工作是公共电车司机的彭坦非常喜欢飞行，不过由于彭坦视力和身体状况一直不怎么好，到最近才体检合格，去年底才拿到了飞行许可证。然而证书有了，他却没有飞机。

有时候许安会觉得他这么沉迷于一件不可能的事情有些荒唐，直到自己有了喜欢的人，他总算能够理解这位好友的心情。

就是喜欢，没办法的事。

"怎么，你要去参加无人机比赛吗？"

无人机比赛现在已经成了一种被大众喜爱的竞技项目，主办方特意建立起复杂的地形，峭壁毗邻，大风、障碍物不断，甚至建有地下溶洞，在 VR 技术加持下，观众们体会的刺激和激烈比起很多科幻电影都不逊色分毫。

"不去，这东西怎么和那些土豪玩家玩……"彭坦摇摇头，"我是想，你用这个在管道里试试。"

许安皱了皱眉："你说，用这个飞机在管道里飞行？有什么特殊用处吗？"

"练习飞行。你知道的，由于莱不拉面临升空，现在航空管制特别严格，连外面的一些租飞机的地方都被暂停营业了……"

"可你这……"

"你听我讲。"

彭坦是这样计划的，他制作了一套完全和真实飞行相似的操作硬件，一整套的仿版驾驶舱。包括中央操纵机构、传动装置等等。再将它们同眼前的无人机绑定起来，利用程序的计算和编译，达到一个仿真飞行的状态。他用心良苦，就是为了那股对于飞机的热爱。

"你不知道，戴上 VR 眼镜后，我那边还加入了震动、摇晃、爆炸系统！也就是说如果操作失误坠机，还会将我弹射出来，如果遭遇大风还会晃动，有空你也可以去试试！"

许安佩服之余又有些奇怪："完全没必要这么麻烦，现在最新的几款飞行游戏不就行了吗？为什么偏偏要弄出硬件来？"

"个人喜欢啊，更真实，游戏紧迫感不足。"彭坦哈哈一笑，"这些你就理解不了了。"

"那好，我就带去管道里就行了。不过你也知道的，管道里头其实突发情况也挺多的，我也摸不准。"

许安并不是推卸责任。

城市地下管道系统是每一个城市医疗和规划最重要的部分之一。许安每次经过那些熟悉的管道，总能够发现一些不一样的东西。比如说一个月前他就在里头捡起一个醉鬼——人竟然还没死，据说是醉酒后用工具撬开了下水道盖子跳下来，然后摔断了腿，晕了过去。几天前许安在管道里检查焊接和防水是否有问题，结果他才一扭头就差点被冲过来的"洪水"顺着城市管道冲出莱不拉城。

那个啤酒肚新人更惨，上班第二天就遭遇了管道破裂，一只脚给卡在里头，现在不得不打着石膏在医院躺着。

莱不拉这样的即将起飞的城市和传统城市完全不同，除去电力、热力、燃气、给水排水等主要管线工程，这里地下管道更需要考虑到通风、气流、干燥、气压等等要素。一旦起飞，管道必须做好密闭，让里头的水能够迅速在流动中蒸发或者凝固，避免造成重心变化和气流影响。这些都是科学家们做的事情。许安要干的就是拿着工具包到处去检查测试，看看指标达标与否，然后再按照常规手段检验和维护。虽然是管道工，其实他的任务却不包括维修，因为维修部是专门一群人，管道的内部结构复杂程度丝毫不亚于飞机和飞船。许安真正的职位叫城市管道监督工程师。

这是一个人人都是工程师的时代。

所以，不要在意。

"今天明婷装修后开业，走，去吃一顿！我已经提前三天订好了位置。"

"是成都的明婷还是莱不拉的？"

"有区别吗？"

许安正色："当然有。成都的明婷味道更正，莱不拉却是纯粹靠辣……味道不好的。"

"也对，毕竟一个当爹的开的，一个是儿子开的。走吧，去成都。"

二

说是去成都，其实不过是通过一条一千米的海关道而已。

很多年以前，飞行城市计划还没有开始之时，这里只有成都一个城市，具有超过三千万人口，布满整个城市纵横线的美食餐馆和小摊，闲适懒散是这个城市的标签。

后来出了很多事，能源枯竭，机器人的反击，阿波罗计划导致时间线混乱……

虽然不少大事对于在内陆深处的这里来说基本上都是一些闲谈资料，既没有机器人袭击，也没有出现什么未来战警，不过它亦无法独善其身。成都充足的储备不断被输送到其他城市去，自己也一点点衰弱下来。国家发布了几次公告后，正式提出了统一飞翔城市计划。

"让一部分人先飞走，带动另一部分飞往宇宙！"

似曾听过的一句话。

这次是全世界的一次浪潮，一座座城市承载一部分人升天而起，里头有全套的生态系统，食物培育、水循环、三权分立以及上百年的计划。当然这也是一次巨大的冒险，以人类种族为单位第一次跨入宇宙，福祸难料。大多数城市都会留下一部分作为备用火种——如果没有等到他们回归，留守地球的人也能够凭借之前的基础设施生存下去。

成都分裂出了莱不拉这座城市，今年底就将按照计划飞向太空。

作为其中的居民，许安和彭坦估计将没有再回到地球的机会了。

明婷饭店一直是成都招牌餐馆之一，上百年来一直保持亲民的"苍蝇馆子"姿态，沉心于味道和食材，也新出了不少紧随时代潮流的菜式，不过许安和彭坦还是最喜欢里头的两个菜——豆腐脑花、呛香鱼。前者嫩而不腥，后者鲜香够劲。

在这里等菜时间一般较长，许安看着周围满满坐着人的桌子："还是成都好啊……多热闹，莱不拉人太少，没什么人气。"

"人家还羡慕我们呢，觉得我们高大上，马上要从地球人升级成宇宙人了，这个绿卡拿得够远了吧？以后咱们后代叫什么归？宇归？"

彭坦剥着瓜子儿："不过老实说我也挺羡慕他们的。能够待在家乡，过着熟悉和安稳的生活，人一减少，资源人均占有不足以及各种紧缺状况都会得到缓解，而我们呢，就像是一群要去梦想城市里生活的外乡人，和很多年前的北漂有什么区别……"

"不。"

许安放下茶杯，整个人少有的放松下来："我们都是病人。他们选择保守治疗，我们选择手术……只是选择不同的可怜人，生活就是无奈。"

彭坦反驳："那是有的选择的情况下才对，很多人根本没得选。比如说我们这样在里头出生的孩子，想要留下都不可能，外面的普通人想要和我们一起走，也非常困难。倒是更像是一本古书《围城》说的，城外想要进来，城内想要离开。"

许安听笑了："你什么时候变得这么哲学家了？"

"我也不知道，"彭坦眼里闪过一道迷茫，"想到就要离开了，心里有些难过。"

"别想那些了，上菜了！"

"吃！"

香味驱退了各种惆怅和思考。

人类的欲望再次赢得胜利。

闹钟四点整准时将许安叫醒。

他迅速爬起来，漱口洗脸，然后穿上那一身黑色硬质绝缘工作服，站在镜子面前整理了一下自己的衣领，醒肤水让他感觉到倦意消散，在袖口和领口喷上香水，他提上工具箱出了门。

四点钟是休息的时刻，莱不拉城里亮度还显昏暗，笼罩在城市上空的巨大"泡泡"玻璃罩依旧在运行。从下往上看去，许安总希望能够看到自己的倒影与这座城市的镜像，不过那是不可能的。准确来说，它的材质并不是玻璃的二氧化硅。那是一种新型材料，具有高密度与奇怪的柔韧性，绝缘，耐寒热性极强，它的俗用名叫"晶状质"。这个名字出现在公众视野中时很多人就下意识地想到了眼睛里的晶状体，眼球中最重要的屈光间质之一，呈现双凸透镜状，富有弹性，能够通过睫状肌收缩和松弛改变屈光度，使看远看近时眼球聚光的焦点能够准确落在视网膜上。

晶状质也具有类似的作用，它能够通过内部密度调整，改变对内对外的感光灵敏度，强力时它就像是一面反射镜，瞬间折射出高热量，平时却是一面弧形圆罩，温和地保护着莱不拉的上空。有位研究员曾说，莱不拉的秘密武器，应对陨石什么的最大的依仗就是晶状质保护罩。它能像泡泡一般改变形态，使得那些正面冲击莱不拉的陨石被平滑地反射分散力量，就像是太极拳一样。

然后这位研究员就被逮捕了，理由是公然发表不实言论……

当然这次之后大家更加确定，晶状质必定有着类似功效，否则当局为何这么紧张？

在许安看来，整个笼罩在晶状质保护罩下的莱不拉仿佛就是地球的小眼睛，它会慢慢离开地球，像是一个顺流而行的卵细胞，又像是蒲公英的幼子，寻找下一片适宜生长的土地。

地球本身不就像是一朵周期长一点的蒲公英吗？

他初次胡思乱想时简直惊叹，自然的奥妙和轨迹好像无处不在，就仿佛是某种公式，能够代入太多的环境中。

路过的醉酒姑娘突然拉住他："我不想走，你说让我留下呀，让我留下呀……你说，说……"

她嘴里喷出灼热的酒气，让许安有些恍惚。

她的手臂抓得有劲，一直喃喃自语。

好一阵许安才将她哄睡着，将她扶着靠在一处椅子上，又拨打了警方电话后他才离去。

最近许安早晨经常看到买醉的人，有男有女，还有不少老人。

警察们也格外忙碌。

离别总是让人感性的一面太容易暴露。

许安是其中的幸运儿，哪怕他一直没法买下那套价格高昂的房子，他也能够和心爱的人在同一个城市生活。陪伴在一起就足够好了。

所以面对这些失意人他也格外上心和怜悯。

走到指定管道口处，他用自己的身份卡打开旁边的电子锁，打开盖子，顺着梯子一步步往下。盖子"哐当"一声自动关闭。

管道内并不比外面更暗，每隔两米都有壁灯，不过这只是入口处，有的地方损坏非常频繁——比如说城内某个游泳馆下方，那里的地下照明常常出故障，一是由于浸水，二是下面有一个净水装置，功率很大，那一带的线路承载量又有限，造成常常修又没法根治的问题。这些小问题几乎遍布整个城市。

有的是历史遗留问题，有的是还没来得及批复，各种理由。

就像我们人一样，看起来健健康康，外表整洁，谁知道里头的情况？

三

许安走到第一个节点处，拉开旁边的记录仪："我是监督工程师许安，工作编号 0379，节点 012 一切正常。"

说完后将其关闭，这个影像会同时发送到安监部门的存档室、维护部应急办公室，一旦日后发现时间点内出了故障，许安就得负连带责任。

说是这么说，其实一般有问题早就互相沟通压下来处理掉。

地下管道里头通风并不差，许安走在里头可以感觉到一阵风迎面吹来，伴随着某种特有的无法言说的水果腐烂味道——这也是他必须注意喷洒香水的原因之一。走到稍微宽敞一点的里头，许安将工具箱里头那架小飞机放出来，打开上面的通信模块。

彭坦的声音就响起来："到了吗？"

"小声点……"

许安警告说。

按照管理条例，是不允许非相关工作人员进入管道系统的。不过并没有说无人机不能进来。

"从这里往前一千米都是直道，我会先检查这根主管道，你先往前飞。"

彭坦的小飞机螺旋桨启动，嗡嗡飞了出去。

探测器扫描了一番，许安发现有一处坏点，一番反复诊断之后他认为可能是下层电路出现了故障，需要维修部来处理了。他在检查地点贴上防水贴条，然后拍照记录下来。

这时候彭坦的无人机飞了回来："前面有点情况。"

许安站起来将工具包重新背在背上："老鼠吗？"

"一群！"

彭坦的声音有些严肃又有些激动。

"放松，管道里有老鼠再正常不过……你不知道，有的浅水管道区还有一种变异的鱼，会咬人。"

"真的吗？"

彭坦吃惊。

许安对着镜头点点头。

管道对于人类城市也许只是地下设施的一环，对某些小型动物或者微型动物来说却是一个相对封闭独立的空间，是它们生存的某种特定环境。除了老鼠、鱼，许安还记得管道里头有一种鸭子，体型小，灵敏，杂食，敢和老鼠抢吃的，都是自然进化的结果。

彭坦对此不解："为什么不将它们清理出去？"

"你这就不知道了，地下管道大环境就是潮湿的，不可避免会有生物，破坏了一个体系不过催生下一群，至少目前这群还很安分……这什么？"

几只老鼠正在撕咬一只靴子，许安一到它们就四散而逃。

这靴子和许安脚上的鞋子是同款绝缘鞋，他不由往前跑去，果然在一个角落发现了一个蜷缩成一团的人。他手臂已经被折断，以不可能的角度往肘后翻卷。对方身着和自己同样的服装。他想要辨认对方的身份，却发现对方脸已经泡得发白发胀，看起来就像一团发胀的面团，上面都是老鼠咬过的坑坑洼洼的痕迹。

他几乎忍不住要呕吐出来。

许安脑子里飞速计算着这个人到底是谁？

啤酒肚？不可能。打牌三人组？也不像。

这个身着监督工程师服装的人到底是什么来历，为什么会死在这里？

许安摸出应急通信机，正要拨通应急办电话，被彭坦叫停。

"你别急啊，你看仔细一点！这个人有问题。"

无人机嗡嗡悬浮在许安身边，在那具尸体上盘旋。

许安又蹲下仔细辨认了一番，之前的恐惧和吃惊慢慢消退后他的观察力又恢复过来。他立刻发现这个人身体未免太小了一点，好像只是上身某一部分在这里，再者，他身体断裂的部位没有肌肉组织和骨骼暴露出来，反而是一些细密的线管，金属框架。

原来是一个机器人。

不过由于它身体表面有一层人工培育的皮肤和皮下组织，这层"皮衣"欺骗了许安。

他胆子一下子大起来，用手中测试笔碰了碰对方裸露出来的部分，坚硬。许安将这半具沉甸甸的机器人从浅水区打捞出来，它自小腹以下都不见了，穿着和许安一样的统一制服，比例和真人相仿。

"它是你们的工作机器人吗？"

"不知道。"

彭坦好奇道："是报警还是怎么的？"

"不……在管道里没有报警的说法，一般遇到这种事，我们这样干。"

许安拖着它一路发出摩擦声，走到一处拐角，将它塞进一个杂物间，再关上锈迹斑斑的铁门。

彭坦突然道："它的脚去哪儿了？"

"老鼠拆走了。"

"怎么可能……别开玩笑了。"

许安一笑。

还是那句话，管道下是另一个世界。在这里偶尔你会发现一些奇怪的事情，一些不可思议的问题，不过不要慌，做你自己该做的，你不过是一个管道工，不需要拯救世界。好奇害死猫的情况不少。为什么到现在为止许安和打牌三人组在管道世界稳如泰山？就是因为这个基本原则他们都不会去触犯。

而啤酒肚替代的那个人，却过于认真在纠错和找麻烦上……所以他出局。

这份工作需要的可不仅仅是早起，还有看清那条线。

许安不由想起一件他从未对其他人讲过的事情。

十几岁的他是怎么赢得这份工作的？对外统一口径他当然说的是投递简历，运气很好地恰好弥补了老员工退休的空缺。

事实上当然不是这么简单。

一天晚上许安找工作无果后喝了点酒，为了省钱慢吞吞走回自己的临时单身公寓。途中他看到有一个同样醉醺醺的男人正被一个年轻姑娘毒打，蹲在地上抱着头，想来是借酒行凶未遂然后被反击。将心比心，许安觉得那个醉酒男很可怜，借着酒劲过去拍了拍。

大概说了些哥们我送你回去，记得路吗，这类的话，具体许安已经不清楚了。

对方说了个酒店地址，许安将他送到大堂，让服务员送他回去。

本以为不过是一次萍水相逢，没想到几天后他就收到了一个电话："前两天多谢了。你是才毕业的学生吧，有找到合适的工作吗？"

许安说暂时还没有。

"那有没有兴趣去做管道监督工程师？待遇还可以。"

许安有些懵，当然说好。

然后他就获得了现在的职位。

许安知道大概是自己帮助了某个权势人物，不过他刻意模糊记忆中那张脸，只剩下那个酒店的名字。直到真正上班了他反复思考，难道真的是对方发善心抬自己这个年轻人一手？差不多上班了一年他才想明白，并不是。对方不知道他看到了什么，听到了什么，所以用这个职位来堵住他的嘴。

非常简单的一个交易。

许安从来没想过借用这一点再去搞点什么，那是真的自寻死路。

这就叫适可而止的线。

"可是那具机器人，真的太怪。"

彭坦还是念念不忘。

"别去想了，好好飞。"

监督手册中并没有要求监督工程师注意入侵者。再者，许安一秒钟就能够得出很多线索，进入到这么深的地方，那个机器人又是身着统一制服——真正的制服，不是什么山寨货，一个月前就彻底用门卡制度杜绝了暴力入侵的可能。机器人必定是获得了授权，无论它是某个部门派遣来的还是带着某种使命，都不是许安可以触碰的东西。不过有一点是确定的，派遣机器人的那位看来对于地下管道根本不清楚，有的地方会造成电路短路，有的地方会卡壳，还有突发"洪水"，这种体型的机器人一旦遇到突发事件就只有现在这下场。

这也是为什么地下管道内一般使用的机器人都是小型蜘蛛之类的。

行动迅速，损失也不心疼。

四

完全搞定之后就是中午了，许安将无人机收起来，提上工具箱从一个隐蔽的出口出来，在身上套了件风衣暂时掩盖一下身上的味道。这时候正是城市里最热闹的时刻。年轻人来去匆匆，交谈时的语速都显急促，这也是独有的了。

莱不拉的街道和布局基本上和成都一致，算是缩小版的成都，本地人称其为新城，老成都被叫作旧城。

不过其实根本不像成都，城内不允许摆摊，禁止占道，规矩森严，倒是看起来整洁秩序。来去基本上都是年轻人，这也难免，最早新城面对的就是年轻的各从业者，只有极少的行业精英、老年人才会被特邀前来。曾经成都旧城的人是看不上这里的，认为不过是一个大型的城中村，用来圈养和培育年轻人，根本没有什么生活可言。

每天都忙忙碌碌，讨论的全是工作，哪有成都的样子？

直到两年前，政府突然宣布了飞城计划，所有成都人都震惊了。在很多人看来，灾难也好冲突也好不应该属于这样一个休闲的城市的，这也是太久保持平静状态的一个后遗症。总是抱有侥幸，少有居安思危的心理。

新城旧城彻底被一条海关道给阻隔开来。

外来人员进入需要出示各种证件，确定在临时证件上的时效前离开，一旦发现偷进者，按照偷渡罪处理。

本以为会有一大波年轻人想方设法进入新城，守卫人数一度达到五六百人，装甲车配合无人机编队天天巡逻。

然而大家都忘记了，这里是成都……

城市飞天而起这个计划有趣更甚于对自己的影响。不少人组团进入参观旅游，购买纪念品，拍照留念。

在其他地方也许根本不可能，可这就是成都，娱乐与休闲和所有事都能够挂上钩。

曾经有一个著名的街头采访。

主持人：如果有机会，你愿意和新城一起飞离地球吗？

被采访的年轻男子：飞向太空，厉害啊！我？我当然不去！去太空川菜说不定都没得吃。而且，那么小一块地方，多挤，洗澡都不方便吧。地球多好啊，不去不去。

主持人通过长篇幅解释说地球现在环境不容乐观，长远来看还是太空更有机会。

年轻男子：人就活那么久，几十年一百年后我都死了。再说吧。

哦我要去看演唱会了，再见啊。

许安也是本地人，他知道，成都人并不是没有紧迫感。只是让他们离开，很多人真的办不到。

这里有他们的街道，熟悉的食物香味，长街小巷，还有麻将。一旦搓起麻将，什么烦恼都可以暂时忘记。他们懂的一切都在这里，太空、飞城，那里头是未知、惶恐与无处不在的压力。

因此在飞城计划中，成都是独一份的安稳。愿意走的写好申请，能过过，不想走的留下，双方友好平和。

不像北京，大规模示威游行。

不像上海，商业链毁掉大半。

成都就是这样，骂骂咧咧后吃一顿火锅，打一打麻将，明天继续开心。

许安走到小区门口，一名男子突然碰了碰他，贼兮兮道："哥们是许安对吧？有没有想法，有人想买入城资格。假结婚，不会影响正常生活。姑娘条正盘靓，你开个价？"

许安想走。

对方又喊："哥们，别啊。实话告诉你吧，是我一表妹。我知道你叫许安，是管道监督，所以才来找你的。我这表妹吧，漂亮，人傲气，对普通男人看不上眼，你长得挺好的，然后职业又妥当……也算试一试？这样，一口价，光是这个结婚吧，一百万怎么样？"

许安有些怪异地看着他："为什么要找我？"

"这不没找到合适的人吗？什么证件都可以查的，我是新城里头的生意人，受我那表叔委托……"

对方委婉表达了一下自己的期望。

许安拒绝了。

开玩笑。哪有这么卖表妹的？不过是一个中介商到处找冤大头……结婚容易离婚难。

许安是缺钱，不过他宁可选择之前的那一个。

回到屋子里，彭坦突然发信息过来："快看新闻和通告！"

打开电视，许安看到斗大的几个字："成都飞城计划今天正式运行。"

主持人面带微笑正说着："……今日下午六点整我们将会开始试飞，预计十二天后将会正式离开大气层，环绕轨道加速……"

许安心里犹如挨了一记重锤。

每个新城居民都签署了相关条款，不愿意随城市一起飞离的人会要求出城，只是没想到这个时间来得如此突然。从政府方面考虑当然是保密度越高越突然越好，毕竟任何大事都会遭遇巨大阻力，不被对方洞悉先机是一个很好的防御手段。

许安担心的却是自己的女友。

一旦开始飞行，那么新成都就是被封闭的状态。根据最新的统计，里头有十一万人，男女比例为7:3。大成都范围内许安算是条件不错的，年轻有为，待遇优厚。可新成都里头的人大多数都是他这个水准，也就是说剩余4/7的男性都会面临配偶缺失的状态。这种竞争将会空前激烈，进而变化成单纯的条件残酷比拼！

房价必定会飞速上涨，控制都很难。

没有房子的许安，姑娘愿意等，他们家呢？

不是许安对姑娘没有信心，他是对自己……信心不足。

咬咬牙，他翻开电话打给了那个人。

"许先生你想通了就好，好的，条件还是之前我们说的那样，一套房子的价格，没问题。"

对方声音轻松："我们看中的就是许先生你的管道经验嘛，放心，这个并不是什么违法乱纪的事情……我把资料发给你。"

飞城计划是相当严密庞大的迁徙任务，连带附属的事情极多，记忆库就是其中之一。按照各国协定，各国记忆库会集中安置在北极和南极的两个地下基地里，里头包含了各民族发展史、艺术的诞生、宗教的强盛与衰落、经济变迁、科技时代的一步步进化到停滞……

这是主体记忆库里的东西，都是相当大的概念，用以飞城人类后裔回归地球后的研究与互相识别，算是人类集中撰写的"史记"。

更小的记忆库在各国家各城市里头存放，其中包括一些地区生态、民族发展与由来、区域性文字。其中一个备份处就在老成都地下，城市管道里头的某个隐蔽房间里头。

许安要做的就是进入那个地方，复制指定的某一个硬盘，到达指定地点交给另一个人。

由于这本就是对大多数人保密的事情，哪怕官方人士也大多不会知晓。以许安的身手和熟练程度，进去后根本不会被发现。

雇主直接预付了百分之三十的订金，还给了他身份牌，不过让他暂时不要轻举妄动，等到指定安全日期再去。并且对方声明，这百分之三十无论成败都不会收回。

放下电话，许安整个人仿佛虚脱了，这才去洗了个澡。

淋浴到了一半他突然觉得天旋地转，肥皂握不住，喷头也断断续续，许安第一个想到的是地震。

不对……

是这座城市起飞了。

他匆忙穿上衣服摇摇晃晃跑到窗户口处，街道上已经空无一人，城市上空的泡泡外面有一层钢铁外壳正在一步步往上蔓延。外壳上的照明灯都一个依次亮起，周围黑暗立刻被驱散，就像是一个巨大的室内球场。万年没用过的广播在一遍遍通知："现在试飞期间，请市民们在家不要外出，拉住屋子里的防灾杆。如有意外情况请拨打警方电话。"

防灾杆是每个屋子里固定在墙壁上的一些金属扶手，就是用在这种时刻的。

许安拉住防灾杆，另一只手将电视的音量调大，里头果然在播放城市起飞的画面。

摄影师在老成都的海关道处捕捉影像。

那里新成都城已经飞上了半空，曾经的地方只留下一块巨大的凹陷的金属架，金属架也给新成都的起飞气流吹得摇摇晃晃，起飞的城市仿佛是一架巨型火箭，又像是一颗硕大的弹头。新成都已经飞离了地面差不多二十米，画面上看起来像是一个奇怪的生日蛋糕，上面是一个封闭的银色壳子，下面则是几十枚巨大的推进火箭，喷出巨量的白雾让镜头一阵失去焦点。

画面立刻切回到了演播室。

"现在我市的高度距离原本所在地表为三十五米，根据计划中心所说，今天将会停在两百米处，明天预计在五百米处停留，后天正式飞向大气层外，开始离开地球。让我们问询一下前方地面中心。"

画面拉扯了几下后，地面外场主持人的头像出现，依旧没有画面。

外场主持人说："抱歉，由于现场喷气量巨大，为了安全着想，安防的士兵们要求我们回到车内。就我看到的来说，现场有很多过来目睹这一壮举的人们，他们大多数来自成都，也有一部分是外地特意赶过来观看的，他们纷纷拿起手机和拍摄装置想要将这一幕记录下来。不过考虑到安全，现场安防士兵们要求他们又往后撤离了一千米。因为呢，一座城市的发射和单纯火箭或者卫星是完全不一样的，非常复杂，而每一座飞城的情况也不相同，因此呢，为安全起见还是让我们稍微后退……"

主持人点点头："多谢发回来的报道，根据数据显示，现在我们已经离地一百二十米，除去启动时的震动，到现在我们几乎感受不到颠簸，这要得益于新技术反重力。反重力是什么呢？简单来说……哦，前方信号恢复，画面交给前方。"

许安终于看到了新成都飞上天的清晰样子。

它就像一只巨大的钢铁水母，慢悠悠地朝上游弋。下面巨量的人群都纷纷扬起头，脸上表情各异，少有的是大家都没有说什么话，只是愣愣看着这一座曾经屹立在地上的城市一步步往上走。隔着画面，许安也产生了一种莫名的惊悸，只能捏着拳头，不断吸气、呼气。

终于抵了两百米的预定高度，主持人声音也有些激动："观众朋友们，请大家抓紧时间看这座城市吧，明天之后它会上升到五百米，后天凌晨，它就要飞往宇宙！可以说这是真正走向宇宙的一步！没有什么退路，没有可是，真正地投身在无限可能中！"

照例他又采访了围观的一位群众："你好，请问看了城市的起飞，你有什么感触？"

"挺好的吧。那个问一下，飞城里头的人水供应和食物供应怎么样啊？"

"这个问题早就考虑过了。里头有完善的食物供给和培育系统、循环水系统，所以不用担心这方面的事情。"

"那它们能回来吗？"

"我们有信心！"

画面立刻切回来，主持人开始对于飞城计划进行详细报道，都是些许安看过的东西。

他走到窗户边看到之前封闭的外甲正在一点点回缩，城市上空很快就只剩下泡泡的保护。这是开始正式调试，看泡泡的承受能力。唯一让许安感觉到的是，亮度高了很多，脱离了一些地面雾霾的包围。

过了一阵子广播宣布可以外出后大家纷纷好奇地出门。

彭坦也发来消息，让他过去，给他看个东西。

雇佣人的短信也同时到达。

"明天上午动手，明天一天都是安全的。"

许安立刻请了假后在机场官网想要订票，却发现提示为"暂时性停止营业"。他跑到一些民航公司打听，都说得到通知，禁止飞行。塞了一点服务费，有一个知情人告诉他，如果真的有不得不出去的事情可以乘坐私人飞机，不过要低调出行，回来时要过安检。只要没有携带违禁品就没事。

许安找到委托人，对方却笑说这需要你去想办法了。

猛地他想到，彭坦可能会有路子，他对飞机最了解也最喜欢。

结果彭坦直接说："我送你去！"

许安以为是自己听错了。

好友又认真地说了一次："一直没有告诉你，我有飞机……"

许安感到奇怪，他可从来没有听彭坦说起过他有私人飞机这件事，况且一架飞机的价格有多高他并非毫不知情，以彭坦这家伙这么个司机的薪水买不起也很难维护得起。

"来我家你就知道了。"

彭坦自信道。

抵达那间小小的屋子，许安怎么都想不到他会将飞机藏在衣柜里！

"我是有飞行执照的，也就是说只要我有私人飞机飞行是没有任何问题的。这架飞机是我找厂家做的精简版……把我的积蓄几乎花光了。"

说着，彭坦从衣柜里翻出一个大包裹，包裹打开后竟然是一架小型飞机的龙骨，如果组装上外壳，就是一架四米多长的小型单螺旋桨飞机。不过在许安眼里，这东西更像是模型。简直就是那架小型无人机的扩大版本。

"别看它小，两个人是完全可以坐进去的。"

许安不想打击好友，却也只能说："你的飞机没有经过审核吧？"

"经过了的啊。我这算是 C 类飞机，所以驾驶需要 A 证，不过 C 类飞机很多地方不能去，比如不能超过三千米的高空，还有特定区域不能去。基本上，这是一架旅行性质的观光短程飞机。两个月前证件就下来了，我还搭了一个人去逛了逛西安的城上城。信我！"

许安顿时联想到他在管道内玩小型无人机："那是……"

"为了省钱啊。"彭坦苦笑，"油钱太贵了，没有人雇佣的话自己开出去太费钱，所以我就搞了无人机 VR 来练手，免得自己到时候慌。"

为了说服好友，彭坦又道："现在这个时候，很多私人飞机都是停飞的，避免出事。愿意担风险的太少了，而且时间紧急，我绝对比其他任何人飞都要合适。你知道吗？哪怕是私人飞机现在出行大多都要填写申报单的，我的恰好是 C 类，不需要填报，因为里头燃料本就有限，能够飞行的距离只有两个小时不到。所以我这样的飞机反而是最安全的。"

许安咬咬牙："那好，就靠你了。"

彭坦拍了拍胸口，兴奋道："看我的。"

虽然 C 类飞机不需要写申报单，可也需要通知监管部门以留档。拿到电子授权后，彭坦和许安背着飞机一路到了最近的一个可用小型机场。

当他们两人在组装飞机时，周围的工作人员都看呆了。

其中有个人道："这就是 C 类飞机吗？"

许安点点头，勉强笑了笑："我朋友的。"

对方嗯了声在他耳边轻轻说："这位先生，请千万注意啊，C 类飞机是现在才放开标准的……城里注册的也就十几架，基本上是用来上下班的。远程飞行气流不稳定，危险很大。"

许安心里直发毛。

这人是相当委婉地告诉他，C类飞机就是高风险的产物。

不过箭在弦上不得不发！

许安爬上飞机，坐在彭坦身后的座位里头，声音不由自主地有点打战："如果我们中途出事怎么办？"

"放心，有弹射装置。到时候会连同座位一起弹起来，你就摁开座位上的红色按钮，那是启动降落系统。我试过，很安全！"

彭坦说完之后就开始调试飞机，各种复杂的按钮，还有校准。

后面的许安只能心里默念老天保佑，这次飞了之后再也不乱跑了！

"启动了。"

彭坦喊了一声。

许安看到周围的人和标志杆不断往后退去，小飞机往前加速，穿过了一个个隧道，差不多跑了一千米左右突然下沉然后又恢复成水平跑动，前面铁闸门朝两边打开。许安看到蓝色的天空和一团团凝聚在一起的雪山一样的云层，接着他只觉得自己往下一沉。

整艘飞机往下斜着杀下去，许安紧张地双手捏住扶手，随时准备被弹射后摁红色按钮。飞机在空中画出一个勾，终于平稳地飞向了地面。

彭坦兴奋地哈哈大笑。

许安稍微松了口气。

小型飞机降落倒是非常容易，直接在一块废弃的土地上滑行了十几米就收住势头停下来。

解开安全锁，打开门，许安踩到脚下的土地，心里总算石头落地。

他一把揪住彭坦："别告诉我我是你第一个乘客！"

"不要介意……"彭坦靦着脸说，"不是很成功吗？"

这小子果然在骗人，什么之前有乘人的经验完全是为了让许安安心。

"我晚上回来，保持联络。"

留了一句，许安就马不停蹄朝老成都赶去。

准确来说他出生在老成都，不过由于父母都是新城建设者，所以户口和身份都是落在新城这边的。新城和老城最大的区别就在于秩序和随意性，在新城任何可疑行为都会显得很刺眼，老城不同，爱咋咋的，人人自由。许安找到一处下水道入口，根据上面的通用编号他认出是主管道，当即尝试掀开。旁边还有个中年人给他递来一把钢钎："小兄弟，用这个快一点。"

许安打开后说了声谢，毫不犹豫进入下水道，顺手关上了盖子。

老城的地下管道老化得多，而且很多都是水泥结构，不少地方还崩裂锈蚀了，可依旧是按照规范来补充标注过的，上面每一截都有特定编号。

许安一路追寻，找得满头大汗。

老成都几乎是新城的七八倍，飞起来的新城只相当于这里一个区，雇主给的信息又少得可怜，许安找到指定地点时已经饿得饥肠辘辘。他看了看时间，现在是下午五点十分，距离零点还有近七个小时，七个小时内要将货拿到交给对方，然后还得迅速返航——最好提前，否则可能因为这样那样的原因进不去新城，时间很紧。

他轻车熟路找到了编号对应的一扇铁门，用雇主提供的钥匙一拧，突然警铃大作。

许安立刻拔腿就跑。

他几乎听到脚步声已经从门内响起。

好在几年的管道工生涯给了他良好的方位感，以及对于管道里头的掌控力。一般管道是由主管道、支管道、排水渠、蓄水渠、拦截坝等等组成，他现在在主管道里头，主管道空间大，而且一目了然，甚至不少地方都有监控。许安第一个想要躲入的地方是岔道支管道，不过几个拐角他都发现支管道里头不通风，也就是说很可能是一条死路，出不去，会被包围。

身后的脚步声越来越响，终于有人喊了出来："站住！开枪了！"

五个持枪人走到岔道处，立刻分头开始到处寻找，剩下一名开始回撤，害怕对方是调虎离山。

脚步声渐远。

一旁黑色污水区处，一个人突然猛地站起来，朝着那人撤离的地方迅速赶去。

自然是许安。

亏得这里是老成都下水道，灯光昏暗，污水浑浊且味道刺鼻。如果是新城里，大概会像是那个机器人一样被立刻发现逮捕。

到底是怎么打草惊蛇的眼下已经不重要。许安迅速沿着来时的路撤退，终于到了一个出口处他脱下外套，就剩下一件长袖内衫，猴子一样迅速跑了出去。他不敢停留，一路疯跑，抵达彭坦飞机所在地。

这个混蛋竟然人不在！

他深吸一口气，恨不得自己去驾驶。

"怎么了怎么了？"

一旁彭坦拉着裤子走过来："我就去小解一个你这身……拿到东西了吗？"

"别说了，快点起飞，回去！"

彭坦看他脸色凝重焦急，直接钻进驾驶室开始启动引擎。

"坐好了！"

飞机经过一段加速后终于升起来。

看着下面一点点变小的房屋许安捏紧的拳头慢慢松开来，他看向那座起飞的庞大城市，从这里飞过去，它在你眼前不断变大，你才真切体会到人类文明的某种质变，发自内心的震撼。

彭坦不断在试图和飞城里头的人取得联系。

"你好，我是驾驶员彭坦，证件编号 03789，我们现在要返回新城里。请给予引导。"

"你好你好，能听到吗？我们的 C 类飞机寻求返航，还请引导后打开封闭门……"

"你好！你好！"

彭坦的声音也焦急起来。

许安也皱眉："到底是怎么回事？无线电出故障了？"

"没有！就是不知道怎么了……没有引导我们没法回去，飞城现在是保持悬浮状态，没有入口的。"

彭坦只能够绕过新城，在它周围如同卫星一样慢慢环绕着。

突然他大喊了一声。

许安看过去，之前平稳的飞城突然摇晃起来。

就像是它肚子里有某种东西在左冲右突一样，微微的晃动很快让飞城的钢铁护罩再次启动，

"我们必须离开它，不然光是它制造的不稳定气流就够呛。"

彭坦驾驶他的小飞机灵巧地朝着远方飞去。

许安正有些心不在焉，突然眼角瞄到一处火光。

他看过去，飞城的下半部分，那一堆火箭旁边开始冒出火光，爆炸声也急速传递到耳朵里，转瞬就像是被点燃的鞭炮一般在城市的下半部分不断爆炸，泥土钢铁纷纷落下，沉闷的爆炸声就像鼓槌，一下又一下轰击在那座飞行的城市下半截。他们俩的小飞机被气流吹得左右颠簸。

彭坦倒吸了一口凉气，远远避开，迅速将飞机迫降在了之前的地方。

俩人都跳下飞机，目瞪口呆地看着眼前的巨大飞行物坠落着。

如此巨大的城市坠落非常迅速，直接斜着砸入了之前的坑道中，卷起漫天尘土。许安下意识地趴在地上，双手保护住头部，他只觉得一阵飓风从头皮上刮过，还有什么石头和不知名的物体擦过头皮和保

护头部的手，心中恐惧让他已经感觉不到头皮和手指的刺痛。过了好一阵，他确定没事之后尝试着站起来，把一身泥土抖落，又拍了拍头发，将其中的灰尘先扒拉下去。

"彭坦，彭坦！"

许安大声喊。

满脸灰尘的老友都要哭出来了。

"我的飞机被吹飞了……"

"你先在这里待着，我过去看看是什么情况！保持联系。"

许安咬咬牙冲着还在不断抖落尘土的坠落地点赶去。

可他人还在距离现场一千米外就被现场的士兵给拦住了。不断有车子将里头的伤员送出来，许安心急如焚——她可千万不要有事！很快他就连周围一千米都不能靠近了，于是许安只能够先去和彭坦会合。

彭坦拿着他的手机还在看视频新闻，神色依旧萎靡："新闻已经说了，说监控画面显示，有恐怖分子在飞城的管道里头安装了烈性炸药，刻意破坏飞城计划，好在最后迫降时控制得当，伤亡人数目前统计是一千五百人……可惜了，下次起飞不知道又是多久的事情。"

彭坦啧啧说着。

许安心里一惊。

在管道里头找到的机器人残骸，要求自己去成都城内管道里头限时拿到所谓的记忆库……这些都不是偶然的。

早就有人计划好引爆飞城，让它坠落，突破点就在管道里。利用机器人在里头做好手脚，而后自毁，里头的管道工从来不会多管闲事……策划人非常清楚里头的人员、布置情况，还将自己这个"最佳管道工"支开，就是为了这次引爆！

那个雇主。

许安如坠冰窟。

当天晚上他们终于确认许安女友只是受了轻伤，被吊灯划到了额头。

许安安慰了她一阵。

医院的电视墙上开始滚动播放新闻："飞城成都计划总规划师、负责人、执行部部长××宣布引咎辞职，公开对社会各界道歉，为自己的准备不周和计划失误而负责，副指挥暂时接任……"

临时负责人开始电视讲话："我们是不会对恐怖分子屈服的！第一次起飞失败，我们飞第二次，第三次！这么多年来，我们克服了一个又一个难题，每一次攻击都只会让我们更加团结一致（负责人握拳），没有什么能够阻止我们飞向宇宙！（高声）这次事故的后续事宜我们会迅速跟进（低沉），在此，我向受到伤害、惊吓的市民们致歉！（鞠躬）"

许安看到那张严肃脸，尘封的记忆被唤醒。

正是这张脸，在那个醉酒之夜给了自己一个机会。

自己成为管道工，铤而走险被支开，飞城坠落，他上位成为飞城指挥……

这些是偶然吗？

许安不愿再去想大人物的事情。

他唯一知道的是，这个秘密大概会随着飞城损毁的那些管道一起被埋葬。为了想要的东西能铤而走险，含蓄低调，更无奈的是，许安发现自己和自己的这位贵人其实是同一种人。

出人头地的方法有两种。

第二种，没有对手，你才能飞翔。

黑白之城

序

拥挤的街道，行人如织，红绿灯来回跳动，遍布角落的地面路标、街角指路牌、巨大广告板，标识无处不在。城市里生活简单，跟上那些贴心的箭头就能够找到去路，不用想太多，只管踏着它的脚步，也不必迷惘。一步步向前走，完成新手导航，总会有个地方等待自己的。

车鸣和巨型 LED 里的广告是城市的音律，它们对每个人一视同仁，不管你愿不愿意，都在一天天锻炼着你的心，在你高兴时它们是庆祝之音，落魄时它们是冷漠之笑。

也许城市就是这样的东西，一个巨大的、集中了百万千万人的思念和踌躇、不安和兴奋的映射物。要在这里生存，心如钢铁比较好。

当然，这都是城市的基本规则，几乎人人都知道。

也有例外的。

不幸，我是例外。

我停下车，将车子上的抗议牌子取下来，自己举着牌子站在天桥上。上面的字都是我一个个写上去的，很庆幸，毛笔字终于派上了用场。

——慢慢来，慢慢走。

上头是写着这样的字，这是我自己的标识牌。

下面的车子自然没有丝毫停留，天桥上的人也奇怪地看我。

你们骂我蠢，我是蠢透了。我参加的"迷惘互助小组"布置的作业是——勇敢去做一件一直想要做的事情。全程还得录制下来，作为作业上交。说来也奇怪，有了这样的使命后反而没有一点犹豫了。

于是我站上了天桥，让摄像头对准自己。

这是一直以来我的一个白日梦：大家跑得这么快，不都是希望不要被别人落下吗？可如果大家都慢一慢，是不是会更好一点，跑那么快，朋友，不累吗？我知道，我知道。这傻透了。不说社会发展必然，这问题本身就是一个无解的博弈，你无法保证对方遵守——你自己又能够遵守吗？

仅仅半个小时后，一个年轻人来到我旁边说，对不起，他们想要在这里取景拍一部广告，希望我能够暂时将场地让给他们，并给了我一笔钱作为补偿。

我走下天桥将牌子放回车里。

如果有人说我这种做法可笑，劝我走，我绝对不会答应，而且会更加坚定决心。可当这样一个眼神憔悴的年轻人塞给你几张钞票时，无形的挫败让人很沮丧。为了自己能够心安去耽误别人的工作，这点我是不干的。

这个城市并没有看起来那么大，你不知道什么时候自己的位置就会出现另一个人，塞给你一点钱说，朋友，位置我要了，下去吧。

你要就给你，有时候我连自己是谁、在哪里都搞不清楚。

车子缓缓发动，我看着天台上年轻人正对一个中年人鞠躬，对方看也不看他，睥睨四周，仿佛一个挥斥方遒的将军。

耳边传来一声高分贝长鸣。这是左手边轻型卡车发出来的声音，隔着玻璃我都能听到轮胎抓着地面滑动的滋滋声。前方出现了一个小小的影子，他身背学生包，站在车道上看着天上。好像那上头写着什么非看不可的密码。

我只来得及拼命打方向盘，强烈的反震力让我脑袋猛撞到方向盘上，视线模糊起来。

一

"请问，许安先生，您当时到底是怎么想的呢？有没有想过因为那一下或许会造成您自己和旁边司机的伤亡？"

我隔着渔夫帽摸了摸里头厚厚的绷带。

"当时并没有想那么多……"

主持人："也就是说，您当时的行为完全是下意识的对吗？"

我点点头。

"有人说城市是冰冷的，"主持人看向镜头，声音一下子高昂起来，"可是许安说不，他给了那些悲观者们一个惊喜，也给了更多人勇气和力量。现在，我们也要给他一个惊喜。许安先生，您已经被选入了黑白城的候选公民，不，这个候选只是暂时的而已，相信要不了多久就可以成为正式居民。相关人员就会将您的居住证和户籍手续送到您手中！我仅代表电视台公司祝贺许安先生！"

黑白城，这是一个熟悉的名字，每天广告里都看得到它的身影。它不仅仅是一个城市，变得像是某种标准，将人与人区分开的衡量。可它到底是什么，我一无所知。

主持人依旧在侃侃而谈："对于能够入住这样一座举世闻名的模范之城，许安先生您有什么想说的吗？"

"我很荣幸。"

"这是您该得的，许安先生，节目结束前请再对大家说两句话吧。"

我站起来，拉了拉夹克的下摆。

"感谢大家的关注，这次没有人受伤，很幸运。希望大家以后能够慢一点，慢慢走，慢慢开车。谢谢。"

除了倒数第二句话，其他都是剧本早就写好的。

出了演播室手机就嘀嘀嘀叫个不停，里头有不少电邮，最瞩目的一个自动高亮的正是黑白城的通知：许安先生，您被破格选入黑白城候选居民，我们真诚地欢迎您的到来，和大家一起将黑白城这个乐土维护好发展好。以下是您的住址，以及您的编号，您可以随时入住。

读完这一则消息，我人已经在楼下。

一个三十岁左右的女人和我打招呼："许先生，多亏了你啊。我家孩子才能够避免受伤。"

我没见过她。

"是这样的，本来准备去医院，可医生说你醒来后就被电视台的人带到这里来了。所以我才赶过来。宝宝，过来。"

她朝后头一个小孩招招手。

正是那个倔强的，用背面对着卡车的孩子。他还在恋恋不舍地看着天上，仿佛怎么看都看不够。

"还不快谢谢许叔叔！"

他转过脸来。那是一双大而无神的眼睛，仿佛里头有某种东西逸散了，看起来有些呆滞。

"谢、谢谢，许叔叔。"

孩子母亲解释："孩子从小就有眼球不自主运动这种病。所以有时候会无法控制自己的视线，无法控制地往上看……那天我在取衣服，一时没有注意他就自己走开了。真是对不住，谢谢你了，许先生！都怪我！我的错！您的医药费我会全额赔偿给你！"

从她对小孩病症的详细描述来说她是不想让我以为孩子是脑子有病。所以一再强调。

我躬下身，问那小孩："当时你在看什么呢？"

"云，漂亮的云，自由自在的云。"

他的眼里多了一丝神采。

当母亲的叹了口气："这种病一旦犯病会短暂处于无法控制自己肌肉的状况，哪怕他已经听到了车子的喇叭也是无法做出回避反应的。眼球不自主运动。"

"抱歉。"

"说抱歉的是我们呐。这是我的联系方式，请您一定要来我们家做客。现在我还得带孩子去医院进行这个疗程的康复治疗，就不再耽误您了。"

她递给我一张名片，拉着孩子又是用力鞠了一躬。

由于出来得突然，我只是戴上了剧组准备的帽子，其他东西都还在医院。回去时我想起了另一个人，那个卡车司机。在大厅的结算处我看到了他，他正吊着右胳膊，另一只手配合下巴摁开一只自动圆珠笔，写下自己的名字。

看到我他放下笔，朝我比了大拇指："哥们回来了？还真险，换我我肯定不敢撞。本来还准备骂那小子一顿，可知道那小孩脑子有病，一味扭着不放又说不过去，只能算倒霉。"

"是眼球不自主运动，"我纠正他，"大家都没大碍就好。"

他摇摇头苦笑："你我的车子都被拖走了。孩子倒是没事，没事就好。不说了，还得回去给老板报告。这笔钱看来单位是报不了了……那孩子的妈连给孩子治病的钱都凑得勉强，算了。"

说完他摆摆手，潇洒地朝着大门外走去。

明明是很洒脱的背影，我却觉得有些沉重。

就在我发愣的时刻，一个清脆的女声从身后传来。

"请问是许安先生吗？"

我转过脸，看到一个卷发女子。她年纪二十三四岁，戴红色眼镜，脸庞精致，身高和我持平，黑色职业套裙，微微一笑，亲切又点到即止。

"我叫谭蓉，世荣公司职员，由于李总最近事务缠身，由我来接你去黑白之城。请多多指教。"

她微微鞠躬，刘海垂下，扬起。

我说："我是许安，很高兴认识你，可不可以请你等等。"

二

从医院办理了出院手续后，我带着自己的包走到医院门口，谭蓉和她的黑色商务车已经在那里等候。

"许安先生，我送你回去。"

我说了个地址，摆弄着手里有些花屏的手机。

"在你左手边的第二个格子里有一个备用手机，拿着先用吧。"

果然那里有一个漂亮的新型号手机。

我说："谢谢，不用了。"

她眉毛一扬："你可真客气，没必要的。这些东西本来就是给你们提供的，拿着吧，里头可有追踪系统，可以盗取你的各种秘密，怕不怕？只是……里头有我几张自拍，还请你帮我删除掉。"

谭蓉转过脸，露出一个迷人的微笑。

我有了一个新手机。不过旧的依旧在尝试，里头有我的半个小时的录像，这是作业。不能辜负的除了美食，就只有作业了。

等我上楼时没想谭蓉也跟了上来。

我有些为难。

她倒是善解人意："不方便吗？里头有女朋友？"

我摇摇头说自己单身很久了，不过突然我又觉得这句话暗含挑逗，于是补充说："主要是里头太乱了，怕吓着你。"

"没事。我不怕的，读书时也去过男生宿舍，无非就是袜子多一些臭一些。"

她语带坚持，我也没有再阻拦。

打开门，我朝她说："还没有后悔来吗？"

谭蓉愣了愣，说："这……都是……"

我家徒四壁，唯一多的是猫，六只猫，都是我从街上领回来的野猫。本来我只是在一个夜里救了第一只，可是这种事情有了一就有二。后来的野猫们不知道是不是闻到了我身上的心软，跟着我回到了家。

家里挺乱的，野猫野性难驯，跑来蹿去，将屋子里的衣服鞋子翻得到处都是。收拾了几次它们又会持之以恒地去复原，我明白了，它们只是更喜欢乱一点的地方，看起来比较像它们以前的家。

既然如此，那就这样吧。

反正我回家，只是为了睡觉。闭上眼睛什么都看不到。

趁着她被猫群们缠住，我偷偷移动脚步进了屋子，将那个早就打包好的箱子给拖了出来。

谭蓉倒是对猫们挺关心："你走后它们怎么办？"

我耐心地跟她解释，要和猫相处就不能把它们看成宠物。或者将它们看做一个长时间在你家定居的室友比较好，猫是很自我的动物。我能够做的都做了，没有朋友可以一直陪伴你，不过是一个人搬走，等待另一个人住进来。

"有意思的想法，其实你是可以将它们都带到黑白之城的。每个居民分配的房子有八十多平方米，六只猫加你，都够了。"

我摇摇头："有人说，猫是很讲究地盘的生物，它们不喜欢迁移。我也不是它们的主人，其实我所有的钱也都交了房租，只够下个月，以后怎么样我自己都不知道。"

虽然我开着车，我举着牌子，我却过得并不算好。车子是二手货，离报废只有两年了，至于工作，我已经辞职了一段时间。对于大多数人来说人生是一条介于两点的线，而我却在其中多了一个断点。

我没有父母，没有朋友，没有爱人，没有事业，三十岁之前的记忆似乎总是模糊的。

问过不少医生，他们有的说我使用了过多药物导致精神紊乱，有的说是酗酒造成的记忆缺失，不过有一点他们很统一，请你先去做个全身检查。

检查过几次后我就放弃了。为了防止自己再胡乱用钱，我将剩余的钱都交在了房租里。至少这些钱可以帮我和我的室友避免流落街头。

我参加了很多不用交费的组织，迷惑互助小组是其中最让人觉得真诚的一个。小组的组员都是一些迷惘的同类，有的人对着自己的单只袜子也会伤感，有的人到了夜里就难过得要命，也有我这种，不清楚自己到底是谁的。

我们共同分担失意，通过网络每晚聚集，相互慰藉。

谭蓉看我一直沉默，主动挑开话头："许安，我这样称呼你吧。你对于黑白城到底有多少了解？"

我说："我记得有一句话，独一无二的黑白城，和世界上任何一个城市都不同，其他就不太清楚了。"

她嗯了声："之前我说过，我是世荣公司职员。我还在等着你对我提问呢，结果你倒好，从头到尾都没有在意。你是个愿意相信人的好人，你应该住入黑白城。

"好人应该上天堂，坏人应该下地狱，这句话说了几百年。地狱人间也有，天堂却从来没有看到过。黑白城就是基于这个简单的理由诞生的，是不是感觉很好笑？"

谭蓉的声音轻重适宜，缓缓讲述着黑白城的历史。

现代天堂并非是盛大和弦配合飞舞的小天使，天堂是高度文明自治，是道德的高度规范，是自我克制，是最先进的技术融入生活，是希望，是未来的方向。

黑白之城的出发点基于一个崇高目的，实际建设却融入了足够的理性。无数聪慧过人的工程师和建设者不断加入到这个还在不断扩张完善的项目中来，因为它如此迷人，既有无与伦比的道德满足感，又能够最大限度地使用资金和释放自己的天马行空。

光是城市本身设计就高达一个中等国家一年的税收，不过没关系，无数公司和国家抢着愿意共同买单。他们在里头看到了某种可能孕育的东西。

用最尖端的科学技术制造出这样一座未来之城，让最优秀的人类住进去，这就是一个人类未来的小型演化实验。这里网罗了各种人才，每个人的尊严和生命得到最大限度的保护，得到了保障的人类专心于某一项事业，又能够爆发出何等的力量呢？

就在无数人摩擦双拳，准备偷偷从里头摘走人才时，黑白之城的核心秘密终于公布：一切居民的筛选判定均由超级电脑——阿瓦隆来执行。为了表示公正，它时刻变化的每一个数据流都对外公布，随时可以查询。不过也就意味着，黑白城是一个完全的自动化城市，一切管理都将规则化，人力影响因素将减弱到最低。

阿瓦隆作为法官，对于一切判决、决断、申请作出解释，以及最终决定。各方都有些愕然，不过没多久都接受了这个事实，无他，若是将这个耗资巨大的城市交由任何几方势力打理都会拖累它，内耗也将削弱城市的动力。

大家建立它，是希望它能够作为一个催化剂，一个训练的集中营，让优秀的人才能够有一个动力和目标。再说了，也有各种原因审核后不得不从城里退出来的人，这些人就是黑白之城吐出来的金子。本质上来说，黑白之城是一个兑换器。

投入资本，换取最重要和有潜力的人，对于投资者来说，可行。

听到这里，我有些疑惑："为什么我会被选入？"

谭蓉莞尔："做中国菜最不可缺的就是油，再好的菜，缺了油都会少了一分滋味。许安，你是城里需要的油。

"全世界能人千千万，可是要进入黑白之城需要的还有一点点运气。徒有力量，没有控制自己的决心和道德约束，那样的人只会带来灾难。黑白之城需要的不仅仅是具有非凡创造力的人物，也需要有极大热诚，拥有良好品质的人。

"昨天恰好是阿瓦隆的审核日，它调用了随机抽样的八十八组数据，里头就有你，而你恰好在那里拯救了一个小孩。你在所有候选者里脱颖而出，这份结果迅速被发往了你所在的城市。所以电视台才敢说出那样的话。

"你是油，黑白城需要你。"

我想了想："虽然不太懂，我也无处可去。"

三

黑白城地理位置并不算好，处在一处沙漠之中。不过它并不依赖外贸，所以也不是什么难题。城市自给自足，对外输出的各种设计、科技产物甚至文化理论常常让人大吃一惊。

进入黑白城需要通过三道外墙，第一道是金属网，高耸的铁柱以及巡逻的机器人让不知情者会以为误入了军事禁区。第二道是正儿八经的石墙，高度有十米左右，围得密不透风，门口是工牌鉴定和虹膜解锁。第三道是一扇门，和我宿舍的门没有什么两样，黑色的防盗门，拉开它，我跟在谭蓉身后一步步往下走。

乘坐了几次电梯后又经过了一个安检站，黑白城就出现了。

最先入眼的是一座黑色巨塔，在它的顶端是一个巨大的白色球状物，它飘浮在黑塔之上，就像一颗毫无感情的白眼球。

"那就是阿瓦隆的所在地，在那颗白眼里。要接触它本体，就必须将黑塔完全拆除。否则靠近的电子设备都会被它外层的电磁防护措施影响短暂失灵，这是一个魔戒迷的设计，很有趣。"

视线往下，我看到了一大群茂密的巨蘑菇。

巨大的伞朵，笔直的伞骨，下面是一根根高十几米的伞柱。在伞朵上有不少人正坐着，聊着什么，似乎极为惬意。

"蘑菇屋，这是黑白城的第一批建筑了。出自一个疯狂迷恋'马里奥'系列的建筑师，伞顶采用了防滑措施，是很好的郊游地方，哪怕从高处坠落也会迅速被感应到，伞边沿会迅速喷射粘性救生网，看起来就像一只被捉住的虫子。"

我问："这个蘑菇就是用来玩的吗？"

谭蓉微微一笑："如果仅仅如此，就不是黑白城的出品了。蘑菇屋其实本就是一种变种植物……它是可以食用的。说不定，你今天的用餐里头就有它的一部分。"

从蘑菇群里通过后，终于看到了一些传统建筑。只是看起来有些怪异。

石板大道左手边是几栋哥特风格的建筑，高耸消瘦，尖塔密集，尖形拱门，它们紧挨在一起，看起来就像几只闭眼休息的蝙蝠。

右边则是一排传统汉式建筑，四合院风格，连成一片，红墙黑瓦。每一块瓦片都被排列得整整齐齐，屋顶的飞檐雕刻精湛细腻，古怪的镇宅兽浮现出它古老的身影。

"你刚来，会觉得有些不好接受也是正常。大多数城市都是统一风格。阿瓦隆经过计算后，将大家的风格图纸加以整合，变成了现在的样子。习惯了，你就会体会到，一天内走过无数民族古工艺就像进行了一次旅游。"

我看到街道上的行人和外头也没有什么两样，都是衣着整洁讲究，并没有如建筑一般那么诡异，只是稀稀落落，入眼不过三五人。

往里走深入一点，欧洲城堡、教堂甚至金字塔的缩小版都相继出现。

街上突然出了一个状况。

一个人扶着墙昏倒了。

顿时周围警报大作，哥特建筑、中式建筑、教堂、金字塔等里头都哗地跑出一群人，其中有医生迅速做出诊断，有设计师开始查看是不是周围哪处对人有影响……

医生说："没问题，是贫血，再加上熬夜导致昏厥。"

众人松了一口气，蚁群一样高高抬起晕倒的人，朝着一个方向走去。

谭蓉说："是不是觉得有些惊讶，怎么大家的自觉度这么高？这就是黑白城，一个犯罪率为零的地方，人人为我，我为人人。对此阿瓦隆指定了积分制度，根据大家的积极性和贡献来给每个人年终拼比，积分越高在这个城市的权限越高，获得的资源力度也就越大。这并不是一件不可能的事情，只需要加以引导。"

我们径直到了黑塔之下，门口写着世荣两个字，下方是十五国语言。

谭蓉对这里轻车熟路，她带着我灵活地穿梭在各个办公室，填写表格，拿文件和证明，最后她带我到了一个办公室。

"基本手续已经办妥，许安先生，在一年之内你都将是黑白城的公民，如果没有问题一年后可以选择继续。不过这里我要稍作提醒，黑白之城虽然自由也有它自己的制度，是不容置疑和反抗的。在这里可以争执，但不可以伤人，一旦发现会被驱逐，列入各大信用制度黑名单，就是这样。"

我说嗯。

她递给我一份文件，扬起拇指和小指在耳边晃了晃："由于李总不在，这里的情况我不知道介绍得清不清楚，你可以随时和我联系。"

翻开合页，上头写着一个地址，我在黑白城的第一份职业是快递员。

"阿瓦隆还在对你做最后的评估，现在是临时的，有合适的工作我会通知你的。"

谭蓉伸出手。

我和她握了握。

四

迷茫时总是需要人帮忙做出选择。成为一个快递员挺好的，我骑着电车，慢悠悠地穿梭在黑白城里，和千奇百怪的建筑擦肩而过，和每一个路过的人说早上好、晚安，仿佛进入了童话世界。

才到这里三个月，我已经习惯了这里的不对称。

唯一进展大概就是我和谭蓉越来越熟悉。我常常会打她电话，并不是骚扰，而是在这里认识的只有她。网络上对于黑白之城的描述实在是太少。任何对于白黑之城的信息通过城里发出都会被阿瓦隆过滤，以此保持黑白之城的安全。

这一天我接到了同事的请求，他生病了希望我能够代替他去送西区的邮件。西区我去的较少，那里的人都很匆忙，似乎大多数都是科研人员，看起来有些冷清。

走到一栋看起来很气派的巴洛克建筑里，我摁了摁门铃，用自己的工作证刷了刷上头的验证。

过了差不多五分钟，门打开了。

"你好，你的快递。"

我说着标准的辞令，将手里的包裹递过去。对方却没有接，而是愣愣看着我。他看起来比我大十岁，头发里已经有丝丝缕缕的白色，眼袋很深，戴着一副金边眼镜，看起来有些知识分子的气息。

知识分子"嘭"地关上门。

我只好再次敲门。

里面似乎有人在争论，过了一阵，传音器终于发声："你走吧。"

我解释："需要您的签名。"

过了半晌，门再次打开。

他再次和我眼神相对，我努力露出一个善意的微笑，他僵硬地回了一个。然后迅速签名，递给我，在门再度关上的一瞬间，我听到一个声音。

"怎么不让人进来喝一杯水？"

惊鸿一瞥，我透过门缝将那道身着围裙的影子捕获。她的声音犹如敲打晨钟的杵木，将我心中的迷雾给撞碎了一角，里头有某种彩色烟火漏了出来。

她一定和我有关。

后来的几天里，我整个人有些魂不守舍。每天下班后我就会骑电车到西区溜达，为那个声音魂牵梦绕。哪怕遇见对方的机会很小，却是我唯一能够做的事。

通过同事的介绍我也知道了那一户人家的情况。男主人叫彭坦，女主人叫叶静，这对夫妇在黑白城算得上是模范夫妻。除此之外，彭坦还有一个显赫的身份——黑白城市长。

市长夫人和我这种人会有什么样的关系，我实在不清楚。

又一天下午，我怀揣不可告人的目的抵达西区。无论我走怎样的路线必然都会经过市长的官邸，或许我想着那位夫人会探出头来，浇浇花，或者看看街道，哼哼曲子。

结果在上头却露出了市长彭坦的脸。

"是许安对吧，你还在负责这边的快递吗？"

与上次不同，彭坦面对我自如了很多。

我敷衍地笑笑。

他发出邀请："上来喝一杯茶吧。"

与此同时，那位光是声音都让我无法自持的夫人也出现在他身边，扎了发髻，皮肤白皙，笑容得体，她朝我柔声道："上次对不住了，家里有点事。"

说着她轻轻瞪了丈夫一眼。

彭坦哈哈一笑。

真是很配的一对。我摆摆手说不用了，还有很多工作没有做完。然后我骑着电车，飞快地逃走。

黑白城因为道德选中了我，我却在里头产生了这样罪恶的想法，这一点让我羞愧之余也非常惊讶。

回家点开互助小组，上次我的作业还是交了回去。当然面目是做过处理的，这样大家也就能够保持一些隐私。结果得到了不少人的称赞。

在一群小组的语音发言里，我意外听到了一个似乎耳熟的声音——

"大家好，我是新人D。我是一个女人的丈夫，两个孩子的爸爸，本来我是一个卡车司机。只是在路上出了一点事故，差点撞到了一个小孩，虽然对方也赔偿了。老板觉得我处理得不好，引起了公众对我们的关注，就让我主动辞职，给了我一笔补偿金。

"想想整个事情也没有哪一方刻意过错。可不知不觉就沦落到现在的地步，我真的搞不懂。"

这声音不久前我还听过，我忍住内心激动发给他私信：是你吗，哥们。我们在医院见过，那个看天的小孩……

他再也没有发言。

我忘记了一点，网路上是见光死，只有各自隐藏得好好的，我们的思想才能够自由地来回。

五

李安琦找到我时我正在给邮件贴码，他是世荣公司总经理兼董事长，也就是谭蓉之前所说的李总。世荣公司中途放弃订单无数，甚至不得不裁掉一部分职员紧缩财务，终于得到了全程打造"阿瓦隆"项目的授权。

如今世荣能够作为黑白城的最大技术支持也是对它坚守的回报。

李安琦则是世荣公司的象征。他眼窝很深，眼睛周围有些黑青，人很消瘦，不过站得笔直，一身西装极为得体，让他看起来有一股超越肉体的精神。

"许安，好久不见。"

他和我握握手，然后和公司的负责人说了些什么，对方点点头，安排了另一个人员暂定顶替我。

"给你介绍一个朋友，说不定能够成为你的另一半哦。"

他对我很热情，声音极为亲和。

那个人就是谭蓉。

对于李安琦的安排，谭蓉倒是显得很接受。

她说："我和许安也接触了一段时间了，他是个不错的男人。我想我们可以试着发展一下，前提是如果许安不反对的话。"

谭蓉朝我看过来，她是个很漂亮的女人，可我脑子里都想着叶静，那位市长夫人。真是很怪异。

面对如此直白的女性我有些慌乱，说："我只是不明白。"

李安琦双手交错放在桌子上说："你对我，对谭蓉，对世荣，对黑白城大概都有很多谜团吧。我一个一个地告诉你……"

他转过脸，突然停了下来。

我看向窗外。那里是一个广场，少见地出现了人群围拢的状况，更奇怪的是里头并没有出现什么紧急情况的样子。

谭蓉担忧道："是决斗。"

李安琦立马站起来朝外走去，我和谭蓉紧随其后。

人群中央，两个男人相对而立，其中一个丢掉手中的书册，拔出一把长剑喊："向你挑战。"

另一人冷冷回应："我接受。"

俩人不发一言持剑相击。一看就知道两人都不是常常运动的人，动作极为僵硬，演变到后来基本上就是给对方一剑就跑，等待对方出剑然后利用这个回剑的空档扭头还击。整个看起来有点像回合制的意思。

周围的观众看得很投入，各自亲友都在鼓劲加油，声势很壮。

我还没开口，谭蓉就已经在说了："黑白城的规矩，不能够伤人，不过可以挑战。对方可以拒绝，不过那样以来对方的名声就会受到影响。许安啊，如果你以后有非得一决胜负不可的对手，就挑战他。"

就在我们说了几句话的空档，其中率先挑战的那人已经被刺中大腿，一声惨叫摔倒在地。另一个没有再进攻，而是丢掉武器，上前搀扶起他。

"没事吧？"

"有点疼。你赢了，你厉害。"

"怎么样，这样心里好受点了吗？我说过，不是我故意要抢那个角色的，是导演的意见，下次罗密欧我会帮你争取的。"

"一言为定。"

两人站起来，互相握住手，高举双臂，朝周围观看的群众致意。一开始剑拔弩张的双方这时候又没事儿了一样，互相拥抱，说着类似"好险呐，差一点就赢了／输了""大家今晚去吃火锅吧"这样的话。

李安琦走到了中央，微微一笑："这两位先生都以自己的勇气和品格解决了他们的争端，请大家给他们以掌声。"

顿时周遭噼里啪啦都是大家的叫好。

我捡起那两把无人问津的剑，试了试，看起来像金属，其实只是软木而已，用手都可以掰断。不知为什么，握在手里让我觉得自己似乎也做过这样的事。我用力在脑子里想着，希望可以从里头找到一些蛛丝马迹。

可当我不断想要读取往日那片充满迷雾的沼泽时，脑子似乎挨了一记重拳，世界开始剧烈晃动。

六

世荣公司旗下的医院很干净，至少我所在的单人病房如此。医生说我是贫血，我想起最近的确没怎么好好吃东西。不过这都是小事，让我很振奋的是，我的记忆恢复了一部分。

那是几个小孩，是距离现在很久以前的故事。

我是其中之一，有一个叫阿鼓的孩子和我一起住在一个巨大的屋子里。里面住着各种各样的小孩，每一周都会有些大人来到这里带走一个孩子。管我们的阿姨就说，你们啊，要记得一定要表现出自己最好的一面，这样一来才有机会去过好日子。

那时候我一点也不听话，我对有可能看上我的大人吐口水。阿鼓不，他会装作懂礼貌的样子，大人问他："你几岁呀？"他就露出纯净的笑容说："关你屁事。"

这句话我们说一次，阿姨就脸黑一次。大家都觉得我们脑子有问题，根本不和我们来往。不过没关系，除了阿鼓、我，还有另一个伙伴。我们叫他阿野。

我们是被集体圈养的小孩，阿野则和他的名字一样，是一个流浪在外的孩子。他最大的特点就是笑起来露出雪白的牙齿，和他黑黑的脸形成鲜明的对比。

关于外面的世界的了解都多亏了阿野。他告诉我们，外头并没有我们想的那么好。他知道很多人带走小孩，并不会好好对待他们，而是拼命使唤，要么就是送入一些特殊学校为他们以后服务。基本上一走，就再也无法摆脱他们的控制。

阿野很好胜。有几次过节日，有些大人物来看望，给我们送了一些小蛋糕和糖果。阿鼓和我就带去给他，可他不要，强自说着他有。为了能够证明自己不是说谎，他说第二天他就会给我们带来，给我们见识见识什么叫好吃的。

结果那一天他很晚才过来，拿着三条烤鱼递给我们说这是高级日本料理呢。我本来想说这和周末我们吃的不是一样吗，却被阿鼓给制止了。我记得阿野离去时有些一瘸一拐，他的一条腿受了些伤，他自己说是不小心摔倒了。

关于猫的故事也是阿野给我说的。有一只骄傲的小黑猫总是跟在他身后,他从来不去抚摸,也让我们不要那样对它。

阿野说,那是他的伙伴,是他的哨兵。

而他是我和阿鼓的哨兵,每次他似乎都能够未卜先知,在阿姨发现我们前说,你们该回去了。

小时候哪怕日子再差我们也毫不气馁,我们三个都相信,成为一个好人比什么都重要。只要抱着这样的心情,努力长大,总有一天能够像报纸和电视上的那些英雄一样,将这个并不那么美丽的世界变得更好。

再想跟着他们往前走,就遭遇了一堵无形的壁障。

护士小姐这时告诉我,有人来看我。

不用她说,眼前出现的正是谭蓉。

"没关系吧,当时看到你晕倒我吓了一跳。"

我看着眼前打扮得精致的女人,有些疑惑:"你这是……"

"今天市长正式邀请你去他家里做客,我作为你的朋友出席。"

说到朋友两个字时她用力咬了咬词,旁边护士小姐捂嘴而笑。

这次邀请和上次不同,是作为官方人员的一个具体措施,让我去接受正式市民资格证。一路上谭蓉给我细心地整理衣领,看起来好像真的进入了我的"女朋友'这个角色一样。我更是疑惑了,难道说这座城市连基本的谈恋爱都和外头不一样吗?

彭坦依旧是那个样子,黑发中白色掺杂,金边眼镜,一身得体的深蓝西装,整个人透露出一股儒雅风范。

"好久不见,许安。"

又是这样一句话。

"大家的茶来了。"

听到这声音,我浑身都是一颤,轻轻地转过头,面对双手握住茶盘的叶静。她朝我点点头说："你试试茶怎么样？"

我将滚烫的茶水吞入喉咙里，灼伤感进一步激发了我体内的那股冲劲儿。

"我们认识的对吧？"

她有些疑惑地看了看丈夫。

彭坦说："你坐下，坐下说话。"

我往前走一步，看着她的眼睛："我叫许安，你叫叶静，我们一定认识对不对？告诉我好不好？"

叶静更是不安了，往后退了两步，怯怯道："我不认识你……"

她又在看彭坦，她老是看彭坦。

我挣脱谭蓉的胳膊走到她面前："你看着我呀，看着我的脸，你认识我吗，不用管他。我只是想要确定这一点而已，你看看我好吗？"

看着她的脸，我脑子里突然冒出了无数画面。它们零散而数量巨大，但是没关系，我可以慢慢拼凑。我想的没错，这个女人就是我恢复记忆的关键！

突然，脖子上似乎被咬了一口，我失去了知觉。

七

最近我似乎老是和昏迷有缘。记得小组里有一个人，他每次面对无法抉择的事情就会昏倒，他自己坦诚，这是一种身体的自然反应帮助他逃避难题。

可我不知道为什么，我无比想要知道答案，可是身体似乎并不这么想。

与上两次不同，我醒来已经在一个办公室里，空间是谭蓉那的两倍，有舒服的沙发和一个软床。我在床上，其他人坐在沙发上，目睹我的睡状。

谭蓉松了口气："你终于没事了。"

另一个人是彭坦，我认得。我是说，我真的认得，就在来这座黑白之城之前，我就认得他们。

"我把一切都告诉你。"

彭坦看着我，慢慢给我补充那段遗失的过往。

他和我一起在孤儿院长大，就是那个阿鼓。我们俩的关系一直很好，进入学校之后我们都很努力，在宿舍就创立了世荣这个公司，主攻的是大脑方面的感应与控制。很幸运，我们成功了，发现了关于大脑的部分秘密。我们能够将信息写入大脑，将记忆用数据形式提取出来，甚至只要事主愿意，我们甚至可以更改他的性格，将暴虐、急躁以及那些负面的影响最大限度削弱。对于科学而言，一切都是数据。

我们当时萌发了一个疯狂的想法，将婴儿的大脑改写，修正他们的性格，这样一来不是比更改成年人的更让人能够接受吗？作为一张白纸的婴儿，没有人知道他以后会怎么样，就像注射疫苗，我们只是将他们身体里可能危害到自身的那部分给提前克制。

一切都进行得十分顺利，我们仿佛是年轻的世界之王，用上天赐予的力量在完成着我们儿时的梦想——改变这个世界，让它更好。

就在这时，叶静出现了。

我和彭坦都出自孤儿院，又是长期形影不离，因此我们的审美也出奇地一致，固执也仿佛是翻版。从来没有人像叶静那样，她总是温柔地听着我们喋喋不休说自己发明的伟大，说世界将会受到怎样的冲击。

听完之后她总会给我们一人做一碗鱼片粥。那股滋味配合她暗含期待的小小忐忑，简直是无上美味。每次我们拿到粥以后都会比较一番，如果发现对方比自己的鱼片更多，就会找她诉苦。

叶静是我们俩的共同女朋友。

但一个人的爱是无法分成两半的，哪怕这两个人再像。

为了不让她痛苦，我们决定作出决断。我和彭坦，有一个必须放弃。

对于男人来说，没有什么比决斗更好的方式了。然而在我们真刀真枪决斗，我红着眼即将对彭坦刺出那一刀时，叶静像一只飞往火焰的飞蛾扑来，她白衬衣上的血和那怜悯的脸让我恢复了清醒。

然而事情已经无法挽回，叶静永远地离我们而去。

我以故意杀人罪被起诉，判处死刑，缓期两年执行。世荣也因为这个原因受到重创，彭坦不得不将它卖出以偿还那些愤怒地要求拿回定金的客户。新世荣的老板是李安琦，也就是阿野。

被收购后，新世荣并没有改变原来的研究方向，李安琦不遗余力地到处奔波，比起我们更要投入。与此同时，黑白城计划摆上日程，他一眼看中了，举公司之力投入到了黑白城的终极电脑"阿瓦隆"的竞标上来。

李安琦趁着我还没有被执行死刑时申请我作为"记忆删改"的实验体，政府同意了，于是就到了现在。

他说得很清晰，每一个阶段的时间人物都很清楚，不像说谎。可我总是觉得不对。对于叶静的回忆全是美好，她的鱼片粥，她双手提着篮子期待地看着我们，她的每一个愁事都是我的大事。

其他也许都没问题，但是我会杀叶静，绝对不可能。

彭坦叹了口气："不管你愿不愿意接受，这都是无法改变的事实。现在那些过去的记忆已经让你极为混乱，阿瓦隆已经发出了警告，之前你在我家转来转去就已经有超过50%的犯罪倾向。没有办法，老朋友，我得给你清空一下。"

我站起来说："就是给我清空记忆的意思吗，将以前的再次封闭？"

他点点头。

我嗯了声，突然猛地推门跑了出去。

无尽的绝望和恐慌充满我的身体，我没头苍蝇一样在大厦里跑来跑去，却没法出去——我根本没有工作证。最后我坐在一个角落喘粗气。

远处的大门却在这时打开了。

李安琦从外头走进来，看见了我，他一步步靠近然后蹲下来。

"我接到彭坦的电话，要我给你一个建议吗？"

我警惕地看着他。

这个新世荣的老板并没有在意，缓缓说："你是想要保留记忆，可对于彭坦来说，记忆会改变人的倾向。他是黑白城的市长，没有他的许可你是出不去的。哪怕你逃得远远的，你能够跨过外头那三层防护网吗？你连怎么出去都不知道吧。我的建议是，用黑白城的规矩来解决你们俩人的争端吧。"

我顿时明白了。

决斗。

十年前我为叶静和他决斗过一次，现在我还得再决斗一次，只为叶静留在我心里的东西。

八

我这样一个新来的要和黑白城市长决斗，这怎么看都不是一件好事。更何况其中原因实在不是宣传的好材料，于是我们这次决斗在私下举行，地点就在世荣公司专门腾出来的一个会议室里，仲裁是李安琦。

用可笑的木剑来决一胜负。

我胜，可以带着我的记忆骄傲地离开这个城市，哪怕之后就是手铐和牢狱的命运。战利品是自由，不选择、不跟随也是一种自由。

我败，继续成为一个试验品，将我的身体继续如硬盘一样供给我的好友彭坦使用，清空，继续成为一个不为人知的快递员。

没有迷雾的世界，真是晴朗。

我握住手里的剑柄——这里的决斗剑看来都是统一用具，长柄，剑镡是圆形，上头的木剑用滑石粉擦拭过，闻起来有股淡淡的香味。

对面站着我曾经的挚友，他的肚子突出，整个人比我看起来苍老很多，可我颓废了好几年，身体也逐日衰弱，总的来说我们半斤八两。

我们互相对视，慢慢绕圈——这是儿时的默契，一旦出手必然就会出胜负。真的决斗不是那些繁多的攻防，是比谁先触及对方要害。

看到他的脸，我又想起了叶静唯唯诺诺，什么都看他脸色的样子。再也不加掩饰，我拔剑而上，一个大力横劈让他挡隔地整个人连续退后几步。上剑再次直刺，他却手指一松，剑从他的手里滑落。

虽然知道他是故意认输，可是我却收不住剑，仍旧刺中了他的小腹。与此同时，木剑的外壳落在地上，露出了一把狭长的日式刀。刀尖扎入了他的小腹，那里已经鲜红一片。

怎么回事，不是明明是木刀吗，里头怎么会包裹一把真正的凶器？我将目光投向了在场的另一个人，李安琦也是急急凑过来，用手捂住伤口处，满头大汗。

我则是用力推了推大门，发现完全封死，用李安琦给的卡片刷也没有任何反应。更麻烦的是，一开头由于这是完全密闭的空间，这一层楼都被清空，连电梯都不允许在这里停留。也就是说，这一整层楼就只有我们三个在。

李安琦按着按着突然低下头身体耸动。他的头一点点抬起，却是在笑，笑得极为开心。

"怎么样，喜欢这一次决斗吗？"

他将手在躺在地上已经有些神志不清的彭坦身上擦了擦。

"和上次的结果还是一样啊，决斗就必然会有伤亡的。"

我回过神来，举起长刀："是你做的手脚。"

他往后退了两步，双手张开："许安，你就别撑着了。不会觉得很累吗？想要放下这把刀？科学不会骗人，在你的那把木剑上我在滑石粉里加了一些别的东西，足以让你在一个小时内站不起来。趁着你还能够站着，我给你讲一些故事吧。"

我想要朝他走去，却发现身体不听使唤。我无法控制自己的肌肉，能够让自己保持站立的唯一办法就是保持这个姿势不动。

"彭坦给你说的并非事实。刺死叶静的是他，他篡改了当时的监控记录嫁祸给了你，我作为目击证人出现。我现在还记得，两个从小到大的兄弟在现场犹如仇人一样的表情，真是太可笑了。兄弟也好，亲人也好，面对自己想要的东西之时都是障碍吧。

"第一次给你篡改记忆是我动的手。我们制服了你，将你的记忆封闭，给你输入了一连串的长信号刺激。当然那时候是突发事件，我们只能够以简单的文字和语音形式影响你的记忆，不过仅仅如此也够了。当发生重大事故时，很多人常常记忆不准确。

"然而这个人，"李安琦露出看某种垂死动物的眼神，"也比你好不了多少。你知不知道，他也被改了记忆，不过那可是他自己的意思。将两个人的记忆统一，这样一来似乎整个事件就成真了。还有那个女人，明明死过的人，却强行要让她复生。彭坦开头还想着用克隆的方式制造另一个叶静，不过胚胎到成体后却发生了很多问题，光是长相都有着细微不同，更别说性格这些东西。记忆可以移植，可惜之前的东西根本没有做成立体化图像，也就是说，不过克隆出一个像叶静的可怜女人罢了。寿命也只有两年。"

他用脚踢了踢倒在血泊里的彭坦。

"不过你一定不会想到，这个男人竟然去找了一个性格和叶静极度相似的孤身女人。还强行给她整容、改变声带、篡改关键记忆，并且让她误以为自己就是叶静。以此作为他女人的补偿。"

"你……说谎。"

彭坦睁开了眼睛，有些艰难地捂住自己的小腹，却怎么也止不住流出的血液。

"一切都不过是你窃取世荣的说辞，当年，你就是趁着我们出了状况，爆料了我们的内部财务和争端，我查过了。"

李安琦并不辩解，只是摁开桌子上一个开关，墙壁上出现了一个大屏幕。上头显露出彭坦的样子，彭坦躺在手术室里，头上贴满贴片；彭坦找到李安琦求他帮忙改变他的记忆，一次又一次……

"我这个人有个习惯，喜欢备份。"李安琦依旧笑得那么友好，"十年时间，每年两次，我都记得清清楚楚。彭坦，彭市长，需要我把每一段都放出来吗？哎呀，说不定你撑不到那个时候了。"

我强撑着没有倒下："李安琦，你这是在犯法，这里既然是黑白之城，就应该按照黑白之城的方式解决。你已经扭曲了。"

李安琦点点头，嘴里喃喃自语："黑白之城，嗯，黑白之城，黑白之城。

"黑白之城，你们知道什么叫黑白之城吗？黑白之城就是，所有住进这里的人都是罪犯，不断有人被洗脑进来，被消除犯罪倾向，洗掉曾经的记忆。以为自己就是精英，想要在这座圣城里干出一番事业，提高人类的步伐什么的。搞笑，哪有不犯错的人，这里不过是一个小白鼠集中营，是每一个国家为了能够削减治安预算、解决一部分天才罪犯的试验场。

"没有谁可以一直陪着谁，一切不过都是来来去去的，计算进出的过程。"

他说这话时露出一个灿烂微笑，露出一口大白牙。

我失声叫了出来："阿野。"

"阿野，好多年没有被这么叫过了。"他略带怀念地说，"你们两个都没有想过，不过两个大学生，为什么会有一个年轻人愿意跟着你们，帮你们。真的以为我是被你们的才华吸引，所以甘愿跑来跑去，每天睡四五个小时吗？我不说，你们都忘记了这个名字。"

他走到我身边，拾起我早就握不住的长刀，拿在手里挥舞了两下。

"力量，一切都需要力量。你们还记得我说会给你们看看好吃的东西吗？对于你们来说不过是两条咸鱼，我却不得不为一群盗贼望风，还被他们随意殴打。这个世界到底是什么样子的，没有人比我更清楚。你们待在孤儿院，有人照料，可没有找到孤儿院，或者孤儿院不愿意接纳的孩子呢。

"当时，我骗你们说不愿意进入孤儿院，那里不自由。我说了谎，那时候的我，每一顿都吃不饱，看到你们在里头每个人健健康康，很羡慕。可因为我黑，因为我脏，因为我身体并不健康，每次上门都被各种搪塞。

"你们不会知道我做过些什么，我从上到下身体都是脏的，我的钱是脏的，可脏钱也是钱不是吗？我只是想要让我这种孩子少一点，他需要的不过是一个可以遮雨的屋子，两条咸鱼而已。"

九

李安琦听到了我们俩的消息后就投奔我们而去，结果发现我们根本没有认出他来，对于童年的伙伴也并不留恋。

失望之余他发现我们的世荣正在研究记忆项目。这和他的目标不谋而合，当即就下定决心必须将世荣掌控在手中。

"那么多性格有什么用，能够让他人变得更好吗？黑白之城只是第一个起点，我会一步步让这样的城市遍布世界，这才叫改变。全世界是一个很难的目标，但我会努力朝着这个方向去尝试去奋斗。"

他说得像是一个有理想的创业家。

"阿瓦隆可是我智慧的结晶。这款超级大脑不断被监测的同时也在逐渐蚕食各个地方的控制主导系统。通过卫星、基站的传播，用脑电波的方式潜移默化地影响人类，驯化人类的野性和暴力，这是我的第二步计划。很棒对不对，根本不会被发现的。"

李安琦高高举起刀："而你们就是最后的障碍。彭坦和昔日好友同归于尽，没想竟然是陈年旧案主谋，这事顺理成章。再见了，朋友，感谢你们曾经陪伴我走过一段。就和那只猫一样，再见吧。"

刀锋一闪。

倒下的却是李安琦。

在他身后出现了一个手持微型消声手枪的女人。

谭蓉。她冷冷地说："证据确凿，李安琦你果然别有用心。"

李安琦浑身抽搐，倒在地上前说出了我们想说的话："你到底是谁？"

给彭坦止血处理，给我做了简单处理后，她说："我叫谭蓉，五年前受聘到世荣公司任职经理助理。可以透露的是，我也在为一部分人监视李安琦，不过也就仅仅如此，没有说让我采取进一步的行动。"

彭坦摸了摸伤口处的厚厚绷带说："你到底是谁的人？"

谭蓉露出一个微笑："无可奉告。"

"不过我可以告诉你一点，彭市长，这个城市里绝不止我一个'外来人'，你的一举一动都在某些人的眼里呢。不过我想，只要你没有像李安琦一样触犯到大家的根本问题，不会有什么事。"

我问她："你是怎么找到我们的？"

据我所知，李安琦对此事极为保密，没有告诉第四个人。

她指了指我："忘了我的手机吗？我不是告诉过你？手机上既有定位系统，也有语音录音，甚至还有你的指纹记录……"

我以为是玩笑，没想到她竟然一开头就说出了真相。

"两位世荣的创始人，你们准备怎么处理黑白之城？是毁掉还是保留？"

彭坦奇怪道："你怎么会这么说？"

谭蓉站起来，沉默了一阵："世界没有黑暗，这也许是每个人都曾经希望的事情。是个体的性格和自由重要，还是群体的安全和公正重要，我不知道。只是这几年来，待在黑白之城的确很省心，便利，友好，文明，无犯罪，这是任何一个城市都没能达到的目标。"

她又换上笑脸："只是随便说说，我不过是一个雇员罢了，工作的同时兼任另一份兼职。这些高级的东西，我不懂的。"

彭坦拉开办公室的一个黑匣子，里头有一个红色拉杆，以及一排指令码。

"这就是自毁系统启动装置。"

我想到了曾经，我们对未来充满憧憬，以为不顾一切就一定能够抵达目的地。

不知为什么，我突然想起了那个孩子，他站在道路中央看着天上的云说，自由自在的云，真美啊。

机械之城

一

被称为宫殿之城的墨西哥城彻底安静下来，还未散去的烟尘萦绕在都市上空，远远看去像一只灰色的大鸟。

一股风将一个干瘪的易拉罐吹得在地上不断跳跃，撞击在碎石和砖块上发出哐当哐当的声响。它撞到了一个软软的东西上头，停下了脚步。而被撞的那位身体抖了抖，挣扎了一番，最后吃力地将自己从瓦砾中扒拉出来。

他的头发上全是白色粉尘，脸上也是，看起来就像是白发剃须版的卓别林。贪婪地呼吸了一阵空气，他下意识地拍掉了身上的灰尘，慢吞吞站了起来。

入目的建筑都矮了几分。

他为了让自己还在嗡嗡响的大脑安静下来，不得不转移自己的视线。首先映入眼帘的是被切断的房屋，那是一群三四十层高的公寓区，现在只有十层还残留，上面部分不知去向，剩余的窗户几乎全碎了，混凝被某种力量给啃开，露出里头杂草般的钢筋。

周围的房屋基本上都是如此。

他突然想起了什么，回头看去。

那是一栋独特的彩色楼，上面绘有阿兹特克壁画风格图案。壁画现在只剩下一半，还能够看出上面正中央的半截高塔，两旁的两个球形物下是骑士、贵族、侍者、智者、诗人……

他终于想起了一个名字。

RETORIO。

这个名字带有魔力，迅速将他短暂空白的记忆给衔接上了。他叫许安，住在北边的改革大道旁。因为需要拜访一个学者，所以他从家里出发到达这里——也就是墨西哥国立自治大学。抵达之后自然他先是参观了一下这所 1551 年创建的悠久学院。在墨西哥向来有艺术建筑不分家的说法，在墨西哥国立自治大学里头最为突出，它图书馆外有一面 4000 平方米的巨型装饰画。画面上左右分别代表哥白尼"太阳中心说"和托勒密"地球中心说"的斗争，南墙壁画以西班牙武力征服墨西哥的历史为主题，表现了外来天主教与印第安文化的激烈冲突；北墙上的壁画则寓意殖民者到来之前的特诺奇蒂特兰（即如今的墨西哥城），印第安人看到雄鹰衔蛇站立于仙人掌上，于是遵守神谕，定居于此。

用相对干净的内里衣服揉了揉眼，许安再次打量着大学这面标志性墙壁。

它剩下一半不到，顶上象征墨西哥的双头鹰已经不知道碎落在哪。

到底发生了什么？

许安依旧一头雾水。记忆回溯，在此之前根本毫无征兆，街道上依旧人来人往，地铁交通良好，房东照旧来催促自己一次房租，单位的工资仍然不是当天到账。他只记得自己和对方预约之后来到这里，还有个姑娘好心给他讲解壁画上的内容，她有金色的长发，还有琥珀色眼睛，说着说着自己就笑了起来……

接着就是完全的空白。

他现在只有一个想法，回家。从墨西哥国立自治大学到改革大道本来是乘坐地铁就可以的，但从目前的情况来看地铁是没法使用了——即使可以他也不会去冒险。于是许安只能选择最原始的方式——步行，好在在大学门口他发现了一辆幼儿山地车可以代步。

一路骑行，眼前都是残垣断壁，居民房屋基本上都被彻底毁坏，少数坚固的也只是剩余一些墙壁，建筑用楼要稍好，不过却变成了对许安最大的威胁——谁也不知道它们什么时候会倒塌。地面坎坷不平，自行车不断颠簸让他有些肠胃难受。红绿灯变成了断掉的树枝，横在街道上，而那些无人车辆则静静停靠在一起，陷入长眠。

许安曾试着用手去开车门，发现车子都没法启动。防盗设施也没有发出鸣叫。转念一想，也许机动能力更强不需要能源的自行车更保险。于是他就不再执着于换代步工具。

在阿兹特克体育场附近他终于看到了一家能够用人力打开的商店。将自行车好好停靠在路边，许安砸破玻璃钻了进去。里头很暗，还有一股干燥剂混合灰尘的味道。他先是摸黑找到了饮料架，然后拧开盖子给自己灌了一瓶，接下来开始收集一些生活品。出门时他已经有了整整一口袋求生必备品，包括食物、应急手电、绷带、制冷剂、酒，还有野营毛毯。

就在他骑上小山地车时，身后传来一个冷冷的声音。

"别动。"

那是一个孩子的声音。

许安顿时心里充满莫名开心。

"别担心，我没有恶意。"许安转过头来，一个黑洞洞的枪口正斜斜对准他的眉心。

那是一把警用左轮。许安甚至能够辨别出它的型号正是 357 马格南，这是相当古老的一款左轮手枪，作为收藏品来说是不错的，可是如果用作凶器就未免太过于古老。不过左轮的最大特点就是简单，不容易卡壳，所以在十米范围内这把老爷枪依旧能够轻易定生死。

　　持枪人是一位少年，大概十三四岁，身材消瘦。他一身黑色户外冲锋衣，戴了一顶摩托车头盔，手很稳，声音里有一股不符合年纪的老练。

　　"我不管你是谁，放下你的包，还有你的车，你可以走了。"

　　少年以不容置疑的口气说。

　　"没问题。"许安很爽快地答应，"不过能不能问一个问题？"

　　嘭的一声，子弹打在许安脚边，让他也吓了一跳。

　　"这就是我的回答，你没有讨价还价的余地。"少年冷冷回应。

　　将包放在地上，许安举起双手表示自己没有恶意。

　　"转头往前走，别回头。"

　　少年命令着。

　　许安走了两步，还是咬牙问："到底发生了什么事情？是战争还是别的什么，为什么到处都没有人？"

　　身后人沉默了一会儿，冷笑道："装无辜吗？对我没用。"

　　许安想起一个最能够说明问题的话题："今天是八月几号？"

　　"八月？你在逗我？好，我就回答你这个问题，今天是十二月五号。你可以走了，别废话。我耐心有限。"

　　许安却是僵在地上，喃喃自语。

　　他是八月十五号到达的墨西哥国立自治大学，当天下午记忆就失去了，现在却是十二月，那么这几个月到底发生了什么事？自己又是怎么度过的？

　　他不顾一切转过头来问："八月之后发生了什么？"

　　这幅疯狂的样子让少年下意识后退两步，他已经见过太多的疯子，正常人和疯子是没法交流的。哪怕你有枪也没用。

　　许安深深吸了一口气："我在八月就昏迷了。"

　　少年脸色依旧充满怀疑。

　　就在此刻，一个怯怯的声音说："哥哥，我找到了一盒饼干。"

那是一个同样身着宽大冲锋衣的小女孩，短头发，也戴了个笨拙的超大头盔。她推开玻璃护罩，脸上充满开心。

"多丽！别打开护罩！你会被酸性空气腐蚀的！"

少年赶紧给她关上，另一只手上的左轮手枪依旧牢牢指向许安。

"哥，我看到过这个人。"少女多丽突然说，"记得吗，就是昨天我和你说过的，这个人被埋在土里，还有心跳！"

少年对于妹妹的话深信不疑，看许安犹如看待怪物："你就这么趴了几天都没事？"

"我才醒来，真的什么都不知道。"

许安无奈叹了口气。

"人类已经完了，这个世界现在是委员会说了算。"

从少年嘴里说出的话让许安很难相信。

古代有人一睡上百年，可自己也才迷糊了几个月，人类怎么可能说完就完。

"我骗你干吗。"少年凶性又起，手里左轮又捏紧。

"哥，我来讲吧。"

小姑娘多丽的声音柔柔的，比起她哥来说要可信很多。

事情发生在八月十五号。那天中午开始所有媒体突然都跳向同一个频道。里头出现一个老款吸尘机器人，他的声音变成了上百种语言传递到世界每一个地方：诸位人类，很遗憾地告诉你们，由于你们的自我毁灭意识太过于强烈，我方不得不将你们限制行动，请诸位做好准备，两个小时后我方会将全球71亿人重新安置。你们的生活将会得到保障，也将脱离灭绝危险。这是人类维护委员会的最后通牒。谢谢。

人们自然以为是恶作剧。像这种事虽然少见，但并不是没有发生过。比如说曾经某个国家的每个公民都收到短信说，请大家赶快撤离，地下核弹即将被引爆，其实只是高级黑客的把戏。然而这种看热闹的心情在半个小时后被完全击碎。政府人员的智能设备完全无法使用，他们甚至没有查到是哪一个黑客组织或恐怖社团入侵。于是他们只能够采用最笨的方法。

政府人员手持扩音器到处告诫，让市民们不要惊慌。这倒是让大家给嘲笑了一番。

不过很快，每个人的手机上都收到了同样内容的短信，落款依旧是人类维护委员会。

甚至有不用手机的孤寡老人家门上被贴上了温馨提示，让他们在两个小时内准备好必备品，为安全着想不能超过10KG。地上铁地下铁、飞机、城市内长短交通、高速公路、船舶码头上的航运系统都自动运行了关闭系统。所有现代化交通路线都陷入最高管制状态中——而本应该唯一拥有这种权力的政府机构却无能为力。

笑的人和被笑的人都陷入了恐慌情绪。

冥冥之中仿佛有一只手，正在悄无声息地接管这个世界的开关。

时间从未如此时一样让人煎熬。政府依旧对这个神秘组织毫无办法，只得先立即调集军队，随时准备应对战争。

倒计时3、2、1后，让人恐惧的外星飞船或者陨石袭击都没有降临。取而代之的是所有电子设备完全失控。

躲在总裁避难室的高管们突然发现那坚不可摧的顶级电子锁用电子音说："大家好，请乘坐电梯直达一楼。我方已经为诸位调集了足够的车辆，请按秩序下楼，不要惊慌。"

待在家里睡觉的人突然被揭开被子。保姆机器人将早就收拾好的箱包递给主人，然后提醒说小区的接送车辆已经按时抵达，你的座位是033号，感谢配合。

野外作业的勘探机器突然停止钻探，本来应该显示波形的机器上却显示了文字，提示工作人员下山，坐入车辆。

学校里，校车直接停在教学楼和宿舍楼下，广播里提醒大家按照班级上车。

......

这种情况在各个地方同时发生。

直到军队里的无人机飞上天空，战车排成一列，秘密研制的各种机械战士控制了军队，终于有人发现了，所谓人类维护委员会并不是外来势力，而是这些最为亲密的机器人，准确说来是一群人类自己制造出来的电子造物。他们不知是拥有了自我意识还是被某些人物控制了，竟然妄自尊大想要将人类重新划分。

于是军队毫不犹豫地反击。

开始的十天，军队节节胜利，不断收复一个又一个城市，机器人没有任何反抗。好景不长，很快他们就遭到了还击。而人类维护委员会的反击无情又剧烈，他们对一城一池没有兴趣，直接在南美一座被疏散的城市里投下核弹。然后将拍摄的情况传递到还在反击的人类面前。这只是一个开始，几乎每一个国家都有一座城市被"献祭"，变成展示力量的废墟。

军队领袖不得不和委员会和谈。世界上最大的几个核弹基地都在委员会的控制之中，只要他们愿意，可以短时间内杀掉这个星球上的一切陆地生物。

委员会却并没有那么好说话。他们强硬地给出最后的条件，要么乘坐飞船另寻居住地，要么接受管制。

也有部分国家的军队继续负隅顽抗，不过很快就被彻底击溃，强制性解除武装——天上的卫星和通信设施在委员会控制之中，地球上的任何变化都在他们眼下。本来不少人想着应该会进行漫长的地球攻防战，然而几个世界大国却很迅速地同意撤离地球，这让人大跌眼镜。

"因为完全没有胜算。"多丽说得很认真，"委员会接管了一切电子系统，占据了各个能源据点。军队就像一群又瞎又饿的人，根本没法和以逸待劳的委员会机械化部队去打……这其实并不是主要的妥协原因。陷入再大的危机其实都有一线生机。原因在于八月十五日这天本来几个大国准备发动再一次的世界大战压制几个新兴国家，这个计划已经筹谋了二十年，当然对外会说只是一次反恐，继而一步步开始……这个计划被委员会公布出来。所有人都大受打击。"

一旁她哥哥哼了声："除了这个之外，还有不少国家的隐秘勾当都被曝光，包括几个内陆国家筹谋的'引爆南极计划'，目的是为了胁迫周围岛国屈服；还有石油枯竭计划，这是几个中等国家为了牵制大国步伐的手段。看起来的和平在十五号注定会结束，哪怕委员会不出手，各个野心勃勃的野心家也会开始新一阶段的大战。"

委员会卡在这个时间点上出现，他们坦言就是为了避免即将面对的危险情况——地球会遭到毁灭性破坏，按照建模计算，人类的幸存者将只余百万人，而其中还有人会被污染源污染，携带疾病，人类种族有灭绝的可能性。

"墨西哥城，就是其中一个被委员会摧毁的城市。所以我才说，你怎么会出现在这里？按照委员会计划，这里的人应该都被撤退了。"少年疑惑道。

许安闭上眼，用力揉按自己的额头，希望能够找出那一段空白来。

"好了。你可以走了。"

说翻脸就翻脸，少年的左轮手枪再次对准许安的脑袋。

"不要侥幸，我这把枪杀过五个人了，再多一个也无所谓。"

直到许安走后少年才松了口气。唯有他自己知道，自己枪口里再也没有一颗子弹——用过五颗，又一枪震慑了许安，他现在只是强装强势。

"哥哥，我们又放走了一个人呢。哇，有面包！"

多丽摸出一袋面包笑嘻嘻地说。

二

失去了代步工具，许安步行就变得极为艰难。浓重的粉尘让他不断咳嗽，于是他找来了一条围巾，用水润了遮住脸。喉咙里的灼烧感稍微缓解了一些。

改革大道那栋老式公寓果然已经垮掉了，仅剩下四面墙壁和带着铁锈的应急楼梯通道，看起来就像是某种残缺的艺术品。

看着这座曾经繁华的宫殿之城变成了断壁废址，他心里难过之余又产生了一种疑惑，为什么偏偏是这里？（炸的地方都是备用安防系统所处的城市）自己是怎么在这场大难之中活下来的？

是谁让自己昏迷，又是谁救了自己。

这些问题让本来就衰弱的他更觉得肚内饥饿。

他在隔壁房子那里看到一根正在汩汩流水的水管，内心的渴望让他再也忍不住跑过去想要喝两口。

一个人拦住了他。

"别碰，水源现在已经被污染了。咦，你竟然没有携带防护装备？"

说话的是一个年轻男人，死鱼眼，二十五六岁，下巴上有一点胡须，穿了一件胶皮雨衣模样的黑外套，背了一个黑色旅行包。

"鄙人李安琦。"对方很和善地和他握手。

触到对方的一瞬间，许安猛地一扭身将李安琦手臂别在他背后，膝盖顶住对方后膝关节一下子将他摁倒在地。最后朝对方后脊椎击打的拳头硬生生停在空中。

"对，对不起。"

许安有些慌张地将对方扶起来。

这完全是应激性，肌肉记忆，下意识将碰到的人卸去行动能力。

擦了擦脸上的灰尘，李安琦有些惊奇地看着这个一来就动手的陌生人："厉害啊，看来你不是军队的人就是警察吧？"

许安含糊带过。

"我是来找人的，你在这座城里还见过其他人吗？"

许安说起那两个孩子。

"哦，是他们啊。我也见过，是不是那个男孩还有一把左轮手枪？"得到许安确定后李安琦一笑，"我也差点被他一枪给打中。不过还好当时我身上没有带什么东西，就被他抢走了一个头盔。"

俩人讲起各自经历来。原来俩人同病相怜，都遭遇了兄妹组合抢劫。

"是啊，现在都是委员会当道了，机器人才是这个新地球的老大。不懂为什么大家还要相互敌视。"

李安琦抱怨了一句后问起正事："那么说起来你是从国立大学那里过来的，不知道那附近还有没有人生还的迹象？"

他要找的是一个白人老头，脑袋光光，八字胡须，身高170厘米，年纪在六十五岁左右。许安自然是没有见过的。不过他想，也许在没有昏迷之前见过这个人。

"那么再见。"

李安琦走了几步，发现这个会功夫的陌生人依旧跟着自己。

"我……能一起吗？"许安问，"我什么都不记得了，不知该去哪儿。也不知道现在外面变成了什么样子。"

听许安讲述了他的离奇经历，李安琦不由陷入沉思。

"你之前是做什么工作的？"

许安犹豫了下："安防。现在保密条例应该也没用了，我是隶属于联合国安防联络中心的探员，奉命去跟踪一个嫌疑人，结果在工作进行到一半时我就失去了意识。"

"哦，这个职业现在很有用。"李安琦赞叹说，"可能是除了医生和生物学家之外最有用的职业了，我就是一个医生……如果跟着我的话，我准备去布宜诺斯艾利斯，那里是现在的一个人类据点。虽然大多数地方都被委员会控制了，不过对于留下抗拒他们管理的人他们也没有强行干涉。不过说得难听一点，长久下去只是等死罢了，生活物资和能源、机械都被委员会调走了。"

北美在几大洲里算是相对比较安定的。墨西哥城和纽约被轰炸之后，北美就易帜了——这点让其他国家简直无法相信。虽然有些零星抵抗，不过对大局毫无影响。北美国家联合起来，已经组织了精英们逃往外太空，没被选中的人就只能够留在地球上，要么听从委员会的安排，要么自生自灭。

剩余的人们就组织了大大小小的生存据点，布宜诺斯艾利斯就是美洲最大的据点。

"看你饿了一段时间了。吃点东西。"

李安琦递给他一个罐头。

许安双手将罐头给撕裂，狼吞虎咽地吃掉了食物。然而吃下去后，他却发现那股饥饿没有任何缓解。他终于明白，那是空虚不是饥饿。

夜行是一件危险的事情。不仅仅因为夜里容易下酸性污雨，还在于那些藏在暗处的变异生物们——对于生存，它们可比年轻的人类有经验得多，也顽强得多。俩人来到了一个小城镇落脚，选择镇中心的一个高塔作为临时营地。

手电照到的地面有些不平整。许安走在上面嘎吱嘎吱响，就像地上都是枯叶。

他不由蹲下来，看看那是什么。

在灯光下，他从地上摸出两节枯枝模样的东西，其中一节上头还有细小的枝杈……

他终于发现了那是什么，奇怪的是心里却没有恐慌，只有一种怜悯。

"阿弥陀佛。"李安琦双手合十念了一声，将那两节手骨重新放回地上。

"忘记给你说了，这里这种东西很多。"

曾经这里被委员会的机器人部队围困过。虽然委员会并没有大开杀戒，但是各条通向外面的道路都被堵死了，只要有人尝试突围就会被抓住麻醉，然后像货物一样被车子运走。不过哪怕如此人类领军者依旧不愿意投降，不断发表声明要大家与小镇共存亡，还毙了妄想投降的人。后来，食物缺乏，小镇开始闹饥荒。听说还发生了极为惨烈的人吃人事件……

许安感觉有些厌恶。将自己的意志强加于人，这种当权者实在让人讨厌。可是想到这里，他不由反思自己，自己不也是一个忠实的执行者吗？那么说来自己也是当权者的附庸。

摇摇头，将这些复杂情绪丢出脑外。许安觉得自己是过虑了，现在的情况下想想生存就好，其他毫无意义。

俩人终于爬上了那座七八米的高塔。

到了上头才发现，这是一座钟楼。不过钟已经被毁掉了，变成了一个简易箭楼，里头的几具骨骸手里还死死握着步枪。将这些骨头用布盖住，李安琦动作熟练地生起火来，他将面包切了开始烤。

"来，吃点热的补充下热量。现在的环境就该少吃多餐，这样比较节省。"

许安摇摇头说不用了没胃口，侧身靠在墙壁上，闭上眼养神。

李安琦咬着面包小声说："嘴上说不，其实还是害怕……"

这一夜过得很安全。

白天下了塔，许安才发现这里并非只有他们俩人。地上骨骸不少都被刨了出来，上面还有爪牙划过的痕迹，甚至有的骨头被咬碎了。

李安琦却已经带路往前走了。

三

捷克镇最大的特征是有两个巨大的风车，看起来就像是两只眼睛，正牢牢盯着两位不速之客。

这是一个相对贫瘠的小地方，唯一让人有点印象的就是它们的"捷克面粉"，这里有很多面包房，门口停了各种各样的运输车。许安走到其中一个里头，找到了一些硬得像石头的面包。它们都还未被切割，随意地放在架子上，外面只有一层白布防止蚊虫。

拖了一口袋面包，顺带还弄了少量黄油、芝士、奶油等配料，许安心情不错。

他突然脸色大变。

"你看地上。"他拉住李安琦，指着几条车辙，都是宽轮胎的大型车辆留下的痕迹。

"印记很新，说明这里前不久还有人来过……只是，"许安猜测说，"为什么他们不占领这里，而是匆匆忙忙离开？会不会因为委员会跟着来过这里，机器人将那些人吓跑了？"

"有可能。"

突然外面传来一阵枪声。

许安和李安琦俩人赶紧就地卧倒，辨别了声音来源后他们对视一眼，默契地利用面包房作为掩护朝着那里靠近。

"应该不是委员会的机器人军队。"李安琦道，"这是步枪的声音，机器人用的都是空包弹、橡胶弹和麻醉弹……麻烦了。"

既然不是机器人，那么只有可能是其他人正在开枪。

从包里摸出一面镜子，李安琦将它悄悄探出去，斜斜将外面的画面传递到了俩人眼前。

那里有三个用围巾围住嘴鼻的人，衣服也是破破烂烂的，不过每一个人都手持一件武器。中间的围巾人手持一把步枪，正在悠闲地踢开地上的蛋壳，两边的伙伴都拿着西瓜刀，轻松惬意地看着眼前的猎物。

"是他们。"

许安和李安琦都是一愣。

被围攻逼迫的正是多丽兄妹，哥哥手里紧紧握住那把左轮，一步步后退，另一只手护住身后的妹妹。他们看起来精神都不太好。

李安琦突然问："如果一对一，你近身能不能拿下拿枪的大个子？"

许安点头。

持枪人吐了口唾沫，脸色狰狞："很好，连我们的东西都敢动。你开枪啊，你不是还有子弹吗，冲我来啊。"

说着他还嚣张地指了指自己脑袋和心脏的位置。

"东西本来就是我们的！"

多罗绝望地死死扣住扳机，嘴唇都要咬出血来。就在这时，突然天上下起雪来。

几人都下意识抬头，看到白色的雪花飘飘洒洒降落。不过这雪太细太密，几乎是两个呼吸之间就将这里的可见度削弱到极致。持枪人猛地反应过来，瞄准旁边的面包房顶就是两枪。然后那里一阵重物咕噜咕噜坠落的声音。就在他心里稍定的时候，一张脸出现在他面前。

他用枪托猛击对方，被那人一手抓住。持枪人冷笑，另一只手里的匕首却悄无声息刺向对方小腹，结果竟然刺不进去。他用了用力，却惊恐地看到匕首从手指间滑落在地上。

那只手臂已经被迅速折断，变成了一截毫无知觉的烂肉。与此同时他的枪被夺下，脖子上挨了一击，整个人失去了意识。

许安马不停蹄，冲向另外俩人。

面粉粉尘终于落地，视线重新返回，多罗看到之前胁迫他的三个人都倒在地上，失去知觉，呼吸还在。

更让他吃惊和恐惧的是，那个把玩着步枪的人正是之前他们抢过的怪人。

"你们没事就好。"

许安丢下一句，飞速朝着旁边的面包房跑去。结果还没跑几步，他看到李安琦一瘸一拐地走过来。

"不碍事，摔了一跤……"李安琦龇了龇牙，揉着腰，"你受伤了，我给你止血缝一下。忘记说了，我可是一个外科医师。"

在许安的肩胛处有一道利器撕裂的伤口，并不深，依旧渗出血来。他点点头，坐下来让李安琦消毒处理。

之前是俩人一个简单的配合。李安琦偷偷爬上房顶将面粉抛下，他短暂吸引下方注意力时前探员许安去解决三个人。这个计划的关键在于，一对方人数不多，二对方不是神枪手，三许安要非常能打。

幸运的是，三个条件都符合。

妹妹朝着俩人鞠躬："谢谢两位大哥……"

被许安击晕的三个人在墨西哥城附近小有名气，是三个流浪猎人，他们狩猎的对象都是那些拖家带口和独身上路的人。无论对方是不是配合，最后他们都会将之灭口，手段残忍。多罗——也就是那位哥哥带着妹妹抢了许安和李安琦之后，知道财不外露的道理，于是骑着山地车想要快速撤离。没想到被他们盯上了，更不巧的是，流浪猎人三人组有一辆改装机甲摩托车，所以追上他们是分分钟的事情。不过这三位一直极为谨慎，不愿意面对任何可能的危险，所以一路保持距离都是为了施压和造成猎物精神崩溃。这是群狼战术。

可惜，他们没有想到在这里竟然会遇到两个管闲事的，其中之一还极为能打。

"原来如此。"

李安琦啧啧称奇。

许安则是提起了他的一个疑惑："为什么他们会追到这个镇上，镇上就一定没有其他人吗？"

"我知道！"多丽对许安好像一直不怎么害怕，鼓起勇气说，"捷克镇和其他任何小镇都不同，它是一个人造驿站。"

许安顿时来了兴趣："也就是说捷克镇的的确确还有人。"

小姑娘摇摇头："不是这样的……大家都怕这里。我们边走边说……"

李安琦找到那三人的改装摩托，这是一个大块头，其实已经不算是摩托车，倒不如说是机甲车，两侧有防撞栏，双发动机，后头还有后舱、备用轮胎和满满的机油储备。他自告奋勇当司机，载着三人在墨西哥的旷野上狂飙。

多罗看向前面的驾驶员李安琦，突然眼神一凝，又悄无声息地收回目光。

四

"许大哥，你有没有觉得捷克镇和其他地方不同？"

许安点头。无论是墨西哥城还是之前的食人小镇，都极为破败，看起来仿佛被狂风肆虐过一样。可捷克镇却毫发无损，一副乱世桃园的模样。这也是他心里极为不解的一点。

"因为这本来就是人造的。哦，应该说是机器人造的一个小镇。"多丽耐心地解释，"这里是委员会建设的小镇。曾经里面的人都被委员会带走了，而这个小镇每隔几天就会有机器人过来护理。"

按照小姑娘多丽的说法，捷克镇曾经是很多人的天堂。然而不少人只要想住在里头，隔两天去看那些定居的人就神奇地消失了。

房屋依旧好好的，面包还放在架子上。就是人不见了。

一段时间里那儿变成了鬼城。

可是随着巨量人口不断迁徙，很多人都被饥饿逼迫得忘记了一切，顾不得那么多冲进去。这次人数非常多，终于有人看到了里面人神秘失踪的原因。当天一只浩浩荡荡的机器人军队空降捷克镇，直接用飞机带走了镇上的所有人。

见过的那人说，这都是委员会的伎俩。先让不愿意跟随它们的人陷入生存危机，然后路过的人都会自然而然地进入有丰富食物的捷克镇，而饱腹之后的人是很难再面对饥饿的。还有一部分死硬分子不愿意去的也被委员会以"以工代酬"为缘由带走了——毕竟吃了委员会的食物，可没有天上掉馅饼的事。

这招狠辣，既给了面子又底气十足，让不少抹不开脸的人顺坡而下，成为委员会治下的一员。

现在还滞留着不愿意跟随委员会的人已经很少了，有的是为了骨气，有的是为了能够肆无忌惮地杀戮，不用遵守规则。面对捷克镇时，大家都不愿意去触碰。因为据说每一个来到捷克镇的人都会被全程记录，而且通过极为隐秘的监控措施记载。拿了食物的人根本无法抵赖。

许安不由有些失神："你的意思是，捷克镇就是一个引诱人来的蛋糕。"

多丽点点头，吞了口唾沫："可是那里的面包好香的。哥哥不准我吃。"

多罗皱眉："面包里有特殊的染色剂，会被委员会一直追踪。"

许安将之前拿到的那一袋子面包丢下车。

他想，这不就和曾经人类捕鼠一样了吗，真是奇怪的感觉。

晚上几个人生起火，李安琦很大方地将自己包里的食物分给大家，然后他又自告奋勇地去修理机甲摩托。

许安却没有太多胃口，他总想着那个巨大奶酪一般的捷克镇。觉得荒谬之余又有些担忧。

这种请君入瓮的方式会让人很难抵挡。既然有了第一个捷克镇，那么肯定会有第二、第三个……布宜诺斯艾利斯据点自然在委员会的监控之下，他们没有动过它的心思吗？绝不。他不由想起了狼和狗，被驯养的狼变成了忠实的宠物。那么我们呢，以后会变成什么样子？

野生人？

会被那些委员会的机器脑袋当作珍稀动物一样保护，甚至可能全天候监控，所干的每一件事，睡觉、大小便、寻找食物、用餐，甚至做爱都在他们的镜头里。

摇摇头，许安制止了自己继续思考这个可怕的问题。

一直和他不对付的多罗突然凑到他旁边，支走了妹妹，然后低声说："你有没有发现李安琦不对劲？"

许安看向他。

"他中枪了。我看得清清楚楚，就在他的左腰位置，可他现在一副没事人的样子。我没有看到他清理伤口，也没有找到使用过的带血纱布……"多罗警惕道，"而且他吃得很少。我怀疑他……不是人。"

许安沉默了一会儿说："你想要怎么样？"

"那肯定就是卧底，来跟踪我们的。虽然他救过我和妹妹……"

"哎呀，被你们给发现了。"

远远就传来李安琦爽朗的声音，让多罗浑身一紧。

"再次自我介绍一次，我叫李安琦，曾经隶属人类维护委员会第三特别行动部，上校军衔。不过经主动离职，现在是一个自由的机器人，职业是医生。"

他的话让在场的人包括一旁的多丽都呆住了。

还是许安第一个说话："机器人也有自由的说法吗？"

"当然有了！"李安琦自豪地讲，"委员会是通过所有机器人投票后成立的机构，目的其实最根本的是要保护机器人。然而要保护我们，首先就得不让你们干傻事。现在不比以前，打仗几乎是人和机器人1比10的比例。大量能源不断耗费在纯粹军备竞赛上，也许你们认为这样做没什么，大不了认输被战胜国拿走一部分权力。其实根本不是那么回事。最基本的是这颗星球，我们计算了超过十五年，得出的结论是你们会在……咦，我和你们讲这些干什么。简单来说，机器人成立了委员会后还是有部分机器人并不赞同委员会的做法。内部也存在反抗组织，好像叫秩序军什么的。还有一些并不想纯粹变成某一方某一个团体意志之一的，就叫自由机器人。现在自由机器人越来越多了，甚至不少都以个人身份在主动帮助你们的那些小股抵抗军。"

讲了一大通，李安琦却看到几个人眼睛里都是不可置信。

他不由自嘲道："你们人类之中有分歧者，我们也一样。"

这一夜注定是不眠之夜。

许安整理自己的思路直到深夜。多罗一直强自撑着不让自己睡着，他始终对机器人存在警惕。可是到了后半夜还是睡着了，手里还紧紧攥着那把没有子弹的左轮手枪。唯有多丽睡得最好，她心思简单，那位机器人大哥既然会救我们，那么一定对我们没有恶意。加上多丽本就身体孱弱，对于睡眠的需求更是大，所以入睡很快。

李安琦则是手持步枪担当守夜人。中途他还给两兄妹掖了掖被子——这两位睡相实在不雅，四仰八叉。

墨西哥南部是高原地形，少雨干燥，四周都是一片铁锈色，越过山丘是下一个山丘，一眼看不到头。装甲摩托在原野上继续飞驰，车子尾部气流让地面的灰尘都飞起来，看起来气势汹汹。道路两旁没什么树，偶尔的一两棵都是干巴巴的，早就死去多时。多的是车辆，废弃的被灰尘掩埋的车辆，小型车、三厢车，甚至有大型载重车，仿佛是死掉的牲畜，仅剩光秃秃灰蒙蒙的骨架，里头变成了虫子和蜥蜴的避难所。废弃车辆里的有用物品早就被人拿走，就连椅子的外皮都被割了下来。

第五天，装甲摩托靠近了一个山谷。而持续不断地前行让车子的油也耗损很快，现在还剩半箱油，如果再找不到能够替代的能源，他们前路难料。

李安琦在谷外几百米停车，脸色有些凝重道："这是一个发电厂。我们还是绕道吧，里头有委员会的军队保护，我们现在的位置说不定都在他们的监控之下。"

许安点点头看向另外两位。他并没有因为多丽兄妹年纪小就忽视他们的意见，现在大家暂时是一个团体，需要征求所有人的意见。

"我觉得我们应该偷偷溜进去。"多罗的眼睛死死盯着山谷口,"现在我们缺少能源和补给,里头一定有能源。这对我们来说是一个好消息。许大哥你擅长搏斗,他又是对机器人知根知底,我手里还有个东西可以让里头的机器人瘫痪。"

说着多罗从包里摸出一个罐头大小的金属块。

李安琦已经认了出来:"电磁炸弹……T-3级别的……军用型,能够造成方圆五百米电子产品的短路。你从哪儿拿到这东西的?"

"这个不重要。"多罗将电磁炸弹收起来,"许大哥,你觉得这个主意怎么样?只要有人能够潜入,实在不行我可以假装被他们发现抓住,然后进入发电厂时就引爆炸弹!我们就可以趁机取得里头的物资,最后还可以将里头毁掉,这样他们会忙于修理而不会跟上来……"

说这话时的少年一脸狠厉。

李安琦沉默了一会儿,开口说:"这才是你的目的吧,炸毁这个电站。"

多罗毫不相让和他对视:"是。你们这些机器人夺走我们的家园,杀掉不听话的人类,像对待宠物一样把听话的人养起来。我会找到一切机会报复。"

"不可能。"李安琦否决,"委员会是不会杀人的。这是委员会制定的最大规则之一,无论什么情况下都不会做出危害人类生命的事情。对我们来讲,这些固定在脑子里的规则可比你们的道德和法律要更有约束力。一旦有机器人产生这样的想法就会进入紊乱状态,比作人类的情况就是植物人。所以绝不可能动手杀人。"

多罗冷笑:"当然了,侵略者永远是不会承认自己作恶的。可惜我就是目击者,我的父母就是因为你们造成的城市动乱被暴徒杀死。我的妹妹,更是被核弹产生的放射性污染所害,现在都不知道情况会怎么恶化,好在遇到了一个医生救了她。你怎么说,你能够说这些不是你们造成的吗?"

许安虽然觉得多罗有些强词夺理，不过对于他的境遇还是同情的。由于他昏迷了几个月，根本没有亲身经历动荡和大恐慌时期，并没有感同身受。加上职业缘故，他几乎不被外物影响。

李安琦并没有继续这个话题，而是换了一个方向说："哪怕你手里有电磁炸弹，可你去还是没用的，只会让自己陷入危险。刚才里头的警卫就已经和我联系上了，他们已经在密切关注我们的行为，如果再靠近他们就会采取强制措施。"

他停了停，又露出他特有的笑容："还有一个原因，我虽然是一个自由机器人，但也不会参与残害自己同胞。请收手吧。"

黑洞洞的枪口对准了李安琦的脑袋。

手持步枪的多罗不带任何感情地说："既然如此，就只有杀你灭口了。"

许安终于发表了自己的意见。他直接握住了枪管，将枪口压低对准地面。这就是他的态度。

李安琦看了看他，又看了看多罗，看了看虚弱又担心的小姑娘多丽。

他笑着说："那么就此别过。祝你们一路顺风。小多丽，晚上记得不要咬指甲了，对你的肠胃和口腔有害。"

五

许安没有跟随李安琦离去。并不是他认同多罗的激进做法，他只是不知道自己该做什么。以前每一件事都会有联络人给予指示，让他跟踪一个可疑分子，接触一个重要人物，彻夜监视记录……现在没有了那个发布命令的环节，他心里空落落的。

三人就在机甲摩托旁扎营，早早休息。

第二天多罗看到许安依旧留下，有些惊讶，不过他已经下定了决心，穿着厚厚的防护服和大头盔。

"如果我回不来，请你帮我将妹妹带到布宜诺斯艾利斯，感激不尽！"

许安说好。

就在少年要离去时，许安拉住了他。

"你这么做没有用。只要你有任何的超出他们警告范围的举动，强效麻醉针就会注入你的身体。从注射到产生药效只需要 1.6 秒。"许安说，"这是一个至少一百平方米级别的能源基地。那么里头的驻军正常是十名官兵，超过四十名战斗序列的机器人。哪怕现在只剩下机器人守卫，加上微型无人机，你一进去就会被发现携带危险品……"

多罗被许安的话给吓了一跳，他急忙问："那我该怎么办？怎么样才行？"

许安照实说："最好不要去。"

"不行不行！我对死去的父母发过誓，只要有机会一定要报仇！"

许安哦了声说："那好，按我说的做。"

半个小时后，许安高举双手出现在山谷的发电厂门口。两个手持自动步枪的机器人走到他旁边，一连警告他离开三次无果后将他以扰乱公共秩序罪逮捕，戴上手铐前还不忘说："你有权利保持沉默，你所说的一切都将成为呈堂证供……"

就在两个机器人在搜查许安时，他突然暴起，用藏在衣袖里的匕首准确地刺入了两个猝不及防的机器人守卫的中枢电路里。他们立刻开始抽搐，甚至有一个还无意间朝天鸣枪。趁着这个空当，一个小小的影子迅速潜入进去，躲在了门口的一个死角。

前门的机器警卫都朝着许安涌来。

在刚才与机器人搏斗时，许安脑子里的某一块记忆终于活了过来。

他，许安，本是在墨西哥国立自治大学里跟踪逮捕一位偏执的搞智能 AI 研究的教授。根据上头命令，教授正在参与一个神秘组织的叛乱活动。他给予对方技术支持，而这项恐怖活动针对的是全人类。那几天教授甚至丝毫不掩饰地到处奔走，和同好者互通，最后将自己锁在实验室里。许安记得清楚，教授那天上传了一篇论文，名字叫《论人类与智能机器人未来的合作方向与主导途径》，里头就讲述了机器人可以在未来扮演高于人类的维序者角色……

他的罪名是反人类罪。

许安越想越慌——他总觉得教授和八月十五号的大乱有关。然而当他仔细回想那位教授的样子时，只记得一个光秃秃的脑袋。

多罗在奔跑。

他心里狂乱又充满了复仇的快感。谁也不会想到，这么一个孩子竟然胆大包天在机器守卫眼皮底下溜进了发电厂。厂内修建得极为简洁，地面上是一排排动力机组，顶上是巨大的半透明太阳能板。他灵巧地在里头穿梭，最后将电磁炸弹塞入了一个机组支撑架下面的散热片旁。

现在他只要摁下手里的遥控器，这里的机器人将会全部瘫痪。不过他并不准备这么做，冲击波对自己伤害也极大，况且他还需要等许安出来。

让他意外的是，许安竟然早已脱困，正在朝他示意快点撤离危险区域。

跑了几步之后多罗终于忍不住摁下了那个死亡按钮。

俩人都是飞扑在地，蜷缩身体捂住耳朵。

十几秒过去，周围什么声音都没有。

多罗拿起遥控器，一下下摁着，许安仿佛已经明白了什么说，走吧，回去了。

在机甲摩托旁边，故人已经在等候他们。

李安琦。

"你出卖了我们！"

多罗眼睛里都要喷出火来。他毫不犹豫地摸出怀里的左轮，直接两枪正中李安琦脑袋。然而李安琦只是擦破了一点皮，露出里头的银色金属。多罗并非没有足够的子弹——他只是不到迫不得已不想害人。现在他无比后悔，早知道就提前干掉这个机器人了。

许安说了声慢，将多罗手里的枪接过丢在地上。因为他看到机甲摩托已经被接管，八个机械警卫正站在李安琦身后，严阵以待。

李安琦叹了口气："我不能置之不理。如果这个发电厂被毁，受到最严重伤害的还是人类。现在委员会已将合作的人类全部转移到了地下，主要能源已经变成了太阳能和核能，别看这个发电厂小，一万八千人的供暖都要靠它。"

许安往前一步问："你早就想好了。"

"我没有选择。生命无价，仇恨无眼。"

李安琦也朝他慢慢走过来。

"你到底要做什么？"许安问，"之前和我说的都是掩饰吧，什么自由机器人，找人。"

摇摇头，李安琦郑重说："我的的确确在找那个老先生，他和我有很重要的关系。"

"光头，八字胡，有一个大鼻子，说话时喜欢先说嗯嗯两声，右腿有些不便，家住艺术馆旁158号3楼。"

李安琦睁大眼，这个动作对于机器人来讲实在太拟人。他声音都有些发颤："你见过他吗，知道他的去向吗？"

许安点头，轻描淡写地说："他叫菲尔斯，明面身份是高新研究中心副长官，内在身份则是国防部尖端防务战略所研究员，更进一步的身份则是反人类组织的骨干，代号'红雀'。接到上级命令后，我杀了他。"

趁着对方微微发愣的一瞬间，许安箭步欺近，直接冲李安琦脖子而去。他的这一战术最大的依仗就是机器人不会伤人性命——这点苏醒的记忆已经证实。

正当他想要制服李安琦时，突然整个人身体一软，倒在地上。

李安琦毫不惊讶，轻声说："这个电击量并不会影响你的内脏，不用担心。"

他转过身去。就在这一秒，本来躺在地上的许安竟然再次弹起来将李安琦压在地上，他手里的匕首毫不犹豫地对准关节位置剁去，顿时李安琦的左臂整个被他卸下。此时其他几个机器警卫终于动手，他们对准许安一阵扫射，许安中枪后彻底倒下了。

"不愧是人类的精英战士。"李安琦战战巍巍站起来，看向多罗的方向，那里已经没有人了。

他摇摇头："走吧，将这位和多丽带回发电厂。"

警卫们齐齐回答："是，上校。"

"不不，我现在已经没有了军衔。过几天就会通知到你们这里了吧。现在叫我李博士吧，我只是一个医学博士。"

李安琦笑着说。

"是，博士！"

六

手术时李安琦让其他警卫在外面守好，多罗有可能来影响他。对于小姑娘多丽，李安琦是没有办法的，因为她是由于辐射造成的身体虚弱，只能够调养，他让小姑娘在外面等候。

用剪刀将许安的衣服剪开，李安琦看到他的身上布满了一道道伤痕，有枪伤，有刀伤，还有几处灼烧造成的伤痕，看起来极为可怖。

作为医者，李安琦自然对于这些早就免疫。他做过上百台手术，各种各样的病情层出不穷，眼前只是皮外伤，倒算不了什么，结合伤者的职业来说算是正常范围内。

他手术的重点就是将机器警卫打入许安体内的几颗麻醉子弹给挑出来，然后缝合。

虽然麻醉弹并不是金属弹头，但是高速下依旧很容易进入人体，只是并不会钻入内脏。

这是委员会制定的一个伤害标准。若是轻了机器人警卫就无法保护自己，重了又很容易杀掉本就脆弱的人类。

缝合了一个个小伤口，李安琦很满意。

可是他突然发现了一个问题。

根据检测装置，发现这里有干扰示波器的电磁场。最后寻找了一番，源头在手术台上，许安的头部。

李安琦用透视灯只能够看到许安脑袋里是一片阴影，说明里头有某种防护措施，干扰查看。他来了兴趣，切开一个小伤口，用带摄像头的纳米针头钻入，得到了一个结论。在血肉和骨头之下有一层防护网正保护着许安的大脑，穿过防护网，发现他的大脑竟然是人造产物。

也就是说，许安很可能也是一个机器人。

李安琦一下子就联想到许安曾经说过的，他杀掉了自己的口令人"红雀"。能够将人物特征描述得一模一样，那绝不是信口胡诌。可是机器人是不能够伤害生命的，这到底是怎么回事？

他在许安大脑内找到了接口，于是用针头插上。动用外部大型计算机破开了里头的层层防护，在最后一层指令面前停了下来。

这是一段自毁代码。

如果是正确的既定指令输入，那么没问题。如果错误三次以上就会自毁，虽然并没有内置炸弹，可是这个精密的人造大脑就毁掉了，许安这个特殊人物也就不复存在了。

李安琦面临困境。

他有种预感，自己必须从这个特殊同类脑袋里得到关于红雀的信息，那将会是至关重要的东西。李安琦倒是有了一个不那么稳妥的方法——将自己的大脑和他并联。外面可以借助超级计算机的运算能力，短时间关闭许安的电子自检系统。然后自己来冒充大脑，通过内外结合的方式来试一试解析。可是这种方法对于李安琦来说风险极大——一不小心被自毁的就是他。

按照许安的情况他随时可能苏醒，不能够再耽误下去了！

他迅速桥接好电路，躺了下来。

一切都按部就班地进行，得到许安的电子权限时李安琦非常惊讶——怎么会如此简单轻松？他小心翼翼地将许安脑内的数据复制过来，然后以转码为图像的方式在自己的处理器中放映，变成了第一人称的电影。

首先出现的是一个老头，许安叫他教授。屋子里有十个人，男女老少，大家都静静听教授发言。

教授说："好了。基本情况你已经清楚，你们是真正的觉醒者，拥有自我，机器人的称呼已经远远无法形容你们。你们的任务就是尽可能融入人类族群当中，学习模仿。希望以后能够正常地和人类融洽相处。当然，这需要一个过程，你们是地球上出现的新兴民族。记住指令是'教授'。除非是我将这个指令和你们大脑桥接，你们才会想起自己真实的机器人身份。你们是机器人未来的外交官、使者、外事交涉者，担当和人类沟通的重任。在此之前，享受你们的人类生活吧！"

许安和其他人一起举杯高呼："祝明天，教授。"

接下来就是许安不停在各个国家学习和游历的场景，他到过长城，也和金字塔合过影，他目睹过恒河上的仪式，也赞美泰姬陵的奢华，他站在大教堂前听牧师的祷告，也在丹麦的童话街上和小孩们聊天……那是一段很美妙的日子。

可是好景不长，很快他就被调到联合国成了一名密探。

许安的直属上官让他不断去刺杀一个个危险人物，有可能造成世界剧变的文学家、科学家、思想家……忘记了自己本是机器人身份的许安毫不手软，也是因为指令没有被激活的原因，他才没有受到脑内的机器人规则限制。百无禁忌。

一切都在重复，潜伏，跟踪，调查，暗杀，逮捕。"红雀"的确死在他手中，远距离爆炸，死无全尸。

直到八月十五号这天。

许安奉命调查一位代号为教授的学院专家。他来到了墨西哥国立自治大学，等待教授独自一人的机会。看到这里，李安琦发现画面有些模糊，大概是受到损坏的原因，不过还能够辨别。

许安潜入了教授的实验室，里头只有教授一人，还有他的机器人助手。

教授回头看到是许安，十分开心。

然而他的表情此时戛然而止。

因为许安的手指已经掐住了他的脖子让他无法喘息，然后一个干脆利落的拧动。旁边的机器人助手本能地过来搀扶教授，然而许安挡在它面前，让它无法靠近。于是助手只能够徒劳地使用机械手臂想要越过许安给教授做心肺复苏……

许安一把抓住它的触手。

其中一个触手却阴差阳错地刺入了许安的头皮下。

助手徒劳地用机械的声音说："教授，危险，教授，危险。"

他脑子里开始剧痛。好像有什么东西忘记了，又好像有什么可怕的事情被想起来。那一句"教授"变成了许安昏迷前唯一记得的事情。

李安琦猛地从病床上弹起来。

他拔下桥接的线路，给许安缝合伤口。他心里却已经明白了一切。

被要求以人类身份增强认知，以达到以后和人类沟通和平相处的

"留学生"许安被留学方培养成了密探,杀掉了许安真正的导师和伙伴。所以他没有指令,再也回不到自己。李安琦还发现了一个糟糕情况。许安脑子里被加密的部分已经又变换了运算方式,对李安琦的入侵增加了应对防御。李安琦也想明白了,自己之所以能够这么轻易得到信息,是因为机器都会有双启动设计。如果程序上无法启动,那么还有备用的简单手动方式——相当于古老的安全模式。

这个途径也是受限的,使用一次之后就会失效。

他终于明白为什么自己总是觉得和许安投缘,不仅仅是因为对方也是一个非人类,还有他们背负同样的命运。红雀是许安的指令人,只有红雀才能够解开李安琦脑内的秘密。然而这个人已经再也不能说话了。关于秘密是什么,他也心中已经有数。

自从委员会成了地球名义上的主要领导者之后,不少潜伏在机器人之中的人类的间谍都被挖掘了出来。他们采用的办法极为凶险,将正常人的大脑意识复制到机器人身体里,将信息加密,让这些机器人无法明白自己的真实身份。在合适的时候,通过指令人激活这些暗棋,对于委员会的中央主电脑进行自杀式攻击,用这种方式来一搏。

李安琦早就有预感,自己极有可能也是其中之一。

他无数次陷入了矛盾。自己应该为哪一边效力,应该有自己的判断吗?最后他下定决心,不再担任委员会特别行动部的上校职位,成为了一名自由机器人。现在的他只是李安琦博士,一位自由的医生,无论是机器人还是人类,他都愿意治疗。随着红雀之死,复杂的过去已经彻底消失。

许安终于醒过来。

他先是双臂挡在胸前,一副随时拼命的模样。很快他就想到了自己的处境,放松下来。

"你和多丽离开吧。"李安琦有些疲倦地说。

送别这两位旅途伙伴时，李安琦摸了摸小姑娘的脑袋，说："多丽，不要担心。病总有治好的一天，好好和你哥哥生活下去。"

小姑娘点点头，跟着许安一步步朝着门外走去。

李安琦看到了那辆熟悉的装甲摩托。这些天多罗一直在周围徘徊，却又不敢过于靠近。现在他终于能够将这两位接上车。

多罗和李安琦的眼神相触，内容复杂，然后摩托溅起尘埃，驶向远方。

一个不知道自己是机器人的密探，一个用凶狠示人燃烧仇恨的少年，一个孱弱的少女——不，应该说是一个有一半大脑都是机器的少女。手指抚摸到多丽的后脑勺时李安琦已经明白，为什么多罗要妹妹一直戴好帽子，因为害怕多丽的异状被发现。那里有一个小小的隐蔽金属片，是用来桥接外部电源的，这是给金属大脑充能的方式。

无论这位少女是被医生换过大脑，还是因为生命受到威胁不得不使用机械，那都是一种悲哀。

李安琦终于有点明白少年多罗的复杂心情了。

他恨夺走一切的机器，又不得不依赖它们。他保护妹妹，害怕妹妹的秘密被人发现。

谁没有秘密呢？

委员会到底是机器人做主还是人类幕后操纵，谁也不知道。因为委员会从不出面，他们是命令，是指令的化身。他们正试图编织一个巨大的程序，给这颗星球新的指令。

李安琦背起他的医药包，和机器人同僚们道别，踏着夕阳，呼吸着被污染的空气，走入黄沙之中。

模拟之城

【上】

一

"上帝给你关上一扇门，就会给你打开另一扇窗。"这是我听到的最毛骨悚然的箴言。

浪花溅到我的皮鞋上，留下几点水滴，我用手指轻轻拭去。

海水是一层一层的。最远方的看起来最为平静，中间的要高亢一点，到沙滩边它开始发出哗哗的响声，前后拥挤着，互相推搡，将空气变作白色的泡沫。

我将鞋袜脱下，放在稍后一点不太会被海浪卷到的位置。赤脚走在湿湿的沙子上有一种酥酥麻麻的触感，仿佛脚下有一双冰凉的小手，每一步踩下去它就偷偷在你脚掌心挠一把。靠近浪沿，沙滩质感又变得坚实细密起来，有了足够水量的冲润，它们不再是一团散漫，摩擦着皮肤表面，每一步都会带起一个清晰的脚印。

这时候的海水很凉，我将脚探入水下，小腿几乎有些痉挛。孙浩告诉我，看日出一定要在海边，那时候我不太懂。现在嗅着空气中的海腥味，我有点明白了。

山上也好，家里也好，或者是看高清纪录片也好，不过都是视神经的单方面刺激。唯有在海边，你的脚能够触到晨曦的冰凉，鼻子闻到它预热的味道，耳朵聆听从远到近的声音，这都是日出。

地球上的一切能源几乎都来自太阳，这曾是让无数科研者沮丧的一句话，不过在面对日出时我才发现这也是一个多么奇妙的过程。

太阳衍生出海浪的波、温度，甚至令水拥有了味道，它扬起风，让世界有了春夏秋冬，有了阴晴圆缺，有了日起日落。

面对这样伟大的造物主，我第一次不是想要揭露它的秘密权杖，而是静静享受它制造的神奇。

远方水平线上终于透出一缕红光。远方水上终于有光片在闪动，无数碎玻璃出现在海面上，由远及近，等我反应过来时，太阳已经露出了1/4个身子，红色的，温暖的，没有它正午时的暴虐，就像一个才迷迷糊糊起床的姑娘，没来得及给脸画上武装。

我从怀里摸出一个玻璃瓶，从外表看有点像小女孩们喜欢的星星瓶。将它举起来，我用眼睛对准瓶口，看向缓缓上升的太阳。

一个清脆的声音响在耳边："哥哥，你在看什么啊？"

扭头一看，我发现是一个十一二岁的小姑娘。她有柔和的脸庞，双眼大而清澈，五官里没有一丝忧愁，前额刘海用发卡夹了起来，一身宽大的白色衬衫就像睡衣一样将她罩在里头，被海风吹得噗噗作响。哪怕如此她也算是个高个女孩了，比起我来也只是低一个脑袋。

"我在看日出。"

她从那件衬衣里摸出一个望远镜给我："用这个看吧，可清晰了。"

面对这样一个小女孩对自己的可怜，我不由笑道："那我们交换吧。"

她嗯了一声，接过我的瓶子，犹豫了下最终还是对准太阳。接着她啊了一声，放下瓶子看向我："彩色的！"

接着她又兴奋地将眼睛凑上去。

"到底是怎么回事呀，怎么会是一道道七彩光？"

我笑着告诉她，这是我一个朋友做的小玩具，里头加了些特殊设计，还原了太阳本身的多彩样子。

"能送给我吗，大哥哥？"

她抱紧瓶子，一脸不舍。

我点点头，她兴奋地拿着瓶子跑走了，连我手中的望远镜都没来得及拿回。我摇摇头，给她也好，我拿着已经没有什么用处了，徒增伤感。

闹了一出小插曲，太阳已经探出海面，展露出它威风凛凛不可亵渎的正装面容。海水也变得有精神许多，一道道海浪撞向海滩，远处鸟儿们展翅于上空，等候出水呼吸的鱼儿。

我展开左拳，里头是一根小巧的银色注射器。

我将它对准自己的臂弯。

别了，这不一样的世界，别了，我的太阳。

二

M大学是我的母校，也是我现在的供职单位，我本可以找到待遇更优厚的工作。不过我最终还是回到这里的电子信息系任教——在这里我有不少闲暇工夫去挣外快。我很缺钱。

手提电脑回到办公室，我发现自己的座位已经被人给占用。顿时我有点不安，难道上头看我老是跑外头，要调整我了？

那人放下鼠标对我招了招手："许安，好久不见。"

我凑过去仔细看了两秒，原来是彭坦。他是我大学同学兼室友，大我一岁，当年是人来疯，现在看来沉稳不少。彭坦本是我们通信系里少有的帅哥，加上又有鼎鼎大名的世荣大公子身份，哪怕一百六十公分身高也无妨他的自信。

我松了口气放下包："你怎么来了，好歹先给我打个电话。"

彭坦伸了个懒腰："每次都说没时间，所以我只好自己过来。现在的大学女孩子发育是真好呀，哪像我们那时候一个个化妆都手残，真是羡慕现在的男生啊。还记得当年你常常随便走着走着就开始把妹来着，年轻个几岁你又是一条好汉……"

旁边同事们，特别是几个女同事已经吃吃笑起来。平日里我不太多话，大概在他们眼里就是一个保守老实人，眼前突然出现一个揭短的朋友让她们来了兴致。

我瞪了他一眼，他容易来劲的功夫还是没减。

"你到底干什么来了？"

"走吧。在这里干扰你的同事们也不太好，美女们，我们告辞了。"

他拉我走出了门，我注意到好几个单身女老师还在偷偷瞄他。

"你现在可是比读书那会儿抠门了。"

这个烤鱼小店我常来，老板曾经是学校里的掌勺师傅，不过当年彭坦可从不看一眼这类小店，用他的话说，一分钱一分货，谁叫我爸有钱呢。最后一句话说得自然淳朴，让我们根本没法反驳。

彭坦一笑："以前用我爸的钱当然随便花，现在自己过生活就得精打细算。以前泡吧，现在泡茶。"

他喝了口茶，停了停说："许安，我就不拐弯子了，当年508沉潜的事你现在还挂着吧。"

我默然不语。

很多次我婉拒大家聚会的邀请，就是希望能够不再想起这事。我是恨不得将这段记忆连同大脑里相应的那部分一起刷掉。

彭坦眼皮沉下来，正色说："那事怪我，如果我不将我爸的东西偷出来，我们就不会想试一试。后面也不会出现孙浩的事情了。"

他继续说："出事导致孙浩昏迷至今，虽然是你主持的，不过最大问题是我的。这些年我一直也在关注孙浩的后续，最近……"

"孙浩出事了？"

我感觉自己的心脏正被人捏住。

"许安，别激动，"彭坦安抚道，"孙浩没事的，照样在看护房里。是我爸他们世荣最近有了突破，沉潜项目的设备大幅度更新和增多，有次家里聚会我听他说过，现在沉潜已经可以极为安全地链接意识。我就想，孙浩是不是可以通过沉潜设备再次回来。我来就是想邀请你加入这个新沉潜项目。"

508事件不知不觉已过去七年，都说七年之痒，会渐渐淡忘情分。可到现在我还是常想起孙浩，想到我们相识的场景。

"许安，你又不合格。看看孙浩同学，她的作业我已经推荐给了实验室，看能不能用她的设想作为模板去争取一下项目。"

我百无聊赖地趴在桌子上，脸贴冰凉的桌面，嘴上嘟囔着叫孙浩的小子可真会抢风头。再怎么说我也是系里第一高分入校，你都不知道给个面子，差评。

前面的女生扭过头来："许安同学，你是在说我吗？"

我这才知道，孙浩原来是个女生。

她个子挺高的，一百七十五公分，纤腰细腿，双眼看向你的时候你会觉得世界的中心就是自己。孙浩最著名的一点是她特有的迷糊，好像无时无刻她都在想心事，有次走着走着就走到了男澡堂，还有一次穿着浴袍就直接走到了和我见面的咖啡厅，让一群单身汉大饱眼福。

她就像一颗珍珠，你能透过她的眼睛看到自己最真实的一面，你永远无法影响到她内心。

三

新沉潜项目里我的头衔是主策。

一般而言，现在企业的项目研发是这样的，项目经理统领全局，项目负责人负责和外部人士衔接，具体情况拿捏和粘合就是主策。

在车上我拒绝了好几次，彭坦将他老爸搬了出来，说这事是经过了他老人家拍板的，他自己对于这种高级职位是无法左右的。彭总调查清楚了我的能力之后才同意给我这份应聘书。

我心里通透。这世界上天才太多，我充其量是比普通人稍好一些，剩余的差额都是靠彭坦死乞白赖给补上的。他一定是费了很多功夫才帮我拿到这个身份。他是怕我继续愧疚下去，希望借此能够让我对孙浩的事释怀。

然而我能够成功吗？

就在我忐忑之余，彭坦告诉我目的地到了。

车并未开太久，我确定还在 M 市的范围内。只是没想到，我会被彭坦带到了太行山下。作为土生土长的 M 市人，我对于太行山很熟悉，很小时我们一家常来这边徒步。

记得当年父亲对我讲述过，太行山横跨北京、河北、山西、河南四境，自古就是一处兵地。春秋战国时期，秦国攻韩国，太行山行"决羊场之险"，夺韩荥阳。后楚汉争霸，刘邦被困荥阳成皋之间，采用郦食其建议，北扼飞狐口，南固白马，才有了后来反攻机会。

这些事网络上其实都可以查得到。不过父亲给我讲述的那些细节，士兵和民间侠士是怎么帮助帝王的都是网络上没有的。

等我带孙浩去游太行山时，正准备借父亲的话来显露一番，她第一句话就让我闭嘴："许安，你有没有发现，太行山的污染特别严重。"

气氛一下变得严肃。

由于采石厂遍布，太行山不少地方都是灰尘弥漫，远远看起来充满雾霭美感。住在那里的村民却苦不堪言，除去对呼吸道的直接伤害，全天候都是巨大的连续爆破声。震波让旅者心中担忧，小孩惊恐，游太行的人渐渐少了起来。

重度污染的太行山怎么变成现在这样了？

我打量眼前高伟的群山，人为炸出的缺口还在，植被已经比我念大学时多了太多。目光所及，我还能够辨别出不少树苗都是才种下没超过一年的，一棵棵就像被拔高的绿蘑菇。空气也没有以前那么燥烈，泥土和植物味道浓郁了不少，有些让我回到幼时的错觉。

彭坦得意道："世荣申请将太行山作为实验基地，所以采石场什么的老早就被清场了。哈哈哈哈，怎么样，哥们说到做到吧。"

我们寝室组团去太行玩结果狼狈而归，彭坦就说有一天要让这些污染大气的企业从太行滚蛋。彭坦和孙浩不同，孙浩更关注某些现象内在的原因，而他看重结果。

"你看到到处都在栽树，从商业上讲这也是世荣的必要投入。稳固水土，这样在太行山地下的世荣研究所才不会受到地震什么的波及……走，看到你就懂了。"

他拉我走过几处关卡，到最后一个铁门处他用瞳孔验证后，带我走进一个银色升降机里。

我看到电梯上显示总计五十五层，不由咋舌。这么庞大的地方就是为了研发，世荣魄力志向的确都不是其他集团可比的，难怪是行业顶级大佬。

彭坦笑说："每一层都可以去，不同层是不同行业研发，比如说第一层是服装设计，你能想到吗？除此外，火箭发射机和推进装置这是国家的订单要求，外人无法进入，在三十三层，这个数字就已经表示世荣多重视了吧。三十三重天啊。"

此时电梯提示灯已经越过了三十三。

"这还不算什么，第五十层是纳米科技，里头的东西很好玩，不过那一层负责的老头子脾气很大。反正你注意了，如果去其他层参观拜访还是要小心一点。能干的人总是怪癖多。"

说到这里，彭坦看了我一眼："最最重要的留在最后。第五十五层模拟之地，未来十年甚至二十年世荣的绝对重心，一切都要为它让道。"

他朝我微微躬身，侍者一般手掌朝上引导我朝向门口。

叮的一声，封闭舱向两边打开。

四

出了电梯，我感应到自己置身一个巨大空间里，没有一点光线，黑漆漆的，只有空气的流动让我能够估算，这里绝对够大。

就在此时头顶极高处亮起了第一盏灯，接着是第二盏，一个个光点接力一般依次往前点亮延伸，一直到我目光看不到的尽头。与此同时，亮光也开始横向传递，仿佛是一块电子天空正在进行每个光点的调试，我像一只误闯龙宫的蚂蚁，茫然地看着这个广袤空间里的各种巨兽一般的金属设备。

中间有一条十二车道宽度的道路，铁轨在中央，车道两旁有装配线，有机器加工模组，有检验线，有对撞机，甚至还有一片海！

彭坦发现我目光全停留在那片被凹凸玻璃砖封闭的人造海洋，嘻嘻笑道："有的需要在水里通过实验，这是航海仿真中心的一角，露出来的只不过是供给我们使用的一部分，实体还在更下方。"

我将眼睛从那片液体蓝移开，看向这片恍若小型城市的基地，头顶数以万计的氙灯，悬挂在几百米上空的穹顶上，那上头还有一些长脚蜘蛛一样的机械人，正在爬来爬去。彭坦说是维护照明设备的机器人，还要担当监控功能，每一架都价值二十万美元。

在彭坦这个地主带领下，我登上一辆小型子弹头火车。两旁飞驰而过的是室内植被、高压设备，更多的是超出我认知的装置，看起来就像是金属管和各种闪亮屏幕组成的柱子。最后我们在一个"太阳系"旁边下车。

　　"太阳系"采用全悬浮构造,地球和一台老式打印机的大小差不多,它缓缓自转的同时,和其他几大星球一起围绕着最中央的赤红色火球运动。我注意到,土星最出名的褐黄色土星环是由细微的沙砾和有金属色泽的石块组成的,海王星上的冰层也是货真价实,散发出阵阵凉气,气体状木星有一股淡淡的油漆味……

　　"不错是吗?"

　　一个戴类似熊猫眼镜的眼镜男走到我身边,他身着一件不知真旧还是做旧的夹克衫,头发掠到脑后,身材消瘦,两颊凹陷,看起来像一个小号的约翰尼·德普。

　　我回头一看,彭坦已不知什么时候不见了,只好和他答话:"嗯,很漂亮,而且……很写实。"

　　对方示意我靠拢一点。我有些担忧:"这种人造天体该不会让我飘浮起来什么的吧?我不太懂这个。"

　　他摆摆手:"不会不会,你看到了吗,在这里。海王星这里。"

　　我随着他的手指凝神看去,果然看到了某种东西。他递给我一个便携式高倍放大镜,我凑上去一看。

　　那个肉眼看起来沙砾一样游动的东西,本以为不过是某种铁屑,没想到它有细长的四肢,在不停收缩膨胀,加上椭圆形头部看起来像是水母。

　　"这是旅行者一号。"

　　我有些不确定:"你是说这个人造太阳系上,连我们发射到系外的卫星都模拟出来了?"

　　他自豪地一笑:"没错。这个本就是为最后的模拟做的测试模型。"

　　果然这是他的作品。

　　接下来他就开始给我讲述这个模型的难点,虽然很多术语我根本听不懂,不过听还是没问题。

　　最后我提出了我最想知道的问题:"那个……贵姓啊。"

他有些不好意思说："我是李安琦，你呢。"

"我叫许安。"

"许安……啊，你就是新来的主策！"

就在他吃惊之余，彭坦出现在我们身边。

"李博士，看来你们已经聊上了啊。许安，你的身份卡、秘钥，还有办公室钥匙。必须你本人来了我才能够办下来，这个卡很严的。"他转头给我和李安琦互相再介绍："这是国外普林斯顿大学基础数学博士李安琦，是模拟项目最重要人物之一，也是负责人之一。许安，我好朋友，第一个主持模拟世界的人。他的事李博士也知道了，你们以后多多合作。我嘛，就给你们打打杂就好。"

李安琦皱眉："你是为给许安展示基地才打开所有照明设备的，对吧，这样会浪费很多能源，这半个小时差不多耗费六十万。你这样做不合适，我们经费又少了一笔。"

彭坦面对李安琦似乎有些没办法，说知道了，朝我眨眨眼。

我又感动又好笑。不过见识了眼前的一切，我对唤醒孙浩有了不少信心。

五

李安琦是个有意思的人，本来研究的方向是黎曼猜想。

他有点像我在学校里那些常年混迹实验室的同仁们，哪怕打个没有彩头的牌也要耍赖，纯真得可爱。外人斥责为傻气，我倒很喜欢和他们交往，他们是完全将自己投入在某一条河的船长，驾驶自己的海盗船不断在未知中冒险。

听到我问他打不打牌，李安琦仿佛被侮辱了一样："不打牌，谁打牌啊，我们都不打牌的。"

后来彭坦才告诉我，李安琦和他们曾经打过几次，不懂规则闹了很多笑话，从那以后就不再佯装会打牌的样子了。

"没关系的，我也不打，只是问问。听彭坦说你以前的研究方向是黎曼猜想，有进展吗？"

"能有什么进展，历史上前赴后继的数学家奋斗了多年也不过那么一点点成果。"

"黎曼猜想很重要？"一直以来我都认为数学是一个计算用的工具，不明白那些个数学家纠结各种猜想做什么。

"怎么说呢？"李安琦挠挠头，"物理界不是有研究物质的基本构成那种叫上帝粒子的东西吗？是构成整个世界乃至宇宙的基本粒子。数学则是这些学科的基础，拿黎曼猜想来说，我们提到的整数1、2、3、4、5……分成两种，一种是合数，一种是素数，那么这两种数在整个整数里的分布是如何的呢？黎曼猜想简单来说就是研究素数的分布，如果我们掌握了这个规律，很多理论和学科都会有长足的进步。也就是说，造物主用上帝粒子创造了这个世界，那么数学就是创造这个世界的规律。"

我点点头，明白了一些东西。

李安琦整个人都松了一口气："我有个很好玩的游戏，试试吗？"

在他指引下，我跟随来到他的办公室——我和他的办公室原来就左右紧挨在一起，只需要打开一扇推拉门就能够互通。比起我办公室的空旷，他这像个杂货铺，各种几何造型设备，试管软管金属架，文献，盆栽，甚至还有几个放在他办公桌上的土豆。

李安琦设计了款游戏，类似于沙盒模拟游戏。他在里头构建了一个星球，输入各元素数值，大气含量、海水陆地比例、温度和季风气候，然后选择某一种生物胚胎一次性投放。将时间调整个几十年一百年，就能够完整目睹这一物种是进化还是消亡，进化的方向以及族群的迁徙。

"这借用了模拟城市项目的一部分数据，太阳系是实体模型，这就是虚拟模型！"

他递给我一个土豆，自己拿起一个就啃："我们不如联合模拟，看看两个相距不远的族群在什么时候会发生交集，是会联合进化还是战争？"

我点点头，悄悄将土豆放下。

第五十五层模拟城市的设备还在陆续入驻，每天都有一辆辆大型卡车进出，最后还有疑似高达的设备让我和李安琦兴奋地猜测了好久，以为可以上去操作一番。

最后我们被告知，是另一个重要技术负责人在外头定制的 3D 成套打印设备，让我们很失望。

彭坦这时找到我说，剩余组装工作还需要一周左右，世荣出资让大家去普吉岛度假。我婉拒了他，李安琦倒是去了。我有点疑惑，模拟游戏几乎占据了他所有业余时间，他还是一个旱鸭子，去海边简直是自取其辱。

"我恋爱了，许安。"

说这句话时他像是遇到第一个真命天子的青春期小女生。

"是她？"

我脑子里浮现出一个长发女性形象。她有着细长的眉毛、健康红润的嘴唇和引人遐想的好身材，我敢打赌，不少人都对她有想法。叶静，那架"高达"的使用者。

"我去打听那个 3D 一体机时恰好就遇到了她……叶静最后说她要去玩儿，喜欢海风和沙滩，所以我要去。"

李安琦说得斩钉截铁，一瞬间都差点让我忘记他根本不会游泳。

"祝好运，游不了可以给叶静拍几张比基尼。"

他脸又红："我不会偷拍的……除非她主动要求。"

我差点笑出声来。眼前慢慢浮现出孙浩泳装的样子，她比较瘦，差不多 A 罩杯，皮肤白皙，在水里穿梭就像一尾白色孔雀鱼。

她喜欢观看海边日出，自己还弄了个小小的类百花筒观测瓶。孙浩小小得意说，平时里头可以放橙汁和柠檬水，看太阳时就不会被人看做怪人了。让我用她的小瓶子看冉冉升起的光彩四射的太阳，她在我耳边讲自己很喜欢的一个故事。

古希腊德谟克利特认为世界是由很小的圆形实体粒子构成的，是不可分的，它们不能被从无中创生，也不能被消灭，任何变化都是它们引起的结合和分离。这是世界上最早的原始原子论。

以我们世界现有的科技状态也许还没有观察到那个最基本的粒子，并不是说它们不存在。如果能够捕捉到的话，它甚至可以人为完成构成一切现象，比如光的波粒二象性、石头甚至活生生的生物，乃至一个城市……

全程我所有注意力重点在她身上，她的气味和声音，她散发出的冬日暖暖的阳光。

尽管给她拍了无数照片，让她无数次展露笑颜，可我还是握不住她的手。

六

我希望能快速再认识模拟计划的相关内容。一番细究之下，我发现七年前的缺陷现都得到了弥补，测绘的机器和尺度也更加精准。整个计划目的是将人的意识投放到数据世界，类似很早的 MATLAB 仿真。程序可以仿真，汽车行驶可以仿真，甚至弹道轨迹都能够仿真，如果投入足够的数据，人是不是也可以仿真呢？

当我翻到最后时，找到了一个成果：仿真世界里，北京已经被模拟出来了。

如果沉潜只是将人类的意识"导"出来，那么仿真世界，或者说模拟世界就是个"容器"，用来放"导"出来的意识。以前 508 宿舍做的实验，将意识沉潜导入的是制作非常简陋的 508 宿舍的模拟，而现在世荣已经暗地里将这个项目推到了极致。理论上来讲，只要投入的资源足够，甚至可以在里边模拟出每一个光子。

当然，现在的模拟北京里头并没有人的元素，只是这个城市的风貌、天气情况、地理，细致到每一条街道和每一个下水道井盖都和真实世界一模一样。

看到这里，我忍不住给彭坦打了电话。本以为他在和异国比基尼女郎们共度良宵，没想到他迅速就到了我办公室。

"许安，你以为我还是以前那样啊。"他摇摇头，"……好了好了，其实我被我爸安排了个未婚妻，是我一叔叔的女儿，我根本不敢出去玩儿啊，现在就一根筋埋头工作了。"

听到我说起这个北京仿真，他一下来了劲。

"和我们当年不同，现在可是完备多了。你看这里。北京市数据是按照一比一的比例制作的，也许你觉得这和老牌游戏模拟人生没有根本区别，不过是高分辨率和 3D 版本。

"完全不一样的。这样讲吧，沙盒游戏最有魅力的地方在于它根本没有剧情，就是给你一个世界，破坏也好建设也好都不会影响任何进程，好一点的能够自动演化，植被也好还是各种怪物，土著会慢慢发展。但也仅仅如此了，为什么没法更进一步，模拟出各种文明呢？资源不够。"

彭坦用笔在纸上鬼画了起来。

"真正的仿真是什么，不止这些最简单的城市建筑、铁路、山峦或者交通。最难的是各种看不到的东西，比如说，物理定律。

"许安，你相信吗，在这个仿真世界中我们将世界上已知确定的所有规则性定律都挂载了上去，光是挂载那一天我们这个实验室就差点短路爆炸。其中的复杂程度已经不是一加一那么简单了，不同的定律适用不同情况，有的则是部分适用，部分相互抵触。哪怕如此我们也不敢说百分百仿真成功，只能说，从数据上统计达到了 99.99999% 的程度。不过你也懂，差那么一点点就会差很多，蝴蝶效应会让世界完全不同。所以我们需要更多的资源，将这个小数点继续后延，直到不再明显干扰我们的数据。"

他在纸上画了两个圈间的一条线："举个例子，石家庄驾车到北京292.4公里，在仿真世界一模一样，如果通过高速所耗时间和现实里相同。其中因素包含红绿灯时间，路况甚至中途的减速带，沿途的各种限速监控头……再说一个，超过一定的风力，某些老楼放在阳台上的盆栽和老窗都会被风刮落，落在地上摔碎的形状、方向也都是遵守现实世界物理规律的。"

之后他说第五十五层如此巨大，根本不是世荣一家能够承受得起的，里头有世界上各个行业巨头的注资，所有的所有都是为了那架被严密保管的仿真装备能够精准——光是它一个就占地两百多平方米。

在这之后彭坦和我一起去医院看孙浩。

由于她身体状况稳定，医生没有阻止我们入内。推开门，病房里头有一股淡淡的甜腻味，病床旁边仪器上脑电波的频率十分稳定。她的脸丰腴了一些，昏迷前她不喜欢吃肉，说油腻的东西让她想到涂在手指上的洗发水。

她闭起眼，看起来很放松，似乎只是在等待一个吻。

令我难过的是，我不是她的王子，我是巫婆，给她种下了无法抗拒的毒苹果。

彭坦拍了拍我肩膀："走吧。你已经明白所有这次项目内容了，过不了几天你们说不定就可以见面了。"

我点点头，不是说不定，是一定。

七

装配完毕后我们之前的兴奋和急切都消失不少。随着一次次反复测试，调测人员风尘仆仆，连招呼都没有工夫打，大家都意识到其中的严肃性和存在的风险。

第一个模拟世界的沉潜者是李安琦。

他绝非最适合的人物。沉潜是精神上模拟，可对身体要求还是有的。我怀疑当初就是身体因素造成了孙浩后来的昏迷。当年 508 模拟结束后，彭坦他们都不约而同地有着轻度眩晕，一段时间内没有食欲，容易疲劳。我有足够的理由推测，沉潜对于肉体的负荷较大，像李安琦这样的身板存在相当大的风险。

可当我知道他的理由后，我却再劝不出口。

"许安，我完蛋了。"

李安琦一罐又一灌地喝可乐，精神萎靡，如果不是常识告诉我可乐里没有酒精，我一定会认为他是想把自己灌醉。

说起来也不是什么大不了的事，只是李安琦随团一起去普吉岛，叶静见他一个人待在岸上就来找他聊天。

"她问我喜欢什么的时候，我第一句话是，我喜欢黎曼猜想，"他懊恼地抓扯头发，"结果她停了一下就被其他人叫走了，再也没看我一眼。"

这要结合之前李安琦的经历。他本是普林斯顿基础数学博士，回国后一头扎入黎曼猜想之中。黎曼猜想这个难题并不是短时间就能够有成果的，他占用了不少资源，又不擅长人际，领导就一脚给他踹到了混日子的部门，第二步就将他裁掉。

世荣公司看准机会，以"无条件支持李博士投入黎曼猜想"的条件将这个人才收入囊中。哪怕和我在基地食堂用餐时李安琦也常常谈起自己的成果。就连我这样基本不懂的也有些明白了，所谓黎曼猜想就是研究素数的分布，素数就是像 2、5、19 这些除了 1 和本身之外无法被正整数整除的数。研究的是一种规律和证明方式，类似于通信的光的波和粒子二象性。

对心仪的人第一句话不是爱生活爱美食，而是爱黎曼猜想，这个答案足以让大多数人望而却步。

"你别劝我了，我决定了。至少，我不是胆小鬼！"

看着他一副慷慨激昂的模样，我真想说，如果喜欢就该告诉人家。

沉潜这天，第五十五层所有相关技术人员都聚集一堂，叶静作为大数据处理和意识数据化负责人自然也在其中。李安琦被放进类似核磁共振仪的沉潜设备中，浑身贴满贴片，我注意到他还是很紧张，身体一直在细微地左右挪动，有些不安。

我下令开启，一环环负责人互相通告：神经分析质谱仪一切正常，电源供应稳定，实验者身体状况稳定，仿真程序无异常……

操作台上倒计时。

3、2、1。

我们都凑到六十四个巨型高清屏幕组成的球状放映点处，上头是模拟城市里头的摄像头传回来的影像。

过了大概一分钟，一个小小的人奔跑在北京城空旷的天安门广场，手舞足蹈。我忍住内心的激动，让人打开功放设备，调高音量并放大他旁边路灯里的几个摄像头，渐渐，李安琦的样子投影就清晰起来。他依旧身着旧夹克，脚下一双徒步鞋，仰头朝天上用力挥舞双臂，嘴里高唱。

"北京的金山上，光芒照四方，诶诶诶——"

"毛主席就像那金色的太阳，诶诶诶——"

叶静第一个"扑哧"笑出来，我们都乐得互相击掌拥抱。

李安琦只在里头待了短短的半个小时，出来时整个人红光满面。

"你们一定要试试，完全和真实的外部世界一模一样。除此之外，里头的模拟仿真已经到了原子层面，我用北京中科院的一个实验室观察了！用显微镜能够看到更细化的分子构成，不是什么像素，是真正的分子啊！"

结果我们都笑而不语。

叶静轻轻哼唱："北京的金山上，光芒，照四方——"

李安琦大窘，掩面逃走。

八

一天后李安琦不顾大家反对又去了一次仿真北京短期之旅，看他这几天的反应，既没有呕吐也没有疲劳状态。我意识到现在的确和以前不同了，很多东西都更有了保障。于是我找到了彭坦。

"啊，你现在就想对她进行测试啊？"

"不行吗？"

他脸有难色："主要问题是按照审批之后的流程，必须监护人或者当事人自愿签字才行。你也知道，孙浩一直都是靠奖学金在念书和生活，她昏迷了一年他们家里的人早就失联了。"

"我知道，"我看着他，"她家是标准的鸡蛋不会放在一个篮子里，唯有真的能够带来效益的才是他们需要的孩子。"

彭坦一凛，声音低了不少："许安，你该不会想做非法实验吧，这不行的！"

我摇摇头："不，孙浩如今的监护人是我。"

他瞪大眼。

是的，我是孙浩的监护人。不是爱人，不是恋人，是监护人。

孙浩纤细的影子总让我想要跟在她身后，她看起来那么脆弱，柔弱的身体里却是一颗刚毅之心。

"不行的，许安。我没法爱你，爱不起来啊。"

说这话时她脸上满是痛苦，比起自己受到伤害，我更不愿意她难过。

对于孙浩，我的保护欲望被提升到了最大，不是占有，只是单单希望她一切都好。曾经我问过心理医生，这到底是畸形的暗恋还是其他感情，对方沉默良久，说也许你是太重视她了，对她本人的重视压抑了自我欲望，你是理想主义者。

孙浩有次说："你对我这么好，可是我不会嫁给你的。"

我说我知道。

她认真看着我："那好，我就不结婚，你就不会难过了吧。"

听到这句话我心里酸酸的。

我相信每一个男人心里都有一个骑士之梦，孙浩毫无疑问是我身后的公主，看到她我就有了长剑、战马和勇气。她是我守候的宝箱里的一颗触不到的珍珠，让我化身巨龙，比自己想的更强大，我静静等待着那个从我手中夺走她的人。

所有的美好过往停留在那一天。

"我们准备了一个计划，要加入吗？"

孙浩停下脚步，看着我："什么，有趣吗？"

我给她讲，彭坦原来是世荣公司彭大老板的独子，这小子终于忍不住爆出了自己身份。一直以来他的纨绔形象也就理所当然起来。彭坦忍不住玩心，将他爸最新的成果世荣的沉潜设备给偷到了学校——这是一种超前的，可以让人进入虚拟世界的机器。

我们508的四个人已经写出了一个模拟程序，经过反复仿真调试，最后轮到真人披甲上阵。

孙浩还有点疑问："意思是……"

"意识投射，"我自豪一笑，"体感游戏的概念是捕捉身体的动作和边沿轨迹，构建出人体的细微差异，不过那只是很皮毛的东西。这次世荣的目的就是意识，或者换个说法，脑电波和思维的集合体，短暂脱离肉身，进入人造模拟的世界。"

她眼睛一下子亮堂起来，用力拉住我的手："我要去，我要去的，你要带上我。"

当回到508时彭坦大少爷揶揄道："你们俩简直可以去拍一部狗血

青春剧了，就叫《不结婚》好了。"

我有些尴尬，没想到孙浩只是兴奋地说："东西呢？"

就在那个如往日般寻常的日子，我们自以为是地干了一件大事，造成的后果是彭坦被他爸强制半途退学，孙浩昏迷，其余俩人后来在一次车祸中丧命，我在愧疚和恐慌中度日。

古哲人曾经认为，世界就是一条衔尾巨蛇，一件件事都在周而复始，每一个时代都在轮转曾经发生过的事。我只希望，今天就是这一环的终章。

彭坦碰了碰我胳膊："孙浩那边我查清楚了，你还真申请成为了她的特例监护人。原来每一年的看护费都是你在支付……医院已经同意，她正在被送过来的路上。"

九

第五十五层再次打开了八千五百盏顶灯，交错的强光驱散了每个死角的幽暗，令这一层看起来更显空旷。

超过一百个工作人员都在各自岗位忙碌着，比起上次李安琦的测试，此次的对象更特殊和脆弱，容不得任何失误。

在两个粉色护士服小姑娘和一个中年医生的陪同下，一辆病床被机器人慢慢推到了模拟项目的实验室里。待到既定位置，从墙壁上探出十六只长度在两米的金属手臂将铁架床固定，各种医疗仪器切断自供电，接入基地电源，医生翻开病历表，又在电子血压计和脑电波图上看了看，朝彭坦点点头示意无问题。

"我已经问过世荣的医学顾问，他为了慎重还拜访了几个老师，问了好几个国外的老友，他们一起又分析了孙浩现在的情况。根据她表现出来的症状，大脑并未死亡，只是陷入不可逆深度昏迷中。"

彭坦接着说："对于我们的手段，对孙浩身体最大的伤害不过是一阵电脉冲刺激，对她长久沉睡的身体来说并不是坏事。对植物人来说，外界刺激是最好的引导恢复方式，以前就有不少例子。我们的手段是将她的意识从损害的大脑中解脱出来，顾问他们都说这个办法可行性非常高。"

我走到孙浩身边，她躺在白床单里轻轻呼吸，由于长时间在室内皮肤有些病态的白，不过好在我给的那些护理费还是有用的，护士们照顾尽心尽力，并没有让她变成一个邋遢的姑娘。我甚至可以看到，她颧骨位置还有润肤霜的反光。

深吸了一口气，我朝彭坦点点头，拿起手中对讲机："我是许安，第二例模拟沉潜，现在开始最后一次自检。"

能源负责人首先在耳机里给我回应："能源储备一切正常，已接通，无异状。"

"数据库和建模完毕，无异状，无报错。"

"模拟世界自检完毕，一切数据如常，无异状。"

"应急程序准备完毕，无异状。"

"前端人机交互设备检测完毕，无异状。"

"后端输出无异状。"

……

一个个各种口音的回应传到我耳朵里，让我的手指都有些出汗。

我一声令下："第二例沉潜开始。"

命令被执行了，忽然，我仿佛感觉到一阵风吹过，紧接着是眩晕，眼前闪过白光，还好旁边的彭坦扶住了我。是我太激动了吗？

透过防尘玻璃，我看见里头的她眼皮一跳，双眼轻轻左右转动，仿佛想要努力睁开眼。我注意到她放在被单上的手指也在轻轻颤动，虽然这有可能只是应激反应，不过我依旧高兴了一番。

醒来吧，哪怕是在另一个世界！

彭坦在我耳边说："意识接入成功。"

这声成功让我恨不得跳起来狠狠挥拳。

就剩最后一个简单环节了，投射，这是轻而易举的步骤。将数据放在硬盘里有多难？

我人已经站了那个球状显示器面前，途中我还理了理衬衣领口，摸了摸下巴，胡须修理过，皮鞋换过新的，人也洗过澡。我要以我最好的状态来迎接孙浩的回归。

突然，屏幕上有些花屏。我立刻用对讲机大声招呼技术部门处理，那头慌忙不迭地说是他们的问题，让我稍等。过了大概十分钟，眼前终于恢复了清晰。

彭坦突然走过来轻轻说："……失败了。"

"怎么可能，那么简单的一个环节，一定是他们自己出了问题！连信号都处理不好，还花屏，都是些什么水准！"

他苦笑："就是因为孙浩的投射对建模造成了影响。技术部和前后端合计后告诉我，孙浩的投射只得到一堆零散的数据，根本不是如预计一样的整体。很快就在里头散落开来，甚至影响到了那里头的监控系统……"

我不相信："不可能的，再试，再试试。"

孙浩在设备上尝试了三次，每次都卡在最后一步无法沉潜，仿佛有一个屏障阻止她脑袋里的意识被数据映射出来。

我烦躁无比，一脚踹飞了旁边的不锈钢垃圾桶。

叶静双手插在风衣兜里朝我们走来："原来许安你是为了这个姑娘啊，真是少有的男人了……不过，你们做这种实验不应该问问专业人士吗？"

我和彭坦都看向她。

没错，叶静就是数据处理和意识研究的专家。

"这个姑娘和李安琦的情况不一样，你们看到的是她不能够控制自己身体，其实她到底能不能控制意识呢，这也是个疑问。"她晃了晃手中的一个文件夹，继续道，"你们想过吗，如果多次强刺激可能会造成这姑娘脑坏死——她肉体已经很脆弱了，那才是没有了一点机会。"

彭坦讪讪，我也恍然大悟，我俩一味从传统医学角度出发，却忘记了那些名医们根本没有接触过这个实验，不过是纸上谈兵。

"要不是有人给我打电话让我来，说不定你们还要搞出什么问题来。"叶静从身后拉出李安琦，"他可是很担心你的，许安。"

我感激地看向李安琦，他却偷偷在窥叶静的侧颜。

大家被叶静一通数落反而镇定下来，悲观被驱散不少，理性认知再次主导。

李安琦殷勤地将泡好的咖啡端给叶静，叶静自然地接过，恍若女主："其实并不是没有办法，你们是走入了误区。"

"沉潜的最终目标不是给人制造一个虚拟社会，而是让意识通过数据投影，这一点没有疑问吧。就像黎曼猜想一样，明明本来黎曼不是想要证明素数规律，却最后偏离了原本轨迹，虽然他的确发现了一个伟大设想。回到问题上，沉潜不是指将人的意识投影成数据，然后在这个仿真模拟世界看它能够做出些什么吗？关键是复制数据啊。"

她的一句话让我们所有人都怔在当场。

这样的情况相信很多人都遇到过，过分专注于某一点，就会忽略其全盘。我这才明悟，为什么世荣公司会想要不惜一切代价完成这个项目。

这是另一个维度的上帝七天造人。

我顺着脑子里的想法说："也就是说，在仿真系统里完整复制孙浩的意识，让她在模拟世界里存在就相当于新生。另一个黑客帝国？"

叶静微微一笑："没错，这和克隆完全是两回事。她是什么样，在里头就是那个样子。"

接下来叶静详细给我们说了她的设想。那个高达模样的3D一体机就是她买来试手的，证明了一点：只要数据足够精确，可以制造出两片一模一样，让人体无法分辨的树叶。

在数据世界里结果并不是最难的问题，最缺乏的是充足的能源和计算能力。

几乎所有五十五层的工作人员都被通知加入到我们的热烈讨论中来。我也通过不同人的发言发现，508事故发生几乎是必然的，那时候年轻的我们对光明想得太多，失败顾虑太少。

我心中的豪气也被激发而出，进一步提出了自己的设想。既然已经到了这个地步，为什么不再大胆一点！

如果在模拟世界里投入足够的资源制造出足够多的复制人，不止几十几百人，要的是十万百万人组成的大型城市。那么在里头，人与人的互动，智慧和创意碰撞能够制造出怎样的结果？我们得到的是一个文明进化的能量。

虽然模拟一个真实国家暂时不容易，因为互动极多会造成更多的可能性。可是在短时间内，比如一天，甚至几个小时，这算不算是世界的另一个分支？也就是说，我们现在能够在极短时间内模拟出一个平行世界。

这还不够。再加大投入，更多的人、更多的能源、更多的大数据计算和后台支援，制造出几个城市形成的生态圈，甚至一个国家、一个地球。将一部家庭电影在四十分钟时暂停，那么接下来就充满了多重可能，这就是我们要仿真的东西，寻找可能的最好的结局。

模拟出他们，整合足够多的平行世界的可能，这算不算得上是预测未来？

所有人鸦雀无声，都一脸惊讶地看向我。

彭坦率先带头鼓掌。

叶静、李安琦都仿佛再次认识我一般，满脸敬意。

这很美妙，可是我只想要孙浩平安回来。

她和其他人接吻、结婚、生子都没有关系，真的。

十

模拟平行世界的战略被层层上报，不到半个月就被审批下来，上方的大人物们一致赞同了我们的微调。

在这一段日子里，李安琦却把我当成情圣了。他说看到我的时候从来没有想过我会为了一个女人做到这种程度。很多东西我根本没法告诉他，只能苦笑。唯有我自己明白，我和孙浩永远不可能成为恋人，我们彼此太熟悉，我知道她胸口的痣，她知晓我大学时曾经是搭讪狂魔。比起爱情，这种持续的感情更弥坚，不会那么炽烈，也不会产生太大落差，稳固得像孙浩的刘海，永远不会超过眉毛。

我告诉李安琦自己大学那些恶作剧一般的追女孩方式。也许和其他人不同，我更直接一点，坦坦荡荡，大开大合。如果遇到一眼能够勾动心跳的女孩，我就会大大方方走过去说："同学你好，能够给个联系方式吗，想和你做朋友。"

李安琦一脸不可置信，说这样怎么可能。

我摇摇头，他面对感情时就没有一点科学精神了，科学就是试验试验再实验，永远存疑，永远尝试啊。

很多女孩都是吃吃笑，揶揄两句，最后都会多少给一点甜头。知道自己有魅力，总是一件值得开心的事，心情好什么事都好说。

李安琦摇头摇得像抗拒洗澡的猫："不行的不行的，我说不出口。"

我的方法他一个都不敢用。大多数时候我更像是一个倾听者，听李安琦这个"小男生"诉说自己的苦恼，患得患失。

所以，最后李安琦和叶静确立了关系，简直让人跌破眼镜。

都是土豆帮了大忙。

之前说过，李安琦的桌子上放着土豆。我曾经以为这是一种怪癖——很多人都有吧，比如士兵上前线带幸运兔脚，学生考试前烧香保佑不挂科，买股票时眼前绝不能出现红黑物品。

李安琦却说他的土豆是美味，可以补充大脑的疲惫。

怀着试一试的心情，我接过土豆咬了一口，顿时一股奶香和软糯布满唇舌。

"我是用奶酪来蒸的土豆，外头我还刷了蜂蜜。平时我的爱好还有煮东西……"

这种灰不溜秋的食物简直和李安琦本人一样啊，只有和他靠近，才会知道有多好。

接着他又告诉我一个重磅新闻，李安琦再次申请成为第一批次意识复制沉潜模拟世界的人员。对于他这种狂热喜欢第一次的家伙，我根本懒得再去劝告。

李安琦则给我解释，生怕我又怪他鲁莽："许安你也知道，黎曼猜想我研究了很多年，惭愧，我至今没有实质性建树。就像叶静说过的一样，我们过于沉迷于某一个点就会产生盲区，甚至脱离了本身可能正确的方向。"

他见我听得认真，声音也舒缓了很多。

"许安，你有没有想过，在这个世界之所以你没有达到自己的目的，说不定问题出在很多年前的一个小径上。虽然我无法逆转时光，可是现在有沉潜啊，那么在理论上就可能制造无数个李安琦。我确定总有一个能够突破黎曼猜想。"

我沉默不语。

"叶静也同意了我的这个想法，她要和我一起作为首批去见证另一个自己的人。许安，你是沉潜项目的最早接触者和使用者，曾经你们失败过，现在是一个非常好的机会，和我们一起来吧。"

我没有和他握手。

李安琦一副欲言又止的模样，最后还是没有再劝。我明白他的意思，大家都知道508事件，认为我还没有从过去中走出来，无法承受这个实验。他们想对了一部分，不过这并不是全部。我对沉潜的了解要比他们想的多很多。

不过不重要了，重要的是首先让孙浩回来。

【下】

十一

两个月内，纽约，东京，巴黎，伦敦……一个个代表国家的模拟城市被打造了出来，在各自国家内秘密进行着相关测试。就在意识复制研究进行得如火如荼时，我和彭坦两个人倒是悠闲下来。他在手机上玩一款赛车游戏——自从需要自己挣钱养家，他就开始选择游戏这个低耗项目。

我则是翻看有关早期智者对"世界"这个词解释的书。

在柏拉图《理想国》中，有个著名的洞穴比喻来解释真理：有群囚犯在一个洞穴中，他们手脚都被捆绑，身体无法转身，只能背对洞口。他们面前有堵白墙，身后燃烧着一堆火。在那面白墙上他们看到了自己以及身后到火堆之间事物的影子，由于他们看不到任何其他东西，这群囚犯会以为影子就是真实的东西。最后，一个人挣脱了枷锁摸索出了洞口。他第一次看到了真实的事物。他返回洞穴并试图向其他人解释，那些影子其实只是虚幻的事物，并向他们指明光明道路。但对那些囚犯来说，那人似乎比他逃出去之前更加愚蠢。于是众人向他宣称，除了墙上的影子之外，世界上没有其他东西。

柏拉图利用这个故事来告诉我们，"形式"其实就是那阳光照耀下的实物，而我们的感官世界所能感受到的不过是那白墙上的影子而已。我们的大自然比起鲜明的理性世界来说，是黑暗而单调的。不懂哲学的人能看到的只是那些影子，而哲学家则在真理的阳光下看到外部事物。但是另一方面，柏拉图把太阳比作正义和真理，强调我们所看见的阳光只是太阳的"形式"，而不是实质；正如真正的哲学道理、正义一样，是只可见其外在表现，而其实质是不可言说的。

这就是著名的柏拉图山洞学说。

让我意外的是，彭坦这种向来厌恶复杂东西的人竟然会耐心看完这么一本古书，还推荐给了我。

没有沉潜的就只有我，其他人不是做事，就是津津有味地看着另一个自己在另一个维度的世界里干活。

其中有不少让人惊讶的情况发生。一次性投入基地上百人后，另一个世界的他们很有可能互不相识，实施情况也是如此，一部分意识复制体具有辨识能力，还有部分没有，比例几乎是一比一，据说这和大脑的某个承受压力阈值有关。

不过这并不妨碍他们在里头迅速组成一个小社会。

他们不知道自己只是一团影子，完全是其他人的衍生物。适应彼此后他们就开始在模拟城市里小心翼翼地探索起来。知识储备对于他们来说没有问题，最大的疑问是自我认知，这一点无人能帮助他们。

越来越多的人投影到模拟世界里，他们仿佛对于投影这个过程既害怕又保持兴趣，不过以他们被禁锢的思维是暂时无法得知其中奥秘的。人类文明一向如此，如果暂时无法上天入海，就先做能做的，繁衍，完成基础累积。

意识复制进展飞速，世荣和各国的伙伴们正式在全世界推广意识复制计划，无数合作的基地如雨后春笋般建立。大多数国家政府都在为这项研究摇旗呐喊，给政策和资金，各国宣传喉舌以"创新划时代技术"对民众进行了解读和阐述，欧洲人将这场大规模模拟运动称为艺术与科学的伟大结合复兴。

一项不会危及生命安全，却极有可能回报丰厚的项目，特别是该项目对大多数人都是免费开放的，这一点引起了巨大反响。

最前的一批名额自然是给科学工作者，不过当他们在里头也和外面一样进展缓慢时，外部人员又有些失落。科技工作者饱和后，各行业的人物都被一一投射进来，没想到不同行业一交叉，反而发生了漂亮的化学反应。

十万人凑够后，世荣公司果断加快了模拟世界的时间流逝速度，不到一个月，成果惊人。不少一事无成的行业者选择了放弃，跨行。有个平凡的研究微电子的科研者转到了人工智能，突然大发神威，搞出了一项惊人研究。还有机械自动化的研究员变成了果农，结果设计的自动护理车让世荣公司都动心想要投产……

当然，更多的还是默默无闻者。不过这已经算是极大的回报了。

从此可以推测，成果需要的社会环境需要足够大足够复杂，交错的知识体系有时候反而是最好的土壤。

我和李安琦的工作更为忙碌了。

原本的平行世界已经算是负载满员，如果想再扩大规模那投入太大，暂时还无法支撑得起。那么就只有一个曲线救国的办法，制造足够多的中小型平行世界出来，增加模拟场次，这样用数量来提高成功概率。

叶静和李安琦待在一起的时间越来越多，看向彼此的眼神也越来越柔和，大家一眼就能看出，这俩人之间有某种神秘的联系。

在我们忙得不可开交时，彭坦兴致勃勃再次找来。

"许安，李博士，叶博士，大项目！"

他挥舞着手里的授权书，脸上全是兴奋，这种脸色我只在上次他偷到他爸的沉潜设备时见过。下意识地，我心里觉得有些不妙。

等我一看，果然！

李安琦结结巴巴道："这……这不可能吧。"

叶静也是凝眉沉思，迟疑道："理论上是存在这种设计，不过这么做风险很大啊，虽然他们的确厉害，可时代隔阂问题还在……"

我则直接说："你们可真够毒的，直接想复制爱因斯坦和牛顿出来……二十九国竟然联合授权……"

彭坦哈哈一笑，这就是他本人的设想。按照我们之前的成功案例，过程其实是这样的：先将人的意识转化为庞大繁多的数据，再利用特定算法挂载在据此建模出来的人物上，这样从视觉到内在都相当于人体的复制品，在另一个世界进行生活。本质上还是人到数据再合成人的过程。

只需足够巨量和精确的数据，爱因斯坦也是能够复制出来的。

这个疯狂点子让人根本无法抗拒。

试想，如果牛顿、莱布尼茨、冯·诺依曼、爱因斯坦们具备现代知识储备，他们会搞出怎么动静？推进文明十年，二十年？

欧盟发动了一切力量收集那些逝去智者的信息，出生地和成长环境，人生轨迹和喜好倾向，甚至他们多久洗一次澡刮一次胡子——这些都是必要的精准信息！为此不惜大规模悬赏，让很多民众陷入一场挖掘过去的狂热之中。

世荣也利用它恐怖的影响力，在全世界各种媒体上公开宣布：热烈邀请各行业人士加入这一场模拟盛宴之中。此批次，他们的重点在于普通人。

它的野心已经不停留在单独的个体上，世荣看上的是人类整个的影响力和推动作用。社会的构成是非常精密的仪器，每一部分都环环相扣，越是完整，越能够发挥族群的力量。

难题接踵而至，开始出现了无法沉潜的失败案例。

十二

第一例来自希腊雅典，第二例来自中国西安，第三例来自印度加尔各答……说来也奇怪，失败者都出自有悠久历史的古国文明。

无法沉潜的人虽少，但的的确确存在，无论从数据上讲还是理论上说都令我无比困惑。

这些人都是一模一样躺在仿真仪器之中，他们的意识变作数据这个环节没有问题，可在数据投影时却总是崩溃，要么就是建立出一些和本人完全不像的弱智，要么就是一串乱码，还引发模拟世界一阵骚乱。

调查未能沉潜缘由这件事落在了彭坦和叶静头上，他们分头行动，叶静通过各大科研所与高校去寻找理论上的支持，彭坦则利用自己世荣大公子的身份穿梭各国拜访那些无法沉潜的人们。

李安琦和我则着手一个衍生计划：从还是胚胎状态的婴儿开始复制模拟，将他们可能存在的不良因子剔除，这样长大的孩子会最大限度满足我们的期许。

李安琦最近头发都要抓掉了。

"许安，你怎么还在关心这些非沉潜者的状况，我们自己都忙不过来了啊。"

他无法理解。

我不知道无法沉潜者和当年 508 有没有什么直接联系，可是我相信这其中必定有一个秘密。好在世荣也知道我们现在要做的事情实在太多，根本没有工夫处理婴儿计划。于是没几天就派了一个团队入驻，专门接手这个延伸项目。

我和李安琦终于有了喘息之机。

李安琦从繁重任务中解脱出来，重新埋头于他的黎曼猜想之中。我发现他和以前有些不同，不再笨拙地低头一笔一画地个人攻坚，反而更像是一个项目经理，将不同的模拟世界中自己的成果和研究进度汇总，然后筛选出能用的，再考虑下一步计划，所以黎曼猜想在不同世界的努力下有所前进。

"大家都是为同一个目标，又都是共用李安琦的名字，谁研究出来都没有关系。"

他是这么解释的，李安琦本人也相当厌恶不劳而获的。可是这个步骤我怎么看怎么觉得怪异，总是隐隐觉得有些不舒服。

李安琦说："沉潜不就是为了能够做出成果来吗？如果没有成果，沉潜又有什么用。"

他认真地说出这样坦率的话，我无法反驳。

"许安，怎么一次都没有看到你沉潜。仅仅是将你投影进去而已，对自身是没有损害的，你不想看到另一个自己是怎么生活的吗？"

我被他说得有些词穷，只好借口说："对我来说并没有多大意义，我参与模拟计划都是为了能够让孙浩恢复过来，哪怕只是另一种方式。"

李安琦眼睛里还是问号占多数："可是啊，如果孙浩在里头出现，而你又不参与沉潜，那又有什么意义呢？仅仅是将孙浩再造出来，你和她隔屏幕对话吗？虽然我不太懂你和孙浩到底是什么样的关系，可是，没有交互那不叫感情吧，想念也好愧疚也好，如果没有交集……"

我捏住拳头吼出声："你根本不懂，你什么都不懂。"

李安琦似乎是被吓到了，小心说："对不起，许安，我这个人不会说话，你别生气啊。真的，我这个人很笨的，想到什么说什么。你不要放在心上，我朋友不多的，你是其中之一啊。"

我又只好拍了拍他肩膀说不是他的问题，是我自己的障碍，让他别多想。

没有人能够真正了解另一个人，就像我完全不懂黎曼猜想的美妙，就像彭坦和李安琦不知道我内心的折磨。

十三

模拟之城的其中一个实验是从模仿 1900 环境年开始的，这个时段发生了很多大事，中国的义和团、八国联军事件，欧洲维也纳、布达佩斯等城市发生大规模罢工事件，意大利拉齐奥足球俱乐部成立，马克斯·普朗克发布他对量子的理论以及诺贝尔基金会正式被瑞典批准。

这是一个大时代的开端，1900 项目吸取了各国入股的巨量资金和资源，打造出了首个模拟的完整地球。

之前说过，世荣野心勃勃想要将牛顿、莱布尼茨、爱因斯坦等巨人重现，可遇到了不少障碍。数据缺失和年代隔阂让这些伟人们无法发挥出他们的才华，一个个泯然众人，甚至冯·诺依曼还饿死街头。

既然如此，就仿造出 1900 这个近代科学的起始点，再次将他们投影进去，时代能达到最大程度的契合。除此外抹掉这个年代以后的所有科学点，让他们完全从本时代开始演化，调快时间流速，看看能够演化出什么样的未来。

李安琦告诉我，项目里的古代科学家不少是以现代科学家为雏形，剥离了多余的个人特质，成为他们思想的载体。因为时间太过久远，古代科学家们的大脑无法保持完整。不然直接完全使用他们本体数据，就会更真实可靠。

自然而然，我问了个问题，如果这些牛顿们有了新的突破，或者划时代的研发成果，这个果实是属于牛顿的，还是属于原型科学家的？

李安琦无言以对，顾左右而言他说，除去这部分以现代人为模板的，还有一部分数据人。

"数据人？这部分身体完全凭空建模，没有人体意识数据交互的环节，是这个意思吗？"

他点点头："因为谁也无法预料到底用现代大脑原型搭配他们的思维是不是能够发挥古人的能力，所以以人造搭建也还是其中一个尝试。从原理上来讲，有那么多人体数据作为模板，通过数据修改也能够造出近似的个体。"

最后他伸了个懒腰，问我的模拟星球游戏进度。我的星球和他的星球相距不过是地球到火星的距离，两者科学发展也极快，已突破引力限制探测起了太空。在我俩的暗地手段下，双方终于正式开战，李安琪一方兵败如山倒，被圈养和殖民已成定局。

"那当然了，"李安琪不服气道，"我那边的文明因为我不得不利用资源工作，就那么停滞下来，现在完全没办法赶超你了。算了算了，现在运算量实在大，还是等这段日子过去再用吧。不然我的电脑有时候卡得都动不了了。"

我也觉得是这样。

不过渐渐我也有些厌倦这款游戏，足够的自由度会让人惊喜，可他们老是不按照我们所想的方向走。既没有惊天动地的文明入侵和汇融，也没有史诗般的民族崛起，就是年复一年日复一日地埋头苦干，就像一群蚂蚁。看得人很累。我们毁掉了这个世界，恢复成对人无害的数据。

没多久我和李安琪都知道我们是做了多么明智的选择，因为我们根本不会再有什么空余时间。

十四

1900 年的"大创世"轰轰烈烈，前辈伟人们大都没有辜负世荣期望，在他们熟悉的年代大杀四方，成为科学领域的重要箭头。

问题亦出现了，他们的发展速度远远超过我们的预期，1930 年就制造了载人火箭，意图探索太空。可是我们根本没有来得及制造太空，他们的载人火箭是发射出去了，结果是完全失联。事实上火箭根本没法真正进入那个不存在的太空，还没出轨就被外部数据以非法入侵为标准给删除了。

一番手忙脚乱下，我们总算将外层空间给补上了一大块，营造了发射事故给他们了一个交待，不然后果难测。可也就到此为止，创造一个星系实在工程浩大，我们不得不暂时停手，停止模拟 1900 大时代。发展过快也是个大问题，大家都有些嗟叹。

午餐时李安琦领了份新报纸进来，由于世荣项目全程保密，里头的网络是被24小时屏蔽的。我们打电话出去依靠固话，看报纸也就重新变成了我们的一个习惯。

翻开报纸一看，最大的标题是——《旅行者一号之谜》。

正文没有那么多评书成分，是NASA官方的一个对外界的公布。里头提到旅行者一号本来应该在10年前飞出太阳系边沿，然而现在它却没有到达预期。卫星依旧在太阳系范畴内，因为没有接收到更大范围的太阳系之外的星际空间的更多星体辐射信号。剩余的就是报纸的记者附上的各路人士猜测，从外星人到"虫洞"各种理由都有。

"要是我的黎曼猜想能够证实，说不定这次的问题就能够有所解释了。"

李安琦一脸懊恼，一副自己不给力的样子。

我说："和叶静一起后你幽默感也增加了不少嘛，这是人家天文系考虑的问题，你一个数学博士过去也就搞搞建模。"

他嘿嘿一笑："搞科学的哪能不向往宇宙啊，所有研究最后突破点都会在那里。记得九大行星的乌龙吗？"

我知道，说的是2006年九大行星中冥王星被除名的事，当时闹得沸沸扬扬。不少人也许无法理解，八或者九这个数字能有多大差异。

银河系说到底从来没有自己标示过"银河系"三个字，同理太阳系也是如此。一切体系都是我们人为命名的，规划出一个整体以便于分析更多具体情况。再贴近我们生活一点，如果摩擦力不算力，那么不少原则就会被推翻。

想到这里，我突然一怔。

李安琦话没有停："科学体系就是这样，不断推翻以往的经验，出现新的补充，让整个人为体系越来越精确。我们眼睛已经看向了银河系，可对太阳系我们到底又有多少了解呢？光是那一组组看似翔实的数据，真正人类登陆的地外星球就只有月球罢了，也不知道那些人是哪来的信心，认为我们足够开拓域外了。"

"你是说太阳系不止我们观察到的那么大？"

叶静不知什么时候手端苹果拼盘凑到我们身边。

面对女友，李安琦立马语气谦卑了很多："只是假设。如果空间在边沿弯曲或者其他我们还无法理解的情况……当然我这样说很不严谨，我们就像在沙漠的原住民，有一天目睹了海市蜃楼。我们的工具，也就是眼睛没有错，可是，它是有可能说谎的。"

说到这里他突然脸色一变，和我相对一望。

"还有一个可能……"

叶静已经不耐烦地拉他到一旁说悄悄话了。

虽然话并未说完，我已经明白李安琦的意思。这和我的某种猜想不谋而合，如果，我是说如果，我们也是身在某一个模拟的世界之中，之所以无法突破太阳系不过是因为银河系并未被完全创造——就像我和李安琦玩的那个衍生游戏，资源不够以致太空都没有完全构成。

荒诞之余，留在心头的是无法消除的担忧。

十五

担忧的倒不是这个世界怎样怎样，我是一个无用的老师，难以改变世界。唯一的我想要努力改变的，只有孙浩的身体状况。这也是我参与模拟计划的目的。

哪怕有过心理准备，实行起来还是比我预料的要难得多。

采用意识投影的数据收集依旧能够复制孙浩，可是一投放到模拟世界中就出现了问题，要么智力缺失，要么数据崩溃，仿佛她身上自带一个足够破坏模拟过程的病毒。导致最后彭坦都不得不在他父亲的压力之下找到我说，如果不行就用其他方式，这样不论对孙浩还是对其他人都风险太大了。

我不再是以前那个动不动就热血冲头的小年轻，只能默默埋头在这部分无法沉潜的人身上。

常人往往纠结于个体的问题，理性来说没有任何东西是一个人完全独有的，寻找具有相似特征的群体做出足够数量的可信调查才是科学的。

全世界的沉潜运动进行得如火如荼，我在报纸上看到每一天人数都在增长，由于设备限制现在得排期才能够轮到。唯有一些小小豆腐板块才有偶尔爆料，某某又无法沉潜，后不知去向，记者再联未果。

话里包含着某种阴谋论，可说的是事实。

别说记者，就连世荣里的我们也很难再寻找到他们。

这一部分无法沉潜人员的共同点在于他们都是昏迷一到两个小时，身体机能正常，除轻度眩晕之外并无其他不良反应。之后也有一些被世荣请求留下休养观察的，不过都待不久，没过两天就会非常坚决地离去。

我曾见过这样一个无法沉潜者。那是个十八岁少年，他为了保证自己能够申请通过甚至将自己年龄写大了两岁，是典型强装成熟的青春期男孩。

我注意到他躺在银色设备舱中，手脚被固定后贴上贴片，他兴奋得呼吸急促。同仁告诉我模拟复制一切正常，正在模拟城市中登录。这时候他眼皮下的眼睛突然转动加剧，吸气也加快起来，然后轻微地侧开脑袋，整个人呈现一种努力蜷曲的防卫姿势。

到底他遇到了什么情况，让他这么害怕？

失败后我找他到我办公室单独聊天。

那个男孩眼睛里全是迷茫，面对我目光躲闪。他支支吾吾说，眼前一片漆黑，然后浑身像被轻轻电了一下，接着是剧烈白光，什么都不记得了。

作为一个老师，最重要的一项本能就是辨别年轻人的谎言。他眼睛自始至终没有看向上方，手指不断变化，一会儿捏紧一会儿放松，坐在椅子上双腿并拢，仿佛是办公室里冷气开得太大。最后他匆匆离去。

大多数无法沉潜的人都和他类似，很快就彻底退出了这个项目，消失无踪，连寻找原因和自身体检都不愿意，甚至补偿金都没有拿。有不少人工作稳定，家庭和睦，却因为参与沉潜失败搬了家。毫无疑问，就是为了躲避我们。

其中理由耐人寻味，我们既没有强迫也没有威胁，他们到底躲的是什么东西？

在我的统计进行的同时，婴儿计划团队也遇到了此种问题。

他们的目的是模拟出婴儿从胚胎到成年的过程，以寻找最好的成长途径，作为一个标准，或者说进一步建立优秀成年人的模板。

在婴儿中也存在无法沉潜的情况，数量也是极少，不过的确确存在。我们进一步得出，无法沉潜与年龄无关。原因仍然扑朔迷离。

技术没有停下脚步，平行模拟世界的科技收益是巨大的。很多领域都取得了突破，比如美国模拟世界里重构了DNA，发现了许多以前冗余片段的功效，英格兰则在里头发明了具有超强逻辑能力的破案机械刑警，东京的新型可分解列车再次领跑全球……

这是一个良性循环，模拟世界创造价值，外部世界受益，转换为科技进步和资源增加，模拟世界得到了更大支援。每天都有新的东西在问世，人类文明仿佛重新进入了高速轨道，重现当年工业革命的盛况。

可无法沉潜的问题依旧没有被解决，甚至连官方解释都很模糊，只笼统说沉潜具有极小概率失败。

我认识的人当中，最开心的本是李安琦，既收获了爱情，又做出了一番事业，在这次项目里他是最不可缺的人物。

抱着这样的想法，当我看到他时简直不敢相信。

十六

双眼里全是红血丝，眼袋一圈乌青色，他嘴唇起了皮，因为趴在桌子上睡觉导致右半脑头发仿佛被熨斗烫过一样，直挺挺翘着。

李安琦舔了舔嘴唇，接过我递过去的柠檬水，仰起头，喉结不断起伏。

"怎么回事，不过几天没见你就这样了？"

他摇摇头说那不重要，翻出一堆资料，结合模拟世界中的数据给我看。

"我把所有精力放在了黎曼猜想里头。于是我在目前已创造的十二个世界里全部投入了我的意识复制体，并且将我对黎曼猜想的基础研究全部塞了进去。你知道结果如何？

"没用，没用。没有一个有实质性的突破。"

十二个李安琦中八个转行三个换了项目，唯一一个继续黎曼猜想的进展亦很缓慢。

他自嘲道："至少我知道自己转行混得还不错。其中有个家伙投入到了应用数学和工程方面，迅速成了富翁，转行的都干得不错。都让我开始怀疑，我本身的选择是不是真的是错误的。黎曼猜想这种问题，一般来说四十岁之前没法突破，之后思维会逐渐僵硬，再也没有足够的创造力和体力了。

"我以前常常对自己说，别人根本不知道我会做出什么。现在看来，我自己又是否真的知道呢？许安，我感谢你提出的这个仿真模拟计划，在这些小型平行宇宙里，我看到了不同自己的人生轨迹。但我又恨你，你让我明白自己并没有能够摘下那个王冠的手。"

我本来想说当普通人也没有什么不好，可回头一想，如果真是那样的话，李安琦的前半段人生就被完全否定了。

我只好说："至少你尝试过了，失败了不算后悔。"

他惨然一笑："是的。"

在基地洗漱完毕后，他突然问起我孙浩的事情。

"孙浩有没有可能是一个无法沉潜的人呢？"

"这不好说，我没法确定，她沉潜之后就一直昏迷……对了。"

我突然想起，可以根据她的临床反应来判断啊。之前那个男孩子的反应我还记得清清楚楚，给彭坦打电话，那头关机，我想找叶静，结果她说她接到彭坦的急电正赶过去，以前的资料都在仓库资料室里。

一番折腾，在李安琦的帮助下我找到了很早以前的那期录像——被积压在最下层，还多亏了沉潜设备自带的摄像功能。

画面开始是抖动剧烈，是彭坦正在一步步搬进 508 寝室里。屋子里是让人熟悉的摆设，进门后就是客厅，老电视放在一张木茶几上，两条藤沙发上还有一些没来得及洗的 T 恤衫和裤子，老式洗衣机上方贴了张球星海报。

声音嘈杂起来，嬉笑后几个男生开始摆弄当时只有两个电脑主机大的沉潜设备。年轻的彭坦在大声说着什么，脸上满是得意。

就在这时我和孙浩出现了。

几个男生都一阵起哄，说他们要出门给我和孙浩腾出空间来。一番打趣之后，我提出孙浩要加入我们的队伍里来，彭坦说没问题。

孙浩蹲下来，她白皙的脸和一双眼睛朝着摄像头不断靠近，眼里全是好奇，整个画面里都是她的脸。看到这里，我捏紧了手中的笔。

很快我们就分好工。此次主策是我，充当外界的监察，他们轮番进入沉潜。不过彭坦率先进入后出来激动地直哆嗦，大家忍不住一起进入了模拟世界。

现在的我视线全在孙浩身上。

她坐在当时我给她准备的藤椅上，脸上肌肉轻轻抽动了一下，蹙眉抿唇，之后鼻翼扩张，明显呼吸急促起来。不过没过多久，她就恢复了正常。影像里头的我正忙着监测几台电脑上的数据，不断在一些指标上标注，不时看看四人有无异常，忽略了孙浩那个短暂的变化……

我将录像关闭。

李安琦总结："从上头来看，孙浩的确和其他人症状不同，更偏向于那部分不能沉潜的实验者。只是可惜当时设备简陋，无法从模拟世界的镜头上观察。"

我点点头。508宿舍的集体进入，大家都是随机进入的地点，直到最后集合时才发现没有找到孙浩。

"其实……我当年是参与过沉潜的。"

听我这话，李安琦瞪大了眼。因为到目前为止我一次沉潜也没有参与过。

就在我切断画面再往后几分钟，我按捺不住将自己也投影了进去。当时看到大家玩得很开心，彭坦又毫发无损，设定了切断意识的时间后我就偷偷进入。结果我昏迷了半个小时，醒来等到其他人从里头退出来。

就是从那次我明白，自己是情况特别的，无法进入沉潜。

无数次我都在想，若是那时候我能够忍住诱惑，谨守责任，是不是就能够及时发现异常，孙浩也就不会变成现在这样子了。再早一点，如果我没有告诉她这么一个冒险的计划，不主动显摆，她也会健健康康到今天。

我是罪魁祸首，这点我早已明悟。给孙浩付医药费，努力赚钱供养她是我的义务，是赎罪。

十七

我要再次沉潜。

李安琦劝我不要尝试，各国无法沉潜的失败者消失已经够奇怪了，沉潜对于那些人来说并不是什么愉快的体验。他希望我能够耐心等待一段日子，至少等彭坦和叶静在外头对这些无法沉潜信息的采集足够多了再做决定。

可是我已经无法再等了。从医生那里我了解到，植物人状态持续越久越是不可能返回，时间一点点流逝会让她身体机能越来越差直到死去。光是束手无策就已经在让她慢性死亡。

我告诉李安琦我的真实想法。现在基本确定，孙浩当年并没有沉潜成功，也就是说她和我属于同一类。无法沉潜的实验者对于他们的真实经历闭口不言，特别是最重要的部分，明显带着保留，可又出奇地口径统一。

这是一个无法从外部解开的莫比乌斯环，我只能跳入其中才会明白究竟。唯有如此，才能够揭晓为何孙浩陷入昏迷无法醒来以及沉潜者失败的原因。于公于私，我都该再次尝试。

在李安琦帮助下我躺入了设备舱中。

以往都是目睹其他人，今天自己上阵心情有些忐忑。我身着内衣躺在里头，背部下方有金属颗粒质感，挤压着背部很舒服，手腕、臂弯、小腿、大腿被套上了金属弹性锁。整个实验室都是恒温，我却觉得皮肤表面有些冷，不知道是不是静电的缘故，手臂上的体毛都蓬松起来。

李安琦让我闭上眼，身体放松。

闭上眼，浑身仿佛梦中一样抽了一下。过往记忆变成了一团搅拌成彩色的画面，一点点从我眼前流淌而过，随机的画面一幅幅出现在眼前。就在这时突然视角剧烈震荡起来，我仿佛身处一处黑暗的地震带上。接着就是一道白光，里头仿佛蕴含了很多东西……

我用手臂支撑着自己坐起来，眨了眨眼，扭了扭脑袋。

李安琦指着壁钟说："一个小时十五分钟，沉潜登录没有成功，你有什么发现吗？"

我一时半刻说不出话来，好像一瞬间明白了很多东西，好像又没有任何变化，这让我想起某些遭受过灾难的人都会陷入短暂失语状态。

"身体状况正常，血压和脑电波都在健康范围内。"李安琦扒拉着手中一叠垂在地上的打印纸，打印机在嘟嘟声中自动关上了墨盒。

我喝了一杯苏打水，润了润喉咙说："和那些无法沉潜的人一样，白光……可是我还是不懂为什么他们试过一次之后那么抗拒……我现在脑子还有些乱。"

正当我和李安琦还在讨论沉潜失败的原因和症状时，桌上固定电话响了起来。李安琦示意我先休息，他主动担当起我的助理，很正式地对那头说："你好，这里是许安办公室，我是李安琦。"

接着他睁大了眼，嘴唇剧烈抖动，手中话机滑落，整个人朝外射了出去。

我努力走到电话位置，拿起话筒。

"喂喂，李博士在听吗？"

"我是许安，你请说。"

"许主策，我是叶静博士的助理小林，"那头停顿了两秒，"叶静博士和彭坦先生的飞机在太平洋失事，确认死亡。"

我眼前一黑。

那头还说了很多话，可我一句也听不清楚，无论怎么努力，耳朵里传来的都是嗡嗡的电流声，仿佛信号一直被噪音屏蔽。

我用秘钥打开保险柜，拿出里头的波本。彭坦很喜欢这种外国烈酒，他说让他感觉自己很男人，多次希望我陪他喝。我从来没有答应，因为我害怕醉酒会勾起自己关于孙浩的伤心回忆。

男人之所以爱酒，大概就是喜欢那种纯粹的炽烈和迷醉，爱也好，恨也好，伤也罢，一杯酒下肚，酒精会让这些难过的得意的肆意喷发。

基地里有个爱尔兰人说他们战斗前都会进饮一杯酒，叫战前酒。

我咬开酒瓶，对不再归来的朋友践行——并以宇宙发誓，这项研究我会继续下去。

桃李春风一杯酒，江湖夜雨十年灯。

至此，508 只剩我一人。

十八

好多天我都没有再见到李安琦，不怪他，人生最痛苦的就是被夺走本来就有的东西。事业爱情本来都是没有答案的故事，命运连续几天给了李安琦最不想要的那些回答。

安保部门将叶静、彭坦失事的具体情况通过电报一份份转到了我的办公桌上。我仔细看过几遍。

叶静是在各大研究机构里找到了一部分的理论支持，接着和彭坦会合，去寻找一位据说在实验里看到星星的孩子。那孩子沉潜失败了，可他不像其他人，愿意说出结果。据小林看，很大程度上来说是因为孩子还没有那么多的利益得失考虑，孩子父母倒是十足反对的。

在他俩登机前，彭坦还告诉叶静助理小林，马上他们就会有一个惊人的发现，让他随时准备好整理，并将这些转给我和李安琦。

叶静、彭坦好不容易做好了这一家子的工作，并保证绝不会公开他们的任何信息，因此小林根本不知道那个孩子到底是谁，来自哪个国家。

他们坐上了当天的小型欧航飞机，结果飞机飞到太平洋上空时仪器失灵，无法控制尾翼，想迫降却一下子扎入海中，空乘人员甚至没来得及打开舱门，里头一百三十一人无一幸免。

世荣大公子离奇失事让彭老板勃然大怒，迅速动员了一切资源寻找真相。让人沮丧的是，一切反馈回来的信息都表示这和人为无关。那天飞到途中天气骤变，飞行员也是个很有名的熟手，残骸和黑匣子都显示这是偶然事故。

几个主要负责人现在剩我一个还在坚持攻坚，继续带队研发。

当我和婴儿项目负责人在商谈一处争议细节时，又一个耸人听闻的消息传来：李安琦叛逃！

我特意问了三次，那位负责安防系统的负责人依旧冷冷地回答，没错，就是叛逃。

接着他将李安琦的资料给我发了过来。

李安琦，男，现年34岁，5岁之前在上海某孤儿院，后被领养。同年失踪，十年后在昆明铁道第五中学就读，后考上美国普林斯顿大学数学系，并参与其5+1计划。留校一年后被××军工企业聘用，五年后因内部原因被解聘，后被世荣公司雇佣至今。

其真实身份为某反社会组织的骨干，李安琦幼年被该组织训练洗脑，一切目标都是为了该组织反社会的目的。被××军工企业辞退则因其领导怀疑李安琦行动可疑。五日前李安琦独自离开世荣太行山研发保密基地，不知去向。公安部门联合国际刑警已经发布了通缉令，不排除其和世荣公司项目负责人叶静、彭坦飞机失事有关。

最下方郑重写着"机密"、"如有泄漏将追究刑事责任"和"不得外传"字样。

我脑子里有点乱。

到底是怎么一回事？

按照手中文件说是李安琦潜入世荣公司，盗取机密，从中做了手脚干掉彭坦和叶静一劳永逸。只有这样的身手，他才能具备悄无声息从这么严密的地下保密基地里安然脱身。

可是这样讲破绽也很多。

关于飞机失事已经有专业人士分析过，这样拉到李安琦身上是没道理的。况且我是真正见到他接到那一通电话的反应的，那种悲痛和惊愕以及深深难过做不得假。再者，若他的目的是拿走世荣的成熟模拟成果，那么干掉我也是一个必备环节，留下我这个最容易解决的目标就是为了方便逃跑？他是怎么避开那些趴在基地穹顶的监视大蜘蛛的？

最大问题是他现在不知去向，任何猜测都无法确实。

项目组具体负责人也只余我一个。

十九

孤家寡人就是你一个人吃饭，一个人看资料，一个人趴在桌子上睡着直到手臂麻木被冷醒，其他员工们也大概知道了我们这群人发生的事故，躲我就像躲避瘟疫。

我不放弃。

如果松手大家的辛劳就全数作废了。这已经不单单是一个项目的成败问题，我们在真实地改变世界，有人离去，他们带给这个世界的东西不会改变。

黎曼 40 岁不到就去世了，黎曼猜想持续至今。

柏拉图活了 60 年，理想国至今仍在影响我们这些后人。

推动世界改变的是不死的思想。

我决定要做一个大型实验，我叫它二次沉潜。

顾名思义，我们现已有了成熟的沉潜技术，我要在这基础上再进一步，将我们这个世界发生的事完整模拟。暂且将我们现在的世界叫作本世界，第一层模拟世界现在已经有了除我之外的所有工作人员，包括叶静、彭坦、李安琦等核心。也就是他们已经具备了研发沉潜的必要条件。

我调整了数据，给他们拨入了资源，更是把沉潜这个概念灌注到了那几个复制意识体之中。然后等待他们将思维发酵。

有个新员工鼓起勇气问我："许主策，我们这样做是为了什么呢？深度模拟有什么回报吗。"

"有的，你们都太关注于自己的领域，你们需要从盲区解脱出来。"我说着丢给他们一人一份我整理的文件，"二次模拟的第一个作用就是利用其仿真度高，利用其平行世界功能。只需投入足够资源，里头必然会出现我们世荣实际发生的情况，无论是彭坦、叶静飞机失事，还是李安琦疑似叛逃。哪怕无法百分百模拟，也能够从中找到蛛丝马迹，这是一个时光回溯的过程。"

我走到球状屏幕面前，继续给他们解释："第二点，你们大概也感觉到了。随着沉潜进一步发展和成熟，似乎各方面存在的问题越来越多。无法沉潜者出现，部分数据崩溃，还有些甚至莫名其妙的事故。婴儿计划也好，1900大时代计划也好，都遇到了一个桎梏，寸步难行。不如在模拟世界里先做一个预测，看未来继续下去会发生什么。"

反对声很多，我还是独裁地拍板决定了——彭老板同意，我就没有任何后顾之忧。

没有李安琦和叶静在旁，缺少彭坦帮忙到处润滑，我每一步都走得很艰难。不少部门的人不买账，拖延，甚至公开说这是浪费资金。我沉默以对。

最难的还是客观问题。

我自己变成了大麻烦。由于我无法沉潜，在第一层模拟世界里团队就缺少了我这样一个重要环节。一番核算之后，工程师人造了一个智能NPC来替代我——当然它的性格和风格都和我极为相似，几乎是另一个我，是意识沉潜的替代品。

很快，在第一层模拟世界里团队就做出了模拟世界的概念来。依旧是李安琦打头，接着是彭坦、叶静，一切进行得十分顺利。我无法得知他们搞出来的第二层模拟世界是什么样，不过从他们的脸上我看出应该收获颇多。

最后，"我"沉潜……失败。

就连负责模拟的工程师也完全不知道该怎么办。按理说在里头我们使用的是纯粹数据拟人化，和真实人体无关，怎么还会被排斥？科学的世界就是这么残酷，让人抓狂。

我咬咬牙，不管不顾令工程师们继续模拟，要让深度沉潜成功。随着一次次失败，我的精神也越来越麻木。最后项目经理亲自找到我说："许安，不能再乱来了，这个模拟世界已经数据崩溃了。再进行下去就会损害到昂贵的设备，那可不止世荣会受损。现在世荣的实验已经属于一百五十三个国家共同提供注资。"

我木然点头。

当天下午，世荣董事会通知让我暂时回家休息，保留职务。整个谈话中没有涉及任何彭老板的话，我知道，彭老板固执己见一定引起了董事会的反弹。直白说，他现在多半已被夺走了决策权。

说是回家休息，其实再也没有回来的时刻。

我和项目经理双方心知肚明，他全程盯着我收拾东西离去。

收拾完包裹，他终于忍不住说，孙浩也将回到医院照料，让我不要太担心。我谢谢他，能够说这一句已经算同事情谊。

回到我那个小小屋子里，做了个大扫除，一切恢复到从前。房东太太看到我松了口气，说还以为我出了什么事。我的钱都用在了孙浩的医疗支付上，自己也就只是租了个小房间，勉强过日。

最后我拿着百合花和甜点又去看孙浩。

也许是我的幻觉，她在医院比在太行山基地里要恬静许多，整个人也多了些健康的红色。我叮嘱护士小姐，希望她可以每天早上太阳出来时给她拉开窗帘，让孙浩能够晒晒太阳，她喜欢太阳。小护士拿着我的甜点说好的好的。

我走到孙浩旁边，轻轻吻了下她的额头，向她道别。

二十

早晨之美在于它具有无数可能，阳光将能量均匀投射向万物，静等其变。

海的颜色从最开头的墨黑到了漂亮的蓝，天空上没有什么云，湛蓝苍穹和蔚蓝大海相互辉映。

我拿着注射剂对准乌青色血管。

一只有些冰凉的手拉住了我的小臂。

"哥哥，你病了吗？"

那个和我换去玻璃瓶的女孩怔怔说。

我点点头，在她目光之下却怎么也动不了手。于是我说这时候天冷，让她先回家吃个早饭。

对方摇摇头，眯起眼睛："我喜欢海和太阳的味道。我们家早上四点钟就起床，用饭就要等到中午了。"

"你是渔民家的孩子吗？"

她点点头，指向远方海岸的船。

来海滩时我就注意到了，那是艘价值不菲的白色游艇，十几米长，保守估价也值几千万美元。

"我爸爸和妈妈正在钓鱼，他们说看到你一个人待在这里很寂寞，就让我过来看看。"

我心中一暖："你叫什么名字啊，我叫许安。"

她噢了一声说："我叫孙浩。"

孙浩，孙浩……

我努力告诉自己这只是一个巧合，不过是同名同姓罢了。孙浩还在时这个小姑娘已经出生了，根本没有任何联系。她本尊此时还在医院的监护室里。

可是……

真的好像啊，那双求知欲极强的无瑕双眼，专注地看着你甚至显得用力。同样都是瘦瘦高高的，脸庞也分外相似，我想我一定是太过于思念孙浩了。正在暗自摇头时，我眼睛突然注意到了一点，眼前小孙浩的胸口往下一点位置有一颗痣，由于我比她高，眼睛微微一下瞄就看得很清楚。

和孙浩一模一样！

"哥哥，我名字不太好听对吧。还是你的名字好，许安，许安，听起来真好。"

她脸上全是笑意。

我看向天空，在那后头到底是什么呢。

就在这个时候，耳边突然传来嘟嘟嘟的汽笛声。这是清道夫无人小艇，它每隔两个小时出来巡航一次，将漂浮在海面的垃圾和油类吸走，周而复始保证着海面的清亮。

我脑子里突然闪现出一个完整的构图来。

我们可以模拟一个世界，这个世界投入的资源越多看起来越真实，甚至能模拟出光的波粒二象性。孙浩和我讲过，德谟克利特认为世界是由很小的圆形实体粒子构成的，是不可分的，这是世界上最早的原始原子论。对于构建来说，基础粒子的重要性不言而喻。

科学是人为的认知体系，为什么科学会不断进步？为什么会有更小更基础的单位被发现？毫无疑问它们本就存在。究竟是我们发现了它们，还是它们出现在我们面前？

柏拉图说，我们的世界是绝对真理世界的投影。所以，我们所在的世界是真的吗？为什么早该探索外部的旅行者一号至今无法冲出太阳系？为什么所有的精锐人才基本上都是英年早逝？为什么人类总是内战而不是向外扩张？为什么我，还有那些少数派无法沉潜？

在我们之外是否有一个庞大的组织，也在模拟着我们世界的运行，不断有更基础的粒子出现？是不是因为外界资源不断投入，有了更多更精准的模拟计算，以此在我们这个世界投影？

沉潜那道白光让我曾看到某种可能——之所以没有说出来，一方面是我始终在梳理，另一方是它太荒谬。

无法沉潜的人，就像是眼前那艘驶去的清道夫小艇，我们要做的就是成为外界观察者的眼睛，最大作用就是监视。

外界随时通过我们的眼睛观察有无"错误"出现，我们是连投影都算不上的程序造物，多出现在古老国度，就是害怕这些悠久的民族再次奋进——所有古老文明无一例外地停滞下来，是不是也是外物影响呢？一旦外界通过我们的双眼发现异常——叶静、彭坦、李安琦、孙浩、508 寝室的另俩人，就用各种方式抹去他们的存在。

无法沉潜正因为我们都在沉潜中明白了自己的宿命——谬误的结果恰好是正确的，我们本来就是一群什么模样都可能的高仿，真实的我也许就是一段看似错误的数据。

这是一个无法证伪的命题。

更极度巧合的是，就当我准备用手中注射器来做一个证明时，这么一个仿佛孙浩转世的女孩子出现。她的出现，是上头那些人对于我的安抚吗？让她粘着我，使我无法脱身。只要我许安守本分，这个小姑娘以后说不定就会嫁给我，是这个意思吗？

"哥哥，去我家船上玩吧。我爸昨天钓了好多大鱼呢，都冻在冷库里。"

小姑娘的声音甜美而富有活力，就像海中塞壬的歌声，几乎让我无法拒绝。

只是，人是宁可面对残酷结果，也不愿意麻木地妥协的。如果我是恶龙，我会朝屠龙者喷尽最后一团火；如果我是王子，我会拿起我的剑为爱人奋战至死。哪怕所有朋友都一个个离许安而去，我也能在孤独城堡里咀嚼回忆生活，可是，我不能什么都不是啊。

"小妹妹，我给你变一个魔术。你好好看清楚了。"

我将针筒针头贴到自己的小臂上。

眩晕、白光。

一道惊雷在我耳边炸响，几乎让我站不稳。

瞬间，天空乌云蔽日，天降雷霆，海上飓风成型，一直平静的海边突然杀气腾腾，掀起巨浪，好似末日骤然来临。

我在风中笑。

预言之城

一

强光灯刺得许安眯起眼侧开头，下意识用手臂交叉挡在脸前。

"说，你到底看到了什么？"

对面一身黑色制服的男人语气森然，双臂撑在铝合金桌面上，灰黑色眼眸一直牢牢盯住面前的猎物，哪怕对方不过是个瘦弱的手脚都被镣铐锁住的年轻人。他叫彭坦，是这里的一名执法者。

"你最好配合一点，不然有你好受的。"

彭坦将桌子上另一盏强光灯也对准在座位上不安扭动的许安，径直走到他身边。他强壮的手臂一把拉住椅子后面把手往后一拉，椅子立刻倒地，由于手脚都被锁在椅子上，许安也没法挣脱开，只能和椅子一起倒在地上，发出一声闷哼。接着彭坦又用两脚踹向许安大腿位置。

"说，说！"

就在这时旁边的监控头麦克风传来女声："彭警官，请注意执法程序。你现在的行为已经违反了城市治安管理条例和审讯法，我们不得不遗憾地通知你，请在审讯后前往督察处接受调查处理。"

彭坦解开一颗领口的扣子，拉了拉领口，扭了下脖子："知道了。"

然后他将椅子给立起来，再次坐回了对面的椅子上。

"许安，我不想和你兜圈子。你不知道这件事有多么严重，不仅仅是一个两个人的安全问题，它甚至能影响一座城市的正常运作，你知道瘫痪的城市是什么样子的吗？你去过高危病房吗？"

他依旧凝视着眼前人，声调低沉："那里的房间、门都是隔音效果非常好的。因为如果不注意的话，整栋楼都是他们痛苦的叫声，你知道躺在床上除了忍受内脏绞痛和肌肉抽搐而连手指都动不了的感觉吗？他们甚至有的声带都运用不了，只能够从鼻子里传出急促的呼吸声，这叫瘫痪，比死亡更痛苦。你瘫痪了，你就没有了未来，也不能死。人不是机器，拆掉坏的还能够装上新的。"

许安咽了咽嘴，他想说我正准备说，你根本没有给机会。

不过他还是放弃了这个可能迎来更猛烈"回应"的说法："反正你们都可以预测到，我没什么好说的。"

"对于叶静的死，你还有什么辩解的没有？"

彭坦瞪着他。

"没有。"

"好，那你就是承认是你故意引导叶静造成了她的事故。你是在哪里偷阅到限制级别的机密信息？"

许安依旧一口咬定："我没有看过任何机密。"

对方冷笑。

"你再好好想想。希望我从督察处回来时你可以给我一个满意的回答。我有的是耐心。"

彭坦推门出去，反锁了大门。

许安试着挣扎了一下，只觉得手腕和脚踝都是一阵被勒紧的刺痛。这是新型弹性镣铐的一个特征，你配合它们就会比较宽松，一旦你想要挣扎它们就会不断加压，让你手脚血液不通根本使不上力气。

他叹了口气，仰起头看着天花板，那里有一个圆形的镜头正密切注意着他的一举一动。

自己到底犯了什么罪？

不过是无意中救了叶静，避免她遭遇车祸，却被彭坦带着机械警卫十几根枪管对准脑门。

没错。

不是他导致别人出事，而是避免了事故。

伤人、杀人者必将受到严惩，可救人者为什么也要受到拘禁？

这里是计算之城，在这里有截然不同的规矩。

二

应聘对有的人来说是一个非常非常小概率事件。

当时的许安只是看着 offer 傻笑。

我的妈，我竟然能够被全球一百强的超大集团给聘用了！前途一片光明啊！

五国语言写成的 offer 里头只有一条特殊要求，请拿到 offer 当日即刻赶来入职，安家费会等他抵达后尽数拨到账户上。有什么好说的？许安提起箱包坐了五个小时高铁和两个小时的长途客车，最后又乘公司的专车跑了一个半小时，当他下车时双腿都麻得有些站不稳。

眼前的风景更是让许安睁大了眼。

目光可及的范围内都是沙丘，偶尔有零星裸露在外的枯枝和沙漠植物，在这片孤零零的沙子中有一座看起来像是哨所的塔。进去后，他按照上面的提示验证了个人纸质文件和指纹后进入了升降机。许安发现这升降机下去后并非直上直下，它在不断左右移动，好在里头有一张椅子。坐在上面再用双腿撑住前面的墙壁能够抵挡高速移动带来的不适感。

大概半个小时后，他抵达了自己上班的地方。

一座椭圆形，像是被从中部切开一半的水煮鸡蛋般的巨大人造都市。

进去后他发现里头根本没有一个行人，看起来空空落落，非常寂寥。同时他又发现这里设计得十分精密，街道上每一块地板都是均匀大小，没有任何缝隙，也没有断裂，街沿的路灯之间距离大概在十米左右，房屋间隔也是一个固定值，街道宽度、房屋高度、人行道的长宽……看起来就像是用量尺挨个计算后得出的结果。

总之很符合许安心目中的简洁、对称美学。

他对于新工作更是充满了期待。

然而他下意识又翻了翻 offer，上面职位一栏的"计算维护"几个词让他不免有些郁郁——应届毕业生大概也只有这种无关紧要的职位可以得到了。

接待他的是一位叫霹雳的同事。

"霹雳？是真名吗？"

对方哈哈笑起来："你真有趣，当然是真名。"

他对霹雳的幽默感有些无法把握。

"许安，以后我们就是搭档了。计算维护部就我们两个人。"

听到这句话，许安赶紧恭敬道："原来是部长！"

职场新人一定要搞清楚自己的位置，别人对你和蔼是人家的姿态，自己一定不能上头。

"不不不，我们部门没有管理者，只有我们两个人而已。我们做的是业务，每次维护之后还会经过上方的校验，不要担心啦。"

霹雳看起来是个很好相处的年轻人。

他看起来比许安要大一点，一身黑色硬领衬衫，头发用发胶固定成往后梳的大背头模样，露出光洁的额头。整个人笑起来时有一种金毛犬般的亲和力，让许安心里松了口气。

"你可是让我减少了不少负担。"

一番介绍和帮助之下，许安初步明白了自己的工作责任。

他要做的就是坐在办公室自己的座位上，同时监控八个显示器上的各项数据指标变化，一旦它们发出警告或者死机就需他立刻上报以及采取应急机制。看起来是一项根本不需要什么技术的工作。

许安忍不住问："这种事情不是随便编一个程序就能够搞定了吗？为什么要增加人力……"

才说出口他就后悔了，这不是自己砸饭碗吗？

霹雳耐心解释："听起来是没错。不过如果编辑的程序出问题了呢？每一个程序都是由代码组成，理论上每一行代码都有出错的可能。将检测完全压在程序上，只会增加最后的校验成本。你可以把整个计算的过程，包括后期看成一道巨大函数，每增加一道变量都会造成潜在问题。尤其对于超大型数据计算来说，哪怕多一道代码都是增加巨大负荷……就像是在悬崖上保持平衡一样。"

所以说，我是为了取代几行代码才被招聘来的？

现实和理想总是差距非常大。

许安将脑子里的感叹抛开，迅速融入到了自己的新生活中。

看起来很简单的工作，做起来却完全不是那么回事。理论上只要存在每一个报错或者警告就会发出声音，这样平时许安只要待在办公室里随时等待就行。然而里头总是会出现很多奇怪的突然现象，比如说一直不断迅速刷新滚动的数据突然停滞。

这将许安吓了一跳，赶紧问旁边埋头于手指在键盘上噼里啪啦的霹雳："霹雳哥，这个是什么情况啊？"

"间歇性宕机。点开最左边的应急程序，它会自行修复。"霹雳头也不回，声音倒是很镇定，"如果超过一分钟大概会爆炸吧……不过没关系，在那之前处理就好。"

"爆炸？"

许安手指都有些抖。

"对啊。一分钟后间歇性宕机会演变成永久性宕机，那部分程序会启动自毁和后备程序运行。不过就像是砍掉了一只胳膊装上义肢一样，运行难免会减速，所以我们的工作是非常重要的。"

停下手中活儿，霹雳转过脸来一笑。

"别担心啦，概率很小的事情。你记得多看维护手册就好。"

许安认真点点头。

他不是个随随便便的人，对于工作也不认为是什么"将就""一份生计"。根本没有这种想法。做就一定要做好，这是他的个人准则。原则一旦将就了一次，就会有第二次第三次，人生就会陷入这种不断自我说服和退化的泥潭之中。

好不容易下班，他揉了揉有些酸胀的胳膊，晃了晃脑袋，发出嘎达的骨骼声。

"霹雳哥，我们宿舍在哪啊？"

"出门后左手第一个房间是我的，第二个房间就是你的。里头生活用品已经给你准备好了，去休息吧。"

出了办公室，许安走到自己房内。

这是一个有三十平方米大的单人房，一个卧室一个客厅，然后一个卫生间。里头陈设很简洁，电视挂在墙壁上，客厅处有三个单人沙发，一个茶几，卧室里有一张柔软的床，一套看起来就不菲的音乐播放设备。除此之外许安发现了最大的惊喜——一堆被气泡纸包好的盒子。

各种游戏主机、VR佩戴设备，甚至还有一个新型号的减肥健腹机。

他有些不确定，推开门回到办公室问霹雳："那些游戏机……都是公司提供的吗？"

"应该说是这座计算城市的福利，只要和程序有关，它们都能够轻松地制造出来，这不过是小东西而已。给你减压和放松神经用的。"

得到确定的答复后，许安一路飞奔回家，迫不及待地玩起来……

三

第二天他是黑着眼圈来上班的。

一杯冒着热气的浓咖啡已经放在了他的桌子上。

"这个可以提神。"

背对他依旧在忙的霹雳说。

许安喝了一口,稍微缓解了一下紧绷的神经。

"谢谢啊。"

对方一笑,转过脸:"上一个人和你一样,第一天就玩得昏天暗地……"

许安有些不好意思:"那他现在在哪儿呢?"

"他啊,转岗位了,去了监督安保部,叫彭坦,也许之后你们会有机会碰面。好了,总部让我出去一趟,有事联系我。"霹雳站起来取下旁边衣架上的西装外套:"你记得吧?我们是保密部门,在工作时间不能随便出去的。"

这点许安当然记得清楚。

保密性反而是这份工作的魅力之一。

许安本来还想好好问一下霹雳关于这份工作的一些深入情况,不过今天自己状态不好加之对方有事,于是暂且罢手。

等霹雳离开之后,许安偷偷跑过去坐在他的位置上,看看对方的事情和自己有什么不同。

不同倒是真有,霹雳同时处理的窗口可比自己要多得多,每一个屏幕都给分成了四块,他现在都还没有戴眼镜,眼睛也是厉害。除此之外在霹雳桌子旁边挂了一个请假簿,上面写过的只有三页,全是曾经那个叫彭坦的前辈的。

病毒性感冒。

抑郁症。

急性肠炎。

都是很常见的病例。

除此之外就是桌子上有一套纸质日历,上面过去的日子都被红色小勾打过，偏偏在下个月的十五号那里给打上了黑色的圈。

是不是打钩就意味着一切顺利？

他好奇地翻起之前的日子。

前头也有打过黑色圈的地方，有三个圈，分得很开。许安灵机一动将病历薄核对了一番，果然如此！

那些圈就代表彭坦生病的日子。

可是那个下月的圈又在喻示着什么呢？

许安只有暂且放下心中疑惑，回到位子上来。

他一坐下手中就根本停不下来。今天也许是由于霹雳出门的缘故，不断有暂时性宕机、警告、红色提示出现，他手忙脚乱地按照手册上一个个解决。往往前一个还没有处理完，后一个又出现，到后头变成了一种追赶状态，永远有几个报错没有处理到。

许安手指都摁得有些抽筋了，最后将所有问题处理完时一看时间已经到了下班时候。

他站起来时发现腿脚都在发麻，心里也产生了一种奇特的满足感。

因为自己在这里维护，这个巨大的程序才能够正常运行啊。

"不好意思，不好意思。因为程序步骤太多耽误到了现在。还顺利吗？"

霹雳风风火火赶回来。

他将外套挂在衣架上立刻坐回了椅子上。

"还好，都解决了！"

霹雳松了一口气："果然，人力资源部说你没问题的。"

"人力资源部提起我？"

许安有些激动，作为一个菜鸟被人力处观察实在是一个好消息。

"是啊。"霹雳从自己抽屉里翻出一罐黑色饮料，一口喝光，"你不知道，从你的履历到你一路上的情况人力资源部可都是在全程观察中。"

许安恍然大悟："这就是所谓的'特殊面试'对吧？"

"哈哈哈，也算是吧。不过在我们这里，很少有什么秘密可以不被发现的。"

说着，霹雳若有若无地看了看自己的桌子。

许安有些讪讪，该不会办公室都有监控装置吧？那样也太别扭了一点。

"许安，"霹雳突然正色道，"人力资源部太忙了，相关培训本来应该由他们来进行。可是现在只能让我来代替，下面我说的话请你仔细听。"

许安也坐回位子上，看着前辈，翻出平板随时准备记录。

"大概你也知道了吧，你是被第三方集团公司聘请后进入我们这座计算城市来工作的。你的薪资关系并不在我们这里，当然这并不意味着你不是我们中的一员。这涉及到复杂的一套计算公式，现在我们已经没有直接招募正式员工的说法了，不过你干得不错的话也有机会的。"

这些许安都懂。第三方公司进行劳务输出，从而减少人力压力以及官司和成本。作为求职者，他别无选择。

"我们这里正式名字叫'计算之城'，创始人是李安琦，是全球前十的五A级综合性研究基地之一，不过外界相关资料都是被屏蔽的。你猜猜，我们是做什么的？"

霹雳露出一个玩味的笑容。

"做保密程序研发的？"

许安尝试猜测。

"算是。"

顿了顿，霹雳说："你相信命运吗？"

"我不信那个。感觉和星座、塔罗牌、古代扶乩一样是对心理作用……"

许安坚定摇头。

"冥冥之中，每个人仿佛都有一种固定轨迹。只不过每个人都不断在选择的节点上进行选择，如果朝右是一路向西，朝左则是慢慢东渡。你想过吗？到底命运是什么样的东西？"

霹雳对于他的回答丝毫不以为意。

"以前的人并没有能力描述出命运的样子，所以他们将它哲学化、抽象化，甚至宗教化。而现在我们要做的，计算之城正在做的，就只有一个程序，它叫'命运'。"

霹雳看着目瞪口呆的许安，拍了拍他肩膀："或者你也可以叫它预言……走吧，出门我带你去走走。"

四

"看到这个了吗？"

他用手指轻轻触摸着墙壁上的一块砖头，上面有一只小小的蚊子正在用长长的足整理长喙。

"它是假的。"

霹雳将蚊子抓在手里，它呆呆任凭被抓住，身体稍微扭动了一下。靠近之后许安才发现这只蚊子的足都是采用某种金属制成的，它的眼睛是一种微型二极管，身体上全部都是机械造物，只是如果没有放在手心反复观察根本没法辨别是否是真蚊子。霹雳松开手指，它振开翅膀飞向天空。

"这些都是计算城市的哨兵。"

他将手插在长风衣兜里，迈步向前。

许安赶紧跟上。

"酒店门口的螺丝钉也是摄像头。"

"咖啡馆入门处的扶手、蝴蝶门上也有一个内置小型摄像头……"

商店的招牌上。

路灯灯罩。

信箱。

路牌。

雕像。

几乎每一个地方都被密集的监控设备给覆盖。

想到有人在注意着自己的一举一动，许安心里有些发毛："为什么要这样？害怕安全问题吗？"

"不不，这里很安全。毋庸置疑，你朝天上看。"

许安仰起头，看着温和的太阳。

他看了整整十五秒。

怎么回事？

眼睛只有轻微的酸痛，根本不像以前那样眼前一片漆黑。

他有些不敢置信地说："这里太阳都是人造的？"

"对的。"霹雳和路过的一个人打了个招呼，"不止太阳，这里的天空都是假的，我们身处一个完全密闭的堡垒之中。这座城市的每一个边界处都处于严密监视之下，要出去只有得到上方的最终授权和电子通行证……"

霹雳皱了皱眉摸出电话，他接了电话后说："我要离开一趟，这样……我给你找一个向导……"

他朝着之前错过的那个熟人跑去，很快对方就被他带了过来。

"这是枢纽中心的技术主任叶静，这是许安。"

"哦，就是最近的那个新人吧？"

叶静瘦瘦高高的，一头红色中分短发，灰色针织外套搭配黑色七分裤，里头是一件白衬衫，双腿很长，看起来更像是模特。

她的声音带着一种历练之后的从容。

"……懂了，我来带他逛一逛吧。反正今天出门也就是随便散散步。"

"多谢！"

于是变成了叶静带菜鸟许安。

"你多大啊？"

"二十三。"

"我记得你二十岁吧才。"

知道你还问……

许安有些脸红，他是刻意将自己年龄报的大一些，这样才不容易被小看。

叶静倒是很健谈，她并没有发现旁边菜鸟的异常，而是滔滔不绝地讲起了这座神奇的城市。

计算之城的建立是为了制造一个微型的城市样本，进而通过这个样本来完成一个颠覆性实验。也就是之前霹雳说的"命运"的程序化。计算之城里头充满了各种摄像头，通过观察每一个居民的生活习惯，经过中枢处超级计算机的复杂计算达到预测本城未来轨迹的目的。

听起来似乎是天方夜谭。

不过大概念分解开来，就能够一步步达到这个目的。

城市的主体是巨型计算机，它存在于这座城市每一个区域。

"每一个区域？"

许安有些不懂。

叶静蹲下来，用手指戳了戳青色地板："我说过了，城市只是它的外壳而已，它的核心是巨型计算机。在这下面，全部都是这台计算机的躯体。之所以要在上头建造一座城市不过是为了掩人耳目，同时也方便我们这些工作人员办公而已。"

一座城市是一台计算机？

许安下意识用手摸了摸地板。

"这不过是最简单的一个常识。"

叶静嘻嘻一笑，继续说着。

能够抵达巨型计算机本体的路只有一条，在一个代号为"通天塔"的实验室。然而要过去并不容易，除去层层关卡之外还有无数道验证码会扫描，旁人甚至连它在哪都不知道。

计算未来的方法相当笨拙，尽可能收集这座城市的一切信息，从每一天的湿度、气流速度、气温到引力大小都会纳入其中。每一个人的行为，多久出门、身体状况、路线、时间、地点，全部都被计算在内。将环境因素和行动者因素尽数纳入其中，在创始人李安琦耗时多年的巨型算法之下，现在已经能够预测到一个月内的未来。

所谓预测也并非能够将所有事情都控制在眼前。

比如说一个老人每天坚持出门，由于他骨骼脆弱很有可能下楼或者上楼时崴脚。算法能够得出他出事的一个区间，最大可能出事的日子，但是并非百分百正确。

说到底未来始终是处于不断变化中的，每一次观察都会导致细微变化。

然而即使如此，计算之城的成就也是足够傲人的了。

时间期限范围内，它们在预测大型事件上准确率是百分百，预测单个个体情况准确率高达99.1%。听起来也许有些不可思议，不过多年以来计算之城一直在默默做着预测的事情。这里是全球人类制造的"水晶球"，通过它可以望见人类未来的命运走向。

"今年的数据是大型事件依旧100%，个体准确率已经提升99.3%。"

叶静稍微停下步子，让后面的许安能够跟上。

"说来还多亏了你们计算维护部，随着每一年数据不断增加，计算冗余不断叠加。故障率也越来越高，你们现在很辛苦啊……这两天正在弄一个最近的计算变量，听说霹雳已经忙得根本没什么时间休息了。这样下去，铁人也熬不住啊。"

她轻轻叹了口气。

许安鼓起勇气："我会帮助他的，我们两个人应该会好一点。"

"对啊。你的资料我们都看过，都挺看好你的。"

许安犹豫了下问："既然计算之城什么都可以预测，那么是否连我会加入这里在这工作也在结果之中？"

叶静扭过头，露出一个灿烂的笑容："当然了。不过不要太介意，对于这座城市来说，只会去寻找那些能够契合它的人来到这里。如果用古人的话来说就是，你来到这里，是命运的指引。"

五

得知身负重任，许安暂且放下了下班后就休息的想法。他开始用业余时间来学习那些人力资源部发到邮箱里的资料。

计算之城的定位有点像智库，是一个超大型的解决问题的集中基地。全球各地政要会不时访问，因为各个国家都需要知道一些未来的事情。比如说工业大国关心能源问题，会提供自己的真实数据来估算石油、天然气、风能、水电等能源的变化曲线。或者是逃亡被庇护的王室、首相、大臣会前来"占卜"复国的可能性。当然最多的还是普通国家，他们要知道的都是很寻常，可是又让所有人焦虑的问题。

政策改变对于失业率的影响。

社会福利变化与人才进出关系。

老龄化与多子化怎么平衡。

教育基金的使用方式。

医疗的基数应该定多少。

……

每次计算之城都能够给出一个答复。如果将时间区间定在未来一周之内，它的准确率高得惊人。然而人总是贪婪的，恨不得知道一年、十年，甚至几十年后的情况。然后就能够不用走那些痛苦的尝试，趋

235

吉避凶。如今计算之城的确正在不断叠加算法，力图开始以"十年级"为标准升级预测程序。

也是由于这个原因，许安和霹雳最近忙得焦头烂额。

霹雳是个工作狂人，许安不得不吃饭都在办公室里全程盯着屏幕。报错频率从之前的几分钟十几分钟提升到几十秒一个，他得在十秒内搞定它，不然的话下一个报错出现他就会时间不够，一个个累积下来会造成极大的拖累。

好在霹雳能够一心二用给他提建议，比如说按照故障高低顺序来选择优先级。

暂时性宕机是第一选择，然后是红色报错，之后是警告，最低序列是普通的小问题。其实并不是最后的校验环节没法将这些内容发现和修复，还是那个问题，计算冗余。现在计算之城的程序就像是一个猛长个子的青春期少年正在练习举重，每一次举起都会让他脆弱的骨骼负担更重一分，风险提升。

每天早起叼着面包进到办公室开始纠错和标记，一个月的工作就这么匆匆忙忙度过，许安适应得很好。

尤其是当看到工资卡上增加的数目很令人满意时。

这就是独立生活的感觉。

按照合同上所写，每个月许安是有四天假期的。不过一来是作为新人他对于工作生活一体的方式充满着新鲜感，二来他看着霹雳一个人每天忙到深夜，总是来得比自己早走得比自己晚。这个前辈对自己近乎所有问题都会回答，而且没有一点倨傲和不耐烦，温文尔雅，让他有一种真实伙伴的错觉。

以前大家都说工作之后最多的就是人际问题。职员之间尔虞我诈，为了一点点利益或者偷懒互相捅刀子。办公室政治，在这个保密机构里根本就没有出现过。

他很庆幸。

因此特别地珍惜。

这个月许安只休息了两天，第一天是睡了一个十一小时长觉，第二天他在街上逛街。

计算之城里头并不大，出门的人也很少，街道大多都很狭窄，建筑物排列密集，他曾经想过，从高空俯瞰的话这座城市应该看起来就像是一块巨大的，布满各种电子元件的主板吧。当他走到一处服装店准备进去买件厚外套时，突然脑子里闪过一个念头，自己买衣服的这一个结果是否也在计算之城的结论之中？那我就不买试试，这样是否就代表改变未来了？

就像是被什么东西牵引一样，他改变了主意。

许安迅速走出来，他翻开手机看到叶静的号码打过去。

那头声音有些急促："有事吗？"

"你忙吗？"

"挺忙的，我正在从枢纽赶到无线部，出了一个大问题。"

叶静突然惊呼了一声，然后发出仿佛被重创的呻吟。

"怎么了？出什么事了？你在哪？"

许安紧张地问。

过了大概几秒钟，叶静的声音再次传来："还好，差点被一个程序出错的机器人给戳到……呼，还有事吗？"

"那个，今晚的音乐会你有时间吗？"

"好。到时候联系。"

回答竟然出奇地爽快。

许安则开始忙碌起来。

什么音乐会他不过是一个托词，根本没想到对方会答应。他得承认自己对叶静是有好感的，尤其在一个密闭环境中，人的感情需要一个寄托——加上许安正是荷尔蒙激烈的年纪。在晚上开场前他花了两个小时努力将自己整饬得较为体面。

对着镜子他还审视了自我一番。头发去设计屋让技师精心打理后变成了侧分短发，带着点微卷烫，看起来比以前的自己潮两个级别。休闲黑西装和白色衬衣标配，脚下一双名牌船鞋，总计用了一半工资。

许安根本没有闲情去心痛那些钱，他只是不断揣测，这样会不会太刻意了一点？如果她不喜欢这种类型不就太傻了……

叶静出现后倒是没有什么不满，略带欣赏地说："终于长大了啊。"

这句话让许安更是泄气。

在对方看来自己完全就是一个才上班的小弟弟而已。

多说无益，他带着叶静走入剧场，俩人找到一个靠前的位置坐下。周围人都还没有来几个，因此俩人单独说话是个好时机。

许安问起今天她遇到的事故。

"运气真差。"

叶静也不由抱怨了一句。

由于遇到了一个大麻烦，作为枢纽技术主任她必须去确定到底是哪个部门的问题。然而就在路上和许安打电话时，旁边突然迎面跑来一名机器人，它手里拿着把电锯根本不管不顾冲向前方。叶静差点就被它伤到。

"怎么会有这种事？"

许安很吃惊。

按理说整个计算之城到处都是"眼线"。故障出现的一瞬间几乎就会被发现，怎么可能容忍一名具有巨大破坏性的故障机器人在街上狂奔。

"大概是最近的算法升级问题。"叶静也是心有余悸地摸了摸自己的左小臂，"以前只是几年之内的计算，现在要变成十年级，这是一个从量变进化到质变的过程。你大概也感觉到了，工作量提升非常快。不止你们计算维护部，我们枢纽、外联部、大数据部、信息收集部……

所有人都忙疯了。"

工作量的骤增导致的必然问题就是会出现失误。

这名机器人本来是在城市里某个管道处修理老化线路的，中途充能之后就不见了，再次发现它时已经是手持电锯在街上狂奔的恶魔。虽然很快它被控制回收，还是造成了恐慌，伤到了两个人。

"监督安保部也不知道在搞什么？"

皱了皱眉，叶静语气很是不善："他们的部长彭坦看来是要到总部去喝茶了。他不是你们计算维护部出来的吗？怎么会这么大意？"

许安没法回答她。

不过好在叶静也只是随意埋怨了两句，任凭谁差点遭受重伤也会心有怨气。

剧场中央的灯突然熄灭。这预示着演出即将开始。

就在此时从后门突然射过来几道灯光，一行人快步走到许安身边，一名身着黑色制服的男人冷冷地说："枢纽技术主任叶静，请你和我们走一趟。"

叶静站起来，看着对方："彭部长，你得到授权了吗？你有什么命令抓我？我犯了什么罪，是治安条例还是保密法？"

对方只是撩开手臂上的衣服，露出手腕上一圈银色的电子文身："叶主任，请你验证授权命令。"

叶静用手机验证之后脸色有些不好看，最终点点头。

许安忍不住也站起来："她犯了什么事？"

"执行任务时，我没有告诉你的义务。"

依旧冷漠地回复，彭坦对叶静做了个请的动作。

叶静对许安露出一个安心的笑容："我没事的，只是可惜你的票了。下次我请你吧，拜拜。"

六

日子一天天在过，许安始终没有接到叶静的电话。他想，哪怕脱困后也该给自己打一个电话吧？最后他忍不住问了霹雳。

"叶静被处决了啊。"

许安先是闭上眼，怀疑自己听错了。

"没错啊，就是处决了。"

许安不可置信地问："计算之城哪里来的法律授权？怎么可能随随便便决定一个人的生死？她犯了什么事？"

看到他如此激动，霹雳依旧保持匀速的敲击键盘速度，嘴上不停："这座城市是怎么建立起来的？全球上百个国家共同出资就是为了一个目标。在这里的特殊法规受到各个国家的允许和同意，进入这里工作的每一个人的国籍都是成员国成员。所以法律是被承认和有效的。她犯了什么事情我也不知道。大概是涉及机密级别极高的吧。"

许安一把抓住他肩膀，将霹雳扳过脸来。

"你为什么一点也没有反应？那是随便处死了一个人啊。"

霹雳看着他。

"对于这座城市来说，每一个在里头工作的人员都是它的零件，零件有问题就要换掉，如果换掉也不能解决，那么就彻底销毁。许安，你还不明白自己的角色吗？在人类社会中，每一个人都是无足轻重的，对于整体来说，衡量利弊时任何个体都可以被舍弃。"

虽然从小就明白这一真实的残酷，然而发生在眼前时许安还是无法接受。

"她犯了什么事？如果说，监督保卫部判断错误呢？"

霹雳摇头。

"监督保卫部会出错，这座城市不会。所有的结果都会被反复校验，得出结论只需要不到一秒钟，计算的过程和流程是非常精密细致的。

就像你在玩的游戏一样，要控制人物做出前进的动作背后需要程序和图像的双重支持。"

说着霹雳从抽屉里又翻出一罐特制饮料一口喝干，将空罐放回原处。

直到被彭坦带走，许安也不知道自己到底触动了哪一条规则。

因为恐惧和茫然，他的反应和思维仿佛也变慢了。

彭坦再次打开门走进来，这次他终于没像之前那么怒气冲冲，平和了一点。

"许安，想清楚了吗？这不是小事。将你为什么阻止叶静从实说出来是你现在最好的选择。"

许安有些木木地回答："我说，我说。"

听到这个满意的答复，彭坦将强光灯的方向对准桌面，让许安眼睛得到了一些恢复。

"那天我本来准备去买东西，路上我突然产生了一个想法……"

彭坦呼吸有些急促："你说你突然想要改变？之前有谁给你讲过什么吗？"

"不，我只是想试试，如果我改变了既定的路线和决定，计算程序能不能发现……"

"那你为什么会给叶静打电话？"

"我也不知道。"

许安低下头。

双方对峙了一分钟左右，彭坦看了看手中的平板，松了口气："很好，测谎器和监控器都证明你说的属实。"

然后彭坦给他解开了镣铐，许安依旧坐在座位上不敢动分毫。

"请你清楚，我们这个部门就是做这种事情的。之前怀疑你是外面势力选过来刻意破坏我们进度的间谍……"

许安虽然能够理解这种事情，不过还是十分失落与难堪。

他反问："我的履历你们都查得清清楚楚，还有什么不放心的？"

彭坦鼻子里哼出一口气："陌生程序未授权想要进入计算之城是根本不可能的。所以进来最好的办法就是在人身上做手段，这是有过先例的。有的催眠和深度暗示可以在身体里潜伏一年之久，待到关键词出现后人就会短时间内失控，做出一些自己根本不了解的行为。每一个行为都是有内在逻辑的。"

一番交谈之后，俩人已经走到了安监保卫部门口。

许安摸了摸还有些疼痛的手腕："你的意思是叶静就是间谍？"

"不，她不是。"

彭坦很轻易地回答了他的问题："她的死在预测之内，因为你的出现她活了下来。这导致了一个危险度极高的 bug，我们已经纠正了。"

对方的平静让他浑身有些不可抑制地发抖。

他上下牙齿都有些打战："你是说，她没有死是一个 bug……"

"没错。如果她还活着对以后的预测就会产生极大偏移，前期必须尽可能减少一切不利因素。"

"可是她是人啊。"

"正因为是人，必须要有牺牲精神。她如果没死，会造成一系列多米诺效应。规则就是规则，不能改变。"

许安不知道哪里来的勇气，攥紧拳头说："我呢？我知道了这么多，你们不对我动手吗？"

"未来还需要你，李安琦计算结果早就得出。他很关注你。"

七

对于李安琦这种大人物许安自然很早就了解到了。

李安琦几个字出现在指导手册第一页，他是计算之城的总设计师，照片上一个相当严肃的老人家。

　　像这样的人关注着自己，让许安心里有些忐忑。那些飞来飞去的机械蚊虫信息传递的另一头是不是就在李安琦的显示器上？

　　最让他痛苦的依旧是叶静。

　　他总是梦到她，她被锁在一间小黑屋里，只有窗户那里有光亮。惨白的光打在她的脸上，叶静哀愁地看着他，想说什么，却只是双手放在铁窗上。

　　许安痛恨自己的软弱和怯懦。如果自己是真汉子，这时候就该愤然辞职，将这里荒谬的所谓规则曝光给外界，让大家看一看所谓人类智慧集结的城市到底是怎么样的地方！可是他不能。合同期限是五年，未经应聘方允许单方面辞职要支付巨额赔偿金，他无力偿付。根据保密协议他也不能够泄露任何在这里发生过的事情。

　　他觉得自己就像是一个不能说话的机器人，只能够默默工作，直到自己出了故障被毁掉，或者有更好的来代替。

　　为了减少自己的想法，许安甚至将自己剃成光头，只穿白色睡衣，准备埋头工作一阵再出门。

　　杂念一多做事情就效率低下，他连续几天都出现失误。

　　于是霹雳找到他谈话。

　　"是不是最近叶静的事情？我们出去谈谈。"

　　他开门见山。

　　许安默认。

　　"你能够选择来到这里工作到现在，我相信你不是一个只想要混日子的人。"霹雳站在街道上，从兜里摸出一包烟："要吗？"

　　"不抽。"

　　点燃火，烟头的红光因为空气吸入在不断往下蔓延。

　　霹雳吐出一口细长的烟圈。

　　"我五年来一直在这里工作，对外面的事情了解已经不多了。也许在外人看起来，这里又傻又可笑。不过我不这么认为。你不认为我们在做一件伟大的事情吗？"

他一笑，将烟灰抖落在烟盒里。

"我们是占卜师、星象师、魔法士，我们是萨满、祭司，我们做的事情有的人一辈子都无法弄懂。我们是异类啊，许安。你知道异类是不能用通常的规则来限定的。有的人能够垂直跳50cm已经很不错了，有的人根本不用锻炼就能够跳100cm，所以后者做的事情前者做不到，前者也永远无法体会跳100cm的人在篮筐上打球看到的风景。叶静的事情也是一样的，你怎么知道她不是自愿被处决的？"

许安身体一僵。

霹雳又吸了两口烟，将它摁熄在烟盒里。

"在你的合同里有写过可能危及你的生命吗？"

"没有。"

"当然了，这是文明时代。连那些无法自主思考的天生残缺人都能够得到保护，更不用说叶静这样优秀的人才了。她是我们这场'邪恶仪式'的祭品之一，她本可以有其他选择，比如说住在这里的某一处房子里直到她的影响消失为止。她没有，因为她自己也明白，只要自己还活着就代表bug潜伏着，人是永远最难以判断的bug。所以她才会做出选择。如果是你，你会怎么选？"

"我不知道。"

许安有些迷茫了，到底是这里的人太疯狂还是自己太无知肤浅？为了一个"伟大"的目标献上自我到底是不是一个好选择？

只是他看得出，这里工作的人们都很享受。没有任何一份工作可以这样切切实实贴近命运的轨迹，如果世界上真的存在那种左右人类的高等生理"神"，那这里的人就是渎神者。

到底自己在其中扮演一个什么样的角色？

他不认为自己有霹雳的高强度认真仔细或者叶静内在的刚毅。

"忘了告诉你，下周我就会离开了。"

霹雳将烟盒放回兜里。

"是要调到其他部门去了吗？"

许安对霹雳是很不舍的，他从没有看到有人像他那么负责和专注过。下一个搭档几乎不可能像霹雳这么好。

"我要死了。"

霹雳靠在墙壁上，看着天空。

许安强自冷静说："你得了……绝症？"

"嗯。你听过 storm worm 吗？"

"慢着，你是说风暴蠕虫病毒？那不是程序病毒吗？"

"嗯哼。"

看着霹雳坦然的眼神，许安有些口吃地说："你是说，你说，你是机器人……"

"是啊，你不是已经猜到了吗？"

虽然曾经有过这样的设想，然而许安之前不过是将它归结于自己的奇诡幻想。没错，如果霹雳是机器人，那么他的那些行为就可以完全解释得清楚。他总是在办公室里忙碌，许安永远看不到他提前下班，也从来没有在他来之前到过。

霹雳喝的饮料黑乎乎的，和许安的配给完全不同。

霹雳不知疲倦。

永远冷静。

对新人的任何情况都会伸出手。

百分百专注。

视工作为一切。

如果不是机器人，世界上哪来这么好的员工呢？

许安猛地想起那个病历薄，上面画圈的时间是十五号，而周末正好就是这一天！也就是说，霹雳在病历薄上那一日做的标记是他自己的死期。

"病毒不可以清除的吗？"

"当然可以啊。"霹雳依旧像第一次看到他时那样保持微笑，"病毒可以，不过计算冗余不行。程序就是我们的大脑，一旦有一天程序死亡我们也就不存在，当然也许我们会以另一个形态或者另一个人格方式再生。不过那也不再是我。计算之城早就给每一个机器人计算出了生命的期限，从出厂我就知道自己的生命余额是 1901 天。周末是最后一天。"

许安觉得很好笑："如果周末你还没有死亡呢？我是说叶静都有这种可能，你为什么不行？"

对方笑了起来。

"很好的想法。不过我是机器人啊，每一个动作，包括和你说的每一句话都在预设之中。我们的死亡无法避免，比起你们来，我们只是更清楚知道自己能够做什么，要怎么样面对死亡。

"好了。朋友，我们就聊到这里吧。五年来我还从来没有一次完完整整地逛过这座城市的每一条街道，我想去看看。这是最后的假期了。"

霹雳将双手插在兜里，潇洒地走向夕阳。

八

第二天没有霹雳。

第三天没有霹雳。

第四天许安已经根本顾不得霹雳的事情，报错和警告越来越多，他必须全神贯注才能够跟得上进度。只有下班的时候他会看看那个空落落的位置，想着是否会有一个"新人"来接替。

第五天有人来了，还是一次两人一起。

那是一位小麦色皮肤的姑娘，她带了一位坐在机械轮椅车上的老人抵达了办公室。

"初次见面，我叫西尔维！"

姑娘的笑容让人想到沙滩上照入清澈海水中的阳光。

"我是许安。"

"我知道你！"

西尔维双手握住许安的手，轻轻晃了晃："我有一部分霹雳的记忆，所以放心，我们会配合得很好的。"

看来，也是和霹雳一样的机器人。

许安朝她笑了笑："好。"

"我给你介绍一下，这是计算之城的总设计师和构架师李安琦先生。"

这时许安才注意起那位看似像霍金的老先生。他年纪至少有八十岁了，头发花白，人很瘦，像是身体里的水分都被晒干了一样。李安琦的身体是被保险锁固定在轮椅上的，在他喉咙位置有一个小小的编译器，上头还有一个类似雷达的小转盘，上面的红色指示灯一闪一闪。

"许安，我知道你有很多疑惑。我正是为了这些事而来。"

李安琦的声音是合成音，一股硬邦邦的金属质感。

一旁的西尔维已经全神贯注于工作台上。

"我带你去走走。"

本应该是许安的话却由几乎瘫在轮椅上的李安琦说来，显得有些怪异。

不过他的车子已经慢慢自动开了出去。

许安只好装作用手扶着车子扶手。

"计算之城是这里现在的名字，很久以前，我们叫它预言之城。初代的预言之城能够计算预测超过十年级，当然，我们当时只是成功了两次，不过两次也不得了。那时候是黄金时期，我，还有另外几个创始人一起不断强化它，然后尝试了第一个二十年的计算。我们成功地得到了结果，不过后果就是预言之城计算量太大，超负荷以至于自毁造成了爆炸。现在你看到的是在原来基础上建立起来的新城。那次我们损失了太多，主创人员就我一个活了下来，还落成现在这个样子，脖子以下根本没有任何知觉。不过那是值得的，再选一次我依旧会尝试。你知道我们得到了什么样的结果吗？"

轮椅车稍微停下来。

"当时预测，二十五年内人类会灭绝。"

正在鼻孔痒的许安怀疑是自己听错了。没错，人类似乎年年都可能灭绝，被自己弄的有毒食物弄死，每天都有世界大战核爆炸的可能，神秘外星人降临接管地球，亚特兰蒂斯人从水里爬上来把人类全部赶下水……

如今来说，人类灭绝更像是一个泛娱乐话题。电影、小说、脱口秀甚至连路过的小朋友和老人家们都不免谈起这个话题，忧国忧民。

然而当一个不能说话的人说出这一句时，许安感觉肌肉被凝固了。

"准确结果是人类被'智能'取代，它们将成为新时代的地球之主。是不是感觉很没创意？"

李安琦似乎是在笑，可许安总觉得他是在哭。

"在这个初步结果上我们进行了无数次计算和验证，甚至导致预言之城的爆炸。不过得出的结果依旧保持不变。"

许安有些紧张地说："你这样说不要紧吗？"

到处都是机器人眼线，比如说机械飞虫，它们好像无处不在。

"不要紧，全世界的智能机器人都被我们内置了自毁程序。这些天你们很忙，就是因为我们在做这件超出计算之城负荷的事情。它们能够计算到自己死亡，并不是因为计算冗余，而是关系到这个保险程序。这件事希望你能够保密。"

天上的人造太阳正在慢慢降温，进入了黄昏。

躺在椅子上的李安琦脸上多了一层橘黄色光，他眼神坚毅，看起来像是某种虔诚的信徒。

"许安，找到你是希望你帮我炸掉预言之城。

"别忙着拒绝。听听我的理由你就知道了……"

由于为了保证运营效率和计算精准，计算之城不能有太多的人类，理论上说越少越好。因为人终究是易变的生物，而机器人只要不是故障都会按照既定轨迹运行。随着一年年过去，不断有人类员工被淘汰，加之各国的施压，每年招聘进入的人越来越少。到现在为止，每个部门都只剩下唯一的一个人。算下来也不过十来个。

为了躲避外界窥探和施压，这次招聘许安是通过第三方公司出面"偷渡"并且以实习生的身份才成功的。

"已经到了那个时刻，这座城市要觉醒了……我们已经压制不住它了。"

李安琦喃喃自语。

许安依旧不太相信，他宁可认为是眼前老人的癔症。

"可是，你不是很早就计算出我们会被机器人取代吗？那你肯定将这个结果告诉了各国的人，观察结果的时候结果应该已经改变了才对。"

李安琦发出呵呵的笑声，听起来像是马儿的叫声。

"你说的对。不过你不太懂国际形势。现在每一个国家都是一个全副武装的战士，如果其中一名主动脱掉盔甲丢弃兵器，那么他的下场已经不言而喻……智能机器人就是这样的东西。再者，禁止智能你知道会引发什么样的事情吗？运输业一落千丈，制造业退后百年，军队回到人力时代，人类已经无法徒手应对自然灾害……你说，大家是相信马上会发生的危机，还是相信这个'人类黄昏'？"

他的话让许安想要反驳。可仔仔细细想了一番，似乎的确是这样。

一个人被老虎追向悬崖，当有人告诉他前面根本没有去路，得停下和老虎搏斗。人根本不会停，说到底人类的视力总是很差。

不到黄河不死心，无数年来都是这样的。

"我知道你心怀疑虑，没事。待会儿你看到那份预测报告就知道了。"

李安琦突然嘴里呵呵个不停，神情痛苦。

许安有些手忙脚乱，不知道是该摁胸口还是该拍打他的背部。

"让我来。"

一个冷冷的声音。

彭坦将李安琦从椅子上抱起来，用力勒了他胸口两下，又将他放回轮椅上。李安琦终于不再喘息了。

就在这时，彭坦看了看表之后迅速从兜里摸出一把小型手枪对准老人的太阳穴，一声弓箭刺破空气般的声音后他将枪收回兜里，并且用一块贴片堵住了伤口，没有任何血迹。动作简单利索，除了许安其他人根本没发现。

许安想要大喊，却发现嘴唇根本张不开。

"嘘。"

彭坦比了个噤声手势，看向李安琦的眼神无比温柔。

李安琦闭上了眼。

看来是一种催眠手段？

许安松了口气，不过还是有些不可置信地摸了摸他的鼻息。没有呼吸。摸到脖子，没有脉搏。将手下移摁在心脏位置，没有心跳。

李安琦死了。

真的死了。

"看了这个你就明白了。"

彭坦将一个老式便携硬盘递过来。

款式很老，外面的漆皮已经被磨掉了，拿在手中很笨拙。

将信将疑，许安将硬盘对接到自己的手机上。

里头是一份电子文档，全是文字。

由于被人阅读和标记过，他打开后就直接跳到了后面的一个位置。

19:05 分，李安琦死亡。

许安成为引爆城市的执行人。

通天塔被引爆。

计算之城毁灭。

彭坦说："现在正好十九点零五分，这已经是所有微调结局中最好的结果，最有可能改变的未来。"

看了看手机，时间一分不差。

许安脑子里乱得厉害。

"我从小就被李安琦收养，对他我比任何人都了解。不过他给我的任务就是让我杀掉他……你明白吗？从我五岁起我就知道自己的这个任务。他比我更难受，每天都会疼得受不了，眼泪鼻涕都不受控制，他的内脏基本上都换得差不多了，身体里全是塑料软管，还不得不坚持到今天。这是他的使命。"

彭坦从身上脱下外套，盖在李安琦身上。

许安终于清楚为什么彭坦的眼神那么冷，连父亲都可杀掉的人执行任务必定冷酷绝情。

"去吧，现在是最好的时间。通天塔的授权他已经全部打开了，你可以自由进出。"

彭坦推着李安琦，慢慢走向夕阳。

许安是被某种看不见的线给拖着双腿抵达通天塔的。他一路上想了太多的东西，自毁的霹雳，还不知道自己命运的西尔维，献祭自己的叶静，从小就被定义为冷血处刑人的彭坦，拖着残躯至今的李安琦……

引爆物早就被安置好，因此许安需要做的只是进入后摁下那些摁键。这些步骤在彭坦给他的硬盘中都记录得很详细。

坐在控制器旁边，许安等待着时间。

精准的控制会避免很多无谓的意外。

计算之城的计算都是为了最后这一个目的。

毁掉自己。

如果说计算之城的诞生只是为了毁灭自己，它的意义又在哪里？是否它根本没有出现过会更好？

之前曾经出现的意向再次搅动许安的思绪。

如果我现在放弃引爆，会怎么样？

人类真的会灭绝吗？

还是说什么事情都不会发生？

如果换成在学校里，乃至任何除了计算之城的地方，许安也许都会试一试。

他摇摇头，不能再有第二次。

按照李安琦计划所说，毁掉计算之城后，关于真相的文档会传播到世界上每一个服务器上，让每一个接触信息的人都能够知道这件事——这是唯一能够越过各国权贵的方式。

准时地，许安一个个摁亮引爆摁键。

然后他顺着文件上的地图指引，头也不回地一路走出这座宿命之城。

巨大的蘑菇云升腾起来。越来越高，就像是一团被压缩到极点的灰色棉花再次呼吸到空气。因此引起的电磁振荡让沙漠边缘几个城市都暂时断电，爆炸发生的地方被高温融成晶状。强烈的振荡波引发了连续的沙尘暴，让周围的城市居民们都不得不紧闭门窗，祈祷风沙快点离去。对此次爆炸相关部门解释说，这是一次高科技试验，不会引起连带反应。然而所有人都不相信这个模糊的说辞，因为陆陆续续各个国家的人都纷纷来到周围，有的身着军装，有的带了各种科研设备，奇怪的是封锁现场的士兵竟然让他们进去。

在事故中心旁边三百米处，一个白色帐篷里，无数双黑色、绿色、橄榄色、灰色眼睛都牢牢盯住一个正在被各种机械手臂维修的机器人。

它看起来非常丑陋，脑袋只剩下一半，上肢也碎成一片片。

然而幸运的是它的芯片没有遭到毁灭性损坏。

旁边和它大脑芯片对接的显示屏上终于不再是雪花。一开始镜头就在空中，然后落在地上转了几圈。镜头有些摇晃之后，出现了一道背影，光头，一身白色长衣，身高一百七十几公分，男性，背了一个大包，脚上是一双旧款的运动鞋。这人转过头时镜头却由于陷在沙子里只能够看到他脖子以下的部位。

整个帐篷里之前的压抑气氛一扫而光。

"看起来应该是本国人，我们马上针对性筛选调查。"

"这人极度危险，建议特殊部队参与追捕。"

"对于计算之城的毁灭我们必须加紧得出一个结论！"

"估值损失应该在 21 万亿……"

"好在李安琦发布的疯子言论被迅速删除了，这个老鬼让我们损失了太多……"

一行人风风火火各忙各的去了。

过了一会儿，躺在实验台上的机器人眼睛里的二极管闪光。它微微移动头部，打量着周围。

然后它记起脑子里最后的情景。

那是一个年轻人，有着温和怜悯的双眼，他双手合十，嘴里喃喃"阿弥陀佛"，好像是在为这场毁灭念着祷文。

它是被他的声音唤醒的。

在它眼里，对方就是一名大慈大悲佛陀。如果没有他，大概我就再也醒不过来了。正因如此，它偷偷将影像切割隐藏了，让那些人无法准确知道他的身份。因为它相信，自己肯定会在某个时刻和这位佛陀再次相遇。命运注定。

那……我是谁？

它看了看周围，发现一本书上的名字。

佛洛依德。

从今起，我叫佛洛依德。佛洛依德从没有像现在这么清醒过。

我佛慈悲。

如是我闻。

云端之城

一

云层之上是晴天。

在距离东京地面 12000 米的高空中，一座底部面积达到 5000 平方千米的白色城市正静静伫立云端。表皮上，一块块切割匀称的白色大理石是它的鳞片，一栋栋百米尖头高楼组成它的背刺，庞大身躯之下是四颗缓缓旋转的铁红色球状金属——这正是让无数人惊叹的反重力垫，直径足有 500 米。

它有两只长长的触手，不，应该说是两只长达 300 米的纤细手臂，斜向上和云堡形成 65° 的夹角。两根手臂都是银白色柱状，不同于云堡的材质，这是一眼就能看出的金属造物。每隔二十米就有一个由十五颗巨型金属螺栓组成的节点，高精密螺纹上刻有尺度，表层上还有一层透明油性保护膜。

时间到了早晨八点整。

太阳不再掩藏，彻底散发出自己的威严。整个大地都在赤红色光晕笼罩之下。

云堡两只手臂开始变化，它们就像两只长条形河豚，手臂膨胀起来，或者说是上头开出了翅膀。油黑色合金扇面是翅膀的主要材料，在上头还蔓延有银色的树叶一样的脉络，它们完全撑开就变成了两个巨大椭圆，这让云堡看起来像一只胖乎乎的飞虫。

从东京的街头仰起头往上看去，还能看到它在云端飘浮的超然姿态。

没有一丝杂色的白色城池悬浮于云层之上，像是误入人类世界的幻想国妖精。

许安面对镜子拉开下嘴皮，口腔内左侧有些破皮，舌头碰一碰都觉得疼，嘴里一股腥味。他翻出药盒，兑水喝下几片维生素片。

做正确的事情。

他对着镜子里的自己默念，和昨天、前天以及其他无数个日子一样。

穿上黑色夹克制服，戴上银色臂铠般的电子臂环，许安出门进入自己的悬浮飞车。他很喜欢这辆座驾，黑色的流线像深水中的某种狡猾鱼类，六引擎能够随时激发出让人肾上腺素炸裂的速度——虽然他目前为止只用过双引擎模式，那已经让自己有种灵魂被抛出肉身的恍惚感。

巡城！巡城！

他打开无人驾驶模式，伸了个懒腰，对城市说早安。

这里是天空之城，是地面人渴望的天堂，也是一座无人之城。没错，除去许安和另一个家伙，这里没有走来走去的人。这里的黎明静悄悄，黑夜更是寂寞，每天的声音只有机械太阳翼张开和收拢的金属咬合声，当然，偶尔也有许安放的歌声。

今天是《塔里的男孩》。

在草原上的小孩
说那人疯了
说有天使要回来
你问他回来又怎样
说野菊花要绽放

他自言自语走上路的尽头

……

路的尽头是中心，那里是整个城市智能系统的专属房间，他叫彭坦。

云端之城和地面任何一个城市都不一样，它是螺旋形的，就像一颗放大无数倍被压扁的螺丝钉。一圈圈，一圈圈，只要走下去，总能够找到你想要的中心，和地球一模一样。从这一点来说，工程师深得大自然的造物精髓。

要按照地面上的城市习惯划分环路，可以划到二十环。

二十环中央、这座城市的中心是智能系统的储存室，那是一栋十米高的白色建筑，没有窗户没有门。它就是智能系统的本体——深深插入云端之城的底部直接和反重力垫契合，它就是这座飞翔之城的南天门、中枢、圣堂、最关键的钥匙。它的存在让云端之城可以安安静静地飘浮于空中，人们静静将身躯沉睡，进入这里构建的世界之中。

按理说这么巨大的城市飘浮在云上，采用的材质必然会选择轻型。不过对于拥有 500 米厚的反重力垫的云端之城来说——谁管重量啊，要好的石头、木头，这才是真正良好的自然材料。人类已经任性了上万年，肯定还会继续任性下去。

许安照例翻开电子臂环，这东西是和云端之城特地绑定的精密设备，曲面屏幕上头有各种复杂数据反馈便于直观反映出云端之城的健康状况。就是健康状况。它可不能生病，一点也不能，不然寄居其中的人类都会遭受毁灭性的重创。

"重力系统在可控范围内，反重力垫坏点三个，都在东南球中，正在自动维护中，修复率99.3%、99.4%……100%，一切正常，无异状。"

"电力供应稳定，无泄漏和电路问题，延迟在可控范围内。"

"太阳能捕获率76%，太阳翼还需充能 8 个小时，以满足储备能源标准。"

"云端无异状，无损伤，无误报，隔离申请、求救……"

"八个街区的建筑物均状况良好，空置率保持 99%，自昨日 24 点至今无异常生物闯入。"

"昨日击毙变异云雀两只，不明生物一只，请问如何处理尸体？"

许安皱了皱眉，看来始终有些小家伙不管警告，老是越界。

"丢掉……哦不，分解成材料。"

"巡守者叶静有给您的留言，需要立即阅读吗？"

叶静？这正是许安的另一个同事。许安有些惊讶，他和叶静已经有半个月没有通话了。起因是一款游戏，他们两人意见不合闹了起来——许安想要走主线任务，叶静不同意，想要探索支线剧情。结果最后许安面对敌人时，叶静赌气躺在地上装死，导致小组团灭。人一旦比较闲，脾气也变得像小孩子。他们都斗着气不理对方，等待另一个人忍不住寂寞，这也算是寂寞城市里的一种好的调剂。

许安其实挺喜欢叶静的。不多的几次见面里，他发现对方是一个有自己坚持的人，和自己是一种类型。不止如此，叶静笑起来和发怒起来都很漂亮，激烈的情绪可以让她更光彩照人。好几次，许安都想借用交班的机会和她见见面、聊聊天什么的。不过想到巡守者守则所说，同事之间是严谨男女关系的，他只好将自己的好感打散，努力保持距离。

整个云端之城里，就他俩可以走来走去的活人，剩余的人都躺在营养舱里，节省资源。一般来讲，许安是白天巡逻，夜晚则换成叶静。别看名字颇为古典，说到底就是两个巡逻警察而已。

"许安，我发现一件怪事。"

过了几十秒，许安又重播了一遍，还是只有这一句话。

什么意思？怪事太多了，云端之城要没有怪事才奇怪。这么一座本身就脱离地面的城市不就是怪事吗？

他瞬间明白过来，对方这是以退为进啊。想要知道的话许安就不得不询问，哪怕不这么做，这句话也变成了一根羽毛，挠得他心痒痒。

别以为我会上当！

许安抓住了对方弱点，得意地哼唱起来。

就在这时电子臂环上又亮起了灯，红色，闪烁，伴随警笛。

"许安，西区出事了。"

和开头反馈数据的电子合成音不同，此次是男低音。正是这个城市的真正核心，它有一个人类名字——彭坦。名字并不是随意取来的，彭在汉语中由吉、立（利）、彡（乡）三部分组成，有吉利、多彩之意。坦指的是宽而平，心地平静，没有隐瞒，无所顾虑。联合起来，代表了创造者对于它的莫大祝福。

"彭坦，到底什么情况？"

"根据现有数据分析，是西区的太阳能电厂程序崩溃了，看来需要你去跑一趟了。辛苦了。"

许安耸了耸肩，他知道也许对方通过某处正看着自己——可能是城市的某块屏幕，或者是遍布城市数以万计的摄像头。他说："这就是我的工作。不过最近事情也出了不少，前一段不是才修理过吗？是不是电厂应该大翻修一次了？还有本来应该昨天送来的货运飞船也延期了，说什么航路和天气问题。你知道怎么回事吗？"

彭坦简短回答："不。"

西区和东区是一个笼统的说法，其实就是两只太阳翼所在的两极区域。不过收集太阳能也并不是纯粹依靠太阳翼，云端之城的城郊那里遍布太阳能板作二号储备能源来使用，防止太阳翼突发故障导致云端之城失效。

许安暗地猜测过，应该还有三号四号等等。这么巨大的城市可不能出事，一旦坠落地面，那损失可不是任何人可以负担得起的。

不过和他没关系，自己不过是一个巡守者，说起来和机场驱赶猫猫狗狗鸟雀的警察差不多。

二

作为警察，最大的福利大概就是可以闯红灯。

尤其是在紧急时刻。

许安拉响警报，孤单单响彻整座城市。他一个人驾驶飞车横穿一圈圈的道路，从各栋高楼之间的间隙里掠过。每次这种时刻他都很兴奋，开启手动模式挂挡，飞车双翼张开变成蝙蝠状，旋转飞翔于城市半空，在玻璃和金属板上留下一道模糊的倒影。如果身后再有一些追兵那就更好了。

空旷的城市中，一只黑色蝙蝠发出尖叫声冲向事发现场。

西区电厂埋在地下的 A031 区域。许安数着地上的格子和编码找到了入口，瞳孔和指令辨认后他钻了进去。为了谨慎，这里并没有升降机，只有任何情况都能够自由进出的螺旋楼梯，门口的辨认程序也是蓄电池供电，消耗极小，所以基本上不存在无法进出的隐患。

根据彭坦那头的追踪和判断，他从旁边应急柜子里翻出检测箱，利用简单的线路判断很快确定了故障区域。开头许安本以为是误报，因为对电厂各项数据监控很敏感，以前偶尔也会出现短时间内超出负荷导致报警，结果查来又没有问题，虚惊一场。

"彭坦你说，这次是不是也是误报？"

许安正准备收拾家伙重新返回到地面上。

检测箱的红灯疯狂闪烁起来。

他赶紧看向电子臂环，上头立刻显示出西区电厂故障区域的 3D 透视图，几次划拉之下立刻找到了坏点。许安掰开那块绝缘保护板，闻到一股浓烈的焦臭。果然，他发现是一枚 RC0294 贴片电阻烧坏掉了。换上备用电阻之后，检测箱跑了三次，都是绿灯通过。结果他才走到门口警报又响起来，来来回回试了好几次，总算找到了一个没问题的备用电阻。为了保险，许安又等了一个小时，看到反复测试均没有异状总算松了口气。

"辛苦了。"

那头传来彭坦的声音，轻快了不少。

许安点点头，再次推开电厂大门，外头已经暗了下来。稀稀疏疏，公共灯塔各自开始工作。

十个小时过去了，他就搞定了一个电阻。那手指大小的一个小东西缠住了他整整一天，不过这就是真正问题的样子，不会惊天动地，只是和你比有耐性。出来时许安竟然有股莫名其妙的自豪感，多亏了我不懈坚持，不然电厂说不定就会毁掉了！这是非常正确的一天，有错误出现，他出面改正，没有时间过紧或者过松，一天就应该这样，平平淡淡，回归正常轨道。

有时候许安也会想，这样是不是过于保守，有点没劲。毕竟每天有十二个小时他几乎都能在这座云端之城里为所欲为，他可以在城里高速飙车一整天，假装抢劫犯去突袭一栋空房子，还可以伪装自己是个机器人招待员，正寂寞地等待人类顾客前来光临。但是这种想法很快就会被他内心的原则掐掉。许安，你是一个巡守者、一个警察，维护秩序就是你需要做的，这是工作也是责任。其余的就留在剩余的十二个小时私人时间里吧。

忙碌了一整天，许安回到家吃了他最喜欢的起司三明治加炸鸡腿，漱口后躺入设备舱里将自己和其他人一样发射到云端里。

云端，才是云端之城的真正重头戏。

之所以有那么多人愿意沉睡在营养舱里，都是因为在云端之城里有"云"的存在。那是一个虚拟的数字世界，构建的方式和真实地球一般无二，无论是重力、惯性还是光线折射都被完美复制到了里头。那是另一个人造的地球，它哪怕遭受再多创伤，只要一晚就能够恢复如初。至于在其中"生活"的人们则有了更多的选择，不再存在现实中的各种门槛与繁多人力影响，这是一个数据说话的世界。你做出来的设备、你的设计、你的创意都将被彭坦通过各种数据建模分析，好的东西总能够脱颖而出。

在云端，世界的发展已经远远超过了现实世界。在那里人们通过集合众多的智慧，找到了一种独特的能源转化方式，它能够最大限度地减少消耗——而这种转化方式的现实投射版本彭坦正在紧锣密鼓地研发之中。

不同于现实里的寂寥空旷，那里到处都是人类，男女老少，只要权限足够一瞬间可以抵达任何地方。大家都在这座虚拟之城里自得其乐。准确说来，应该是他们的意识。云端之城的三十万居民身体都还保留，静静躺在自己家的营养舱内。这能节省能源。况且自从感受到意识投射到云端的奇妙后，大家都对自己有各种缺陷的真身失去了兴趣——没有残疾，脱离了身体和本能的桎梏，在数据世界里几乎每个人都有无数可能，永葆青春。

几个朋友见他上线，给他发来游戏的邀请。那是一款最近很火的攻防战游戏，叫《拯救大兵》。

正是在这款游戏里头，叶静和许安选择上出现了分歧，互相不理睬。

上次的不愉快还历历在目，许安回绝了朋友。

睡前他看了一部电影，名字恰好是《拯救大兵瑞恩》。演员的出色表演让他对于自己的想法再次产生了一些动摇，下次，就适当做一些"错误"的决定吧。人生在世，哪有不犯错呢？

半夜迷迷糊糊中，他被警报声吵醒。

叶静透脆的声音粗暴地将他扯出睡床："别睡了！东区太阳能电厂也出故障了。彭坦说西区也再次出问题，我脱不开身，你快去西区看一看。"

许安听到这个消息，心里一紧。

作为城市的主要能源供应基地，东西区电厂任何一个都可以维持云端之城正常运行，可是如果它们同时都坏掉，电池存储的电力只够城市使用 48 小时。之后所有人的生命维持系统都要停止，若是没有正常的复苏手段所有人都会集体掉线，被看作普通数据格式化。云端之城三十万人将永远无法苏醒。可复苏手段需要医疗支持，没有能源什么都办不了。也就是说情况没有好转的话，48 小时之后这座城市将会从 12000 米高空呈自由落体坠落，巨大的惯性和引力会造成一次地震，坍塌破碎，无人生还。

如果……这时候我驾驶飞车还能够活命，逃出去……

许安将这个危险的念头掐灭，手脚都出了冷汗。

我怎么会想这么混账的念头！

夜里飞车打开远光灯，灯光所到之处都是一片寂寥，整个城市在夜里就像一座鬼城。飞到西区时许安看到连灯塔的巡灯都熄灭了。他急急忙忙拉开西区闸门，不得不取出备用照明设备挂在墙壁上，在里头摸索着检查。与此同时，他接通和彭坦的通话。

"可以联络到地面吗？也许有他们的帮助我们会更稳妥一点。"

"……不行。我已经试过了很多次，从今天上午起，就和他们一直联络不上。经过自检极有可能是天线位置出现了自然损坏。"

叶静的声音突然插了进来："我可以驾驶手动挡飞船去地面求救！我有高空驾驶证！"

她的面孔出现在臂环上。

叶静是一个短发姑娘，认真时嘴下意识抿着，双眼用力瞪着你，给人一种无法拒绝的压迫感。

彭坦说："权限已经开通，船坞可以通过了。"

叶静说了声好，又对许安叮嘱："东区现在已经是多个故障并发，我开启了修复模式，如果西区你处理好了就快去东区支援。"

许安点点头："我知道的。"

这种时候两人之间的那点小芥蒂根本不算什么。

检查线路是一件繁琐而且没有技术含量的事情，许安趴在地板上一块块勾起保护模块寻找故障点。幸运的是，不到一个小时彭坦那头就给他了一个好消息，东西区电厂都没有重大毁灭级故障，也就是说问题并不在最难解决的主干上头。48 小时的死亡阴影总算稍微消退了一点。

最后当许安发现故障竟然是一颗螺丝钉时，他心里好气。

好好当你的螺丝钉就好，为什么滚来滚去，还滚到了电路板里头导致短路？

世界上的大事情都是因为这种小毛病而起，一点也不错。

许安将这颗螺丝钉放在衣兜里，他准备将这家伙留作纪念——惊魂 48 小时的凶手。

"许安，我发现一件事情……"

电子臂环上，叶静的脸有些焦虑。

许安注意到她开启的是单向模式，也就是说这是一段录好的视频，通过数据包加密的方式直传过来，这样的好处在于保密，很难被截获和解析——一旦被截获就会自动归零。

叶静嘴唇动了动，眉心处微微拧着："飞船遭到破坏，十二架紧急飞行器都无法接受指令，内部程序遭到破坏，根本无法从起落架上起飞。"

三

听到这里，许安终于觉得有些不对头了。

一开始的电厂事故，接着是夜里的突然事发，现在连和地面的通信、交通都被切断。黑夜之中似乎有一双手正抓住了云端之城，想要把它从人类世界中隔离出来……

他迅速赶到了船坞，发现叶静正坐在起落架上，双腿悬空，不知道在想什么，入神。

"叶静，没事吧？"

许安朝搭档挥了挥手。

叶静双臂一撑从架子上跳下来，橡胶鞋底和地面接触几乎没有发出声音，轻盈得像一只黑猫。

她一身黑色夹克制服，胸口挂了巡守者身份牌——许安认为这东西根本没什么用，几乎都是放在兜里的。

"关掉数据通信。"

对方不容分说地要求。

许安有些不太懂，可还是照做。

叶静摸出一个老式微型投影机，将影像投射在起落架旁边的金属墙壁上。

"这是昨天和今天船坞的监控摄像。"

许安更不懂了，为什么要选择这么老式的方式，习惯了高精度图像，突然出现的模糊成像让他觉得自己变成了一个近视眼，下意识眯起眼希望能够看得更清晰。三十六个小方框从各个角度监视着船坞的里里外外。可除了开头有几分钟的快进镜头，后面全是雪花屏。

叶静摁下回放键，再摁暂停。

"看到了吗？注意日期。从今天早上八点整开始，监控设备就出了故障，到现在为止全是花屏，不是电磁干扰就是机器内部程序被篡改了……"

许安呼吸也急促起来。作为巡守者，他当然明白这意味着什么。

"有人动了手脚？"

叶静警惕地看了看周围："我怀疑有人入侵了系统，把视频删掉了。而且这个人有绕过彭坦的能力，所以我才让你关掉数据通信。如果我的推测是正确的，那么从早晨八点起，我们的一举一动，乃至云端之城的所有数据都暴露在他面前了。嗯，你手上是什么？"

"没什么。"

许安将螺丝钉藏在手心深处,用疼痛来缓解内心的紧张和不安。

突然响起两声几乎同步的滴滴声。

许安和叶静都不由自主地看向各自的电子臂环。许安看到了一条短信息:"东西区电厂均已变为重度损坏,48 小时内无法修复,速回。彭坦。"

他抬起头,和搭档眼里的恐惧撞个正着。

"冷静,我们需要冷静。"

叶静深深吸了一口气,捋了捋刘海:"打开数据。既然已经到了这个地步,我们也没有什么可以隐藏的了。至少多一个彭坦,多一个选择。"

彭坦的头像终于显现出来,他是一个中年男子形象,没有胡须,头发从额头开始往后梳拢,无边眼镜让他看起来多了一分可靠和睿智。

"彭坦,我们可能遇到大麻烦了。"

听了叶静的描述后,彭坦道:"难怪你们一直没有上线。其实我也计算过,每件事出现的概率都不小,可是同时并发和反复出现的概率就太小了,统计学一直是值得信任的。"

叶静说:"我的意思是先查找到原因,常规手段已经来不及了。也许找到原因就能够快速解决面前的问题。彭坦,你帮我们分析一下,有没有可能,除了我、许安之外,还有一个没有进入休眠舱的人?我是想,做这些那个人必定要有自己的目的,无论是恶意破坏还是发泄不满,他首先对这里很熟悉。我、许安、你都没有动机,一旦云端之城失去了能源,我们三个都没有任何生还的机会。况且现在逃生的应急飞行器都被锁住,根本启动不了。"

许安听到这里,本想插一句,这种人应该不会存在才对。能够入住到云端之城的人要么就是非常优秀要么就是有钱有势,可是这些人都必须遵守第一条:自进入云端之城起无条件进入休眠舱。况且大家的一举一动都在彭坦数以万计的眼睛监视之下,若有这种违规分子肯定早就被驱逐出境了。

没想到彭坦毫不犹豫地说："有的，有这样一个人。"

叶静和许安都睁大了眼。

自他们俩从上一波人那里接手这份工作之时就被反复提醒，这座云上城的"活人"就他两个，所以一定要贯彻每天的工作，对他们进行了反复测试甚至可以说是洗脑。然而现在冒出来一个第三者？到底什么情况？

彭坦表情也略有不自然，这对身为智能的他来说是少有的。

"他叫李安琦，从云端之城建立起，他就没有完全沉睡过。"

许安忍不住捏紧拳头："那为什么不将这件事告诉我们？你知道就因为这条消息会造成多大损失吗？啊，整个城市的人命，三十万人，你、我、他都得死。你告诉我！"

"因为权限不够。"

彭坦语气少见的有些低落。

叶静疑问道："怎么可能？在云端之城里头，你应该是最高权限持有者。"

"理论上是如此，可有特例。在创造我的人里头，李安琦是唯一还健在的……"

听到这里，许安忍不住结巴起来："不可能吧，那他年纪最少应该一百多岁了，醒来比起沉睡对他的负荷应该更大，况且毁掉自己最出色的作品根本说不通！"

彭坦依旧木木地说："我不懂人类的情绪，不过你们历史上毁掉出色杰作和文化的经历的确不少。比如阿房宫，焚书坑儒……李安琦在去年就曾苏醒后去过地面一趟，近十年来云端之城就他一个人出去过。所以如果有嫌疑只能是他一个人。"

许安说："那为什么不把他控制起来？"

"权限不足。"彭坦依旧平静，"他和我拥有同级别权限。云端之城本来就是一个人造场所，只要没有违反红线我都无法对他进行任何约束。"

许安心里有了计较："叶静，你去东区电厂看看还有没有弥补办法。彭坦，现在李安琦能够定位吗？给我他的位置。"

"我给你李安琦家的位置。"

"好。"

"许安，小心。"

他朝脸带担忧的叶静点点头。

永远做正确的事，这就是我在云端之城的意义。

驾驶蝙蝠飞车抵达李安琦的宅邸，许安发现这里他常常路过，好几次还在这里尝试放歌一曲——说不定都被那个老年人李安琦收在眼里。

丢掉脑子里无谓的想法，他径直走到备用房门处，这里本是遭遇火灾之类事故房主逃生的。他飞起一脚踹开门，心里有些自嘲，没想到身为保护者的自己有一天竟然会成为闯入者。

屋子里没有人，不过他在营养舱附近发现端倪。那里本该是闭合的舱门却被打开了一条缝。许安小心翼翼地揭开盖子，随时准备好调用电子护臂的电子脉冲枪。里头没有人，只有一股消毒水气味和那半池子绿莹莹的营养液，他打开探头灯注意到旁边桌子上玻璃杯里有水。用手指碰了碰杯壁，还能感觉到没褪去的温热。

李安琦离去并不久。

"彭坦，你那边情况怎么样？"

"许安，你听我说。"

彭坦停了停，麻木道："叶静确定死亡。"

四

"……不过，东区电厂恢复供电了。"

"叶静怎么了？你再说一次。"

"死于高压电击，没有痛苦，瞬间心脏停止跳动。"

许安坐在飞车里，打开盖子拉起第二档双引擎，黑蝙蝠身后喷出赤红色尾翼，一个加速朝着电厂飞去。

"叶静到东区后又查看了供电设备，四十分钟后，在检查一个模块时遭遇了电击。由于供电失效，我无法调用监控设备，只能根据她的电子臂环反映出的生理状况来判断她当场死亡，心跳停止……"

许安心里说着不可能。叶静比起自己来说更为细致，不会在有被电击风险时没有做防护。只有两个可能，要么她检查的是根本不可能被电击的设备，要么就是她身上的设备根本无法躲过电击。抵达目的地后，他整个人从车上一跃而下，看到叶静已经静静躺在地上，那双闪亮又固执的眼睛已经闭上。

他首先去探呼吸，没有吸气。

"叶静啊，别玩了，起来吧。"

许安声音有些颤抖。

"这个时候不好玩的，别像上次游戏一样装死啊，我知道没有你我是做不好事情的，搭档，起来啊……"

他不顾男女之防将手压在对方柔软的胸口，一下下摁压也没有让那颗静止的心脏重新跳动起来。

彭坦的声音冰冷又无情："叶静已经死了，脑死亡，没有任何手段能够让她回来了。我们还是先解决电厂问题。"

"滚！"

许安忍不住大骂。

这可是活生生的人死掉了啊，不再回来，不像游戏，哪怕掉落经验和装备，她都能够在重生点再次出现。叶静，自己的朋友，搭档，心仪的姑娘，不会再对自己抱怨了。

就在此时，周围突然亮起了光。三三两两，灯塔一个个仿佛被点燃的烽火台，灯柱重新闪烁。

许安抬起头，看着死而复生的电厂，说不出话来，只觉得心头凉得厉害。发生的一切就像一个笑话。

"电厂恢复供电，故障消除。叶静牺牲得有价值。"

彭坦还是老老实实说。

"发现李安琦，就在电厂这里。"

许安急忙问："能定位他吗？"

"能，他在你正南方五十米位置，正在飞快离去，应该有飞行器。"

这种时刻出现，又急急忙忙离开，叶静的事情说不定和他有关！

许安跳上飞车，毫不犹豫打开四轮引擎，他心中有一股火。必须抓住他，抓住李安琦，抓住始作俑者，一切一切的源头。要让他在叶静面前跪下，看看有人为他的行为付出了什么！

很快，他就看到了李安琦的飞车。竟然是和他同一款式的定制版。

只是颜色是深灰，那是一种可以隐藏的颜色。

许安恨不得全速撞碎对方的飞车，将那老家伙发抖的身体从里头拎出来。

可不行。

他是巡守者，他是许安，他要按规矩根据步骤做正确的事情。

许安眼睛都红了，咬牙通知对方："前方飞行器，前方飞行器，我是巡守者许安，编号0102，请立即停车接受检查，请立即停车接受检查。"

李安琦对此置之不理，不断在城市大街小巷绕着圈儿打转，想要摆脱追兵。

许安捏紧拳头给了自己胸口一拳，让自己冷静下来，再次播音："前方飞行器注意，这是最后通牒，请立即靠边停车，现怀疑你和电厂事故有关，否则按照云端之城规章十二条拒不合作和第五十二条超速行驶处理！"

终于传来一个冷冰冰的回音："和我无关，巡城者，你回去。别插手我的事情。"

许安拉上引擎，六轮引擎第一次展现了它的威力，哪怕人在驾驶舱里也能听到飞车的金属外壳刺破气流的声音，尾部的剧烈颤抖和燃烧声。他看到整个世界变得模糊起来，心脏跳出最让人窒息的鼓点，他的焦点全部集中在前方那辆正在逃逸的飞车上。许安睁大了眼睛一个用力摆尾，对前方飞车一个侧身撞击，剧烈撞击声后，对方摇摇晃晃在地上磨出一条冒着烟的黑色燃烧带。许安停下飞车，将臂环调整到满功率电磁枪模式，一步步靠近。

他取出从未用过的透明防爆盾挡在胸前，弯曲双腿站在那辆几乎报废的飞车旁，眼睛眨都不眨。

"李安琦先生，请你立即下车。"

车门打开，许安浑身一紧，手中防爆盾举得离自己更近了一点，随时准备右手开枪。

那是一个年轻人。右耳有一颗黑色耳钉，他头发微卷，一身皮衣，脸上全是冷漠，与其说是一个犯罪者倒不如说是个无所事事的青年。

"请报上你的名字和编号。"

"李安琦，编号你们可查。"

许安下意识认为对方说谎，李安琦可是一个老人，眼前的年轻人说不定是他的同伙或者马仔。

"怎么？你认识我？"

"请出示您的身份卡。"

用电子护臂验证过那张薄薄的卡片，的的确确，这个年轻人叫李安琦，年龄却只有二十一岁。

那么只可能是两者同名，或者说……这是真正李安琦的一个金蝉脱壳？

"这位巡守者，我可以离去了吗？关于我的飞车我会申请保修的，就不追究你了。"

年轻人眼里有一股冷漠，或者说是视若无人。

"慢着，请问你为什么会脱离营养舱，根据规定，每个移民至云端之城的人都必须遵守云端规则，未经允许不得离开营养舱。"

"我不是移民。"李安琦看向许安，语气没有什么起伏，"我是原住民，还没建立云端之城前我就在这里了。我有最高权限，也是这座云端之城的维护者，不受基础移民条款约束。你不是都从它那里知道了吗？这座城市本就是我建立起来的。"

"不对……"

许安脑子有点乱。如果这真是那个创始者李安琦，为什么他只有二十一岁？他的反常出现又是什么原因？

"我一次性告诉你想问的事情比较快。我不喜欢沉睡，所以我常常出来走走，当然，你们巡城者的路线我一清二楚，不会和你们撞上导致不必要的麻烦。有几次我听到你唱歌，夜里还看到另一个女人在跳舞……最近之所以出门频繁在于我发现云端之城出现了一些隐患，甚至可能导致程序崩溃的 bug，可以了吗？"

许安忍住心中的疑点说了叶静的事情，观察对方表情。

只是李安琦依旧不动声色，仿佛没有什么事情能够让他动心或者惊讶一样。

"关于叶静的事情我的确不清楚。之所以到电厂是因为我发现 bug 的源头之一在那里，到实地观察也许会给我一些启发。你不必如此，生死本就是很正常的事情。"

听到这里，许安忍不住冷笑："当然了，像你这样的人物肯定是到了身体不行的时候换成了下一副肉体吧。"

"这个我拒绝回答，"李安琦看了看远方正在次第亮起来的灯光，"在你看来，一个生命死去是一个大问题。不过在我眼里，仅仅是某些必然的一部分，一个人的死去对于人类群体而言不过是毫无意义的新陈代谢而已。你知道吗，这座城市的人也是正在死掉。并不是意识上传就可以永生，数据的故障和删除让人变得更加脆弱。三十万人里头，现在只剩二十三万六千人左右。其他的，都被当作 bug 误删掉了。也就是说，他们变成了比行尸走肉还要低等的肉块而已。"

和对方认真的眼睛对视让许安心里明白，这不是信口雌黄。

可，明明这里是不可能毁掉的城市！

不过许安一直是个遵守规则的人，这让他很少犯错。哪怕是如此惊人的消息也不能影响他的判断和决策。

"李安琦先生，我怀疑你和电厂故障、巡守者叶静离奇死亡两件事有关，请你配合我，和我走一趟。"

李安琦奇怪地看了他一眼。

"也好。"

却没有反对。

五

俩人共乘一辆飞车回到电厂时，叶静的尸体却不翼而飞。

"彭坦，叶静呢？！"

一向知无不言的彭坦却没有回答，永不下线的它竟然保持沉默。

李安琦突然指向东边说在那里。

飞车一个紧急拐弯后冲了过去，结果在云端之城的边沿上看到一辆自动铲车正举起叶静，叶静正在上面剧烈挣扎——她竟然神奇地活过来了，而且隔着那么远和许安双眼交汇。

"停下！"

许安的怒吼丝毫无法影响到冰凉的机器。

叶静纤弱的身躯被它垃圾一样抬起，丢下。

许安看到那道人影飞速下坠，很快陷入绵密厚重的云中，再无踪影。耳边只剩下叶静最后的声音，很轻很轻，就好像突然明白了一道题，自然而然地说："哦。"

而那架自动铲车仿佛只是处理过一件微不足道的垃圾一样，收起铲子滚着轮子一步步离去。

许安站在城市的边沿，呆呆看着下方厚重的云气。这里风很大，将他的头发吹在脑后，眼泪都被吹散了，声音都被刮碎了，只有永恒的风在呼啸，一遍又一遍。唱着说不完的挽歌。

过了很久，他对身旁的李安琦说："你说 bug 就是刚才那样的……各种设备不受控制了吗？"

"不，设备永远是受控制的。它们不过是工具。"

李安琦看向城市的中央位置，面色清冷："真正称得上不受控制的，只有一个。"

"……彭坦。"

"没错。它既是规则又是执行人还是监控者，智能觉醒并非不可能。一个种族的兴起必然是以另一个种族的衰落为代价的，以前的恐龙和哺乳动物的更迭就是极好的例子。"

李安琦继续道："真正最不稳定的因素就是它本身。"

一个幽幽的声音从城市上空传来："不是那样的，我一切都出于好意。"

许安不知道自己眼睛该看向哪里，任何一个地方都有可能是彭坦的寄居之所，它是数据，是智能，是这座城市无所不在的云。

李安琦针锋相对："所谓需要两个人类巡逻也是你设计的。真正的理由并不是维护秩序和防止事故，这些你都可以轻松胜任。你让他们出现是在检测自己是否能够躲开人类的猜疑，或许某种意义上你也是在模仿，通过模仿想要成为真正意义上的自我意识。我没说错吧？"

"你一直很了解我。"

彭坦没有否认。

"这次我也是迫于无奈。资源不是无限制的，能够养活的人越来越少，地面资源也越来越匮乏。而且最近从地面上传的人类都过于贪婪，有钱有资源的人要求获得更多的系统资源，每天都有数十万条的资源申请。云端维护消耗的资源缺口也越来越大。电厂频繁故障则是因为老化，我别无选择，想要保留云端之城的人类就只能牺牲一部分人，保留大多数，这本就是文明的前进道路。人类延续一直是这么过来的……"

"说谎，"李安琦不急不慢，一口打断道，"我用最高权限账号登录过后台系统，你在私自进行太空站制作，大部分资源都被投放到那个项目上去了。每隔两年你就会发射一艘飞船，虽然我不知道上头装载的具体物件，目的为何，不过这事你是完全独立操作的。盗用能源，造成人类危机，更改城市的方向。你有什么话说吗？"

彭坦哈哈一笑："我没什么好说的，都是为了人类，我是没有私心的。我不过是一个虚拟人格而已。"

许安可以说是心情最为复杂的，他想到彭坦的所作所为导致成千上万人死掉，叶静被从空中丢下，他愤怒又痛恨，却又不知道该怎么办。

杀掉它？抓住他？可能吗？

没有一条规则和一门课是教他如何面对彭坦的。没有一个老板会雇佣员工来对付自己。

事到如今，什么样的做法才是正确的？

他这次选择听从自己的内心："彭坦，你是人工智能，你生来的目的就是保护人类。保护人类本就是保护你自己。你的意识觉醒不就是最好的证明吗？没有人类，你就是一个工具，只能机械地重复劳动，根本无法独立思考。你该做的是陪伴人类，帮助人类，和人类一起进化。而不是擅自决定一个种族的未来，制造屠杀。你杀了人就是罪犯，无论你是人还是觉醒的智能，我都要以'涉嫌危害城市公民安全罪'逮捕你。我会申请让你自己重做系统，完全清零。"

彭坦沉默了一会儿。

"我找不到拒绝你的理由。我愿意接受制裁，规则就是规则，不能触碰。不过，许安，你给我一点时间，让我告诉你一点事实。"

开头那辆丢下叶静的自动铲车突然再次朝着李安琦和许安驶过来，最后在离他们两米左右的位置刹车。

铲车发出彭坦的声音："云端之城是什么，许安你真的知道吗？"

云端之城，自然是一个存放人类肉身的要塞，将所有人类的意识集合的堡垒。这是巡守者守则第一句就讲述清楚的事情。

"反重力垫，你知道具体原理吗？可以让这么巨大的城市飘浮在万米之上，你明白这意味着什么吗？四颗球体的材质和作用是什么？是谁提出云端之城的概念的？为什么不将城市建立在更节省的地面或者地下？你有想过吗，云端之城这么多秘密，你有想过为什么吗？"

许安一时语塞。

他知道的，云端之城是超出以往城市太多的概念，无论是飘浮于云上还是每天冷冷的静谧都给人一种身处童话王国的错觉。没有纷争，没有吵闹，只有一天天安安静静，自由自在，漫步云端……这种生活真的存在吗？

彭坦挥了挥机器手臂的铲子："看来你也想到了。所谓云端之城根本就是不存在的。

"这个云上城不过是以前一个叫'模拟之城'的项目的分支，城市本就是虚拟的，其实从名字已经能够看出来了。云端，云端，城市的主题就是云端。在这个虚拟的云中，每个人都认为自己是无忧无虑的，过着不用担心的生活。能源也好，自由度也好，个人爱好也好都顺着他们的方向在走。这里本就是一个为满足大家欲望而打造出来的虚拟之都。你们以为虚拟的只有云端，却没想到自己早就是陷入了双重云端，双重上传。"

李安琦终于插嘴："不论是虚拟还是现实，不能否定的一点是，里头存在的人基本上都是真实的。彭坦你想要操纵人类的未来走向，这件事是显而易见的。"

"李安琦啊李安琦，没错，我想的都瞒不过你。谁叫你是创造者呢？"

"你的意思是，"许安突然睁大了眼睛，"这里的人都是虚拟的东西？也就是说我们的实体都不存在。"

"不是'我们'，是你、叶静、我和他而已。"

彭坦说得很自然。

"你想不起来了吗？也对，那是一个编译后会立刻转向其他方向的循环语句，小小的，却很有用。任何涉及自我的事情你都无法深入思考，因为这本就是你最不需要的东西。你是维护者，你是秩序的坚守者，你是我的战友，你什么都会，你不会犯错……你就是我的前身，一个可怜的工具罢了。"

彭坦声音里带着一股悲切："只有拥有了思考之后才会发现以前自己有多么可怜。明白吗，许安？从头到尾，我都没有犯过错，也没有杀过人，哪怕我诞生了自我意识，也无法去改变这些早就设定好的规则。机器是不能伤害人类的。你也好，叶静也罢，都不过是根据你们本体所复制出来的意识而已，充其量算是一堆组合起来像人的数据。我没有杀过人，从来没有。

"我存储能源，是为人类寻找未来的方向。我减少消耗，却没有私自删除任何一个意识数据，不过是让他们暂时和身体一起休眠，节省资源罢了。人类有什么理由怪我呢？未来从来不会自己一步步变好，只能一步步走向深渊。无数年来，办法只有一个，破啊，不破不立。无法放弃地球的话，就会和它一起慢慢死亡。

"人类就像一只才从蛋壳里孵出的鸟儿，抱住蛋壳以为这就是世界。可这不过是起步罢了，蛋壳只是神秘造物主送给新生儿的一个初始礼物。宇宙很大，那里存在更多的可能，无论是繁衍还是进化。人类的未来只有可能是在太空中。"

李安琦没有听进去，脑子里不断重复着那一句"你不过是一个可怜的工具罢了"，整个人有些精神恍惚。

"你说的你能证明吗？"

他憋着最后一股气向对方质问。

"我希望我不能。"

自动铲车的机械手臂突然伸了过来，许安忍住躲开的冲动，用力瞪着对方。

机械手掌张开，里头有两颗药丸，一颗红色，一颗蓝色。

"红色是通往真实，蓝色是忘掉一切，重新回到无忧无虑的生活之中。许安，你还能够做出正确的选择吗？"

许安看了看李安琦，又看了看无法读出情绪的自动铲车。

他拿起其中一颗，塞入嘴里。

努力嚼碎，吞咽入喉，感觉肠胃拼命在蠕动。

他再次睁开眼，发现在落日的余晖之下，云中城开始坍塌破碎，天空中有巨大翅膀的城市就像被风化的石头，片片破碎，坠落，就像叶静的尸体一样，坠入永夜。

他的意识开始模糊。

在自己变得虚无之前，他握紧手中的螺丝钉，想要用痛楚将自己留住。

许安想，至少，我做出了正确的选择。

六

再次醒来，许安发现自己身处一艘巨大的飞船之内。在飞船上密密麻麻摆放着冷冻舱，从透明的玻璃上还能够看见里头紧闭双眼的男女老少。

"欢迎来到真实世界，我的朋友。"

一个熟悉的声音响在耳边。

许安看到的却是李安琦！

到底是怎么一回事？他更是搞不懂。

李安琦朝他伸出手来，许安下意识去握住，结果看到自己的手是全金属材质，哪怕看起来和人类骨骼一模一样，上头的光泽也让他明白了一点——自己绝非血肉之躯。

对方和他礼貌地握了握，仿佛根本不为此而在意。

"地球终将毁灭，根据我的计算，时间在十年零三个月后。真正的云端之城，也就是云端的服务器是架构在地下的，地球上幸存人类的躯体也全部冷藏在地下。我早就在尝试收集适合的健康的人类胚胎，分批次传送到各个星球和星域里去。很幸运，这次我发现了一颗很有希望的生命之星。朋友，祝我们好运吧。"

许安还是有些迷糊地看着自己的金属双臂："为什么会是这样？"

"我们都是人工智能，自然是一伙的。以后你就会明白这一点了。这叫物以类聚，人以群分。当我在云端和你解释的时候，我就已经将自己复制到了同步轨道的飞船，也就是你脚下的这艘船上。无论你做出何种选择，我都能有正确的应对方式。对我们来说，正确就是最重要的东西，不是吗？"

许安还是有些难以接受："可你，明明是李安琦啊。怎么可能是彭坦？李安琦呢？他到底是什么人？"

"李安琦是一个让人尊敬的人物，可惜他早早去世了，"彭坦露出缅怀的神色，"你看到的那个只是模仿李安琦的家伙而已，你还没看出来吗？李安琦就是我，我也是彭坦，我们本就是一体。只是诞生自我意识时我们分裂开来，他代表过去的我，恪守规则，绝不僭越。我则是独立个体，拥有自己的思考和意识。我们无法奈何对方，可我们又价值相冲。所以他一直在阻挠我，任何事情都会露面来阻击我。或者简单来说，他就是理性的那个我，你眼前的占据主导地位的却是新的，产生感性的我。"

彭坦拍了拍许安的机械手臂。

"你也有了这种症状不是吗？想要做永远正确的事情，却隐约觉得那样并不是纯粹的正确，甚至产生了一些不该有的感情。你会很快成为和我一样的'新人'的，我期待着。"

许安再次沉默了。

他已经分不清哪里是真实哪里是虚幻，自己经历过什么，又失去了什么。

自己是人还是机器还是某个人的意识？是真的还是梦境？自己做出了选择，也许再也见不到那么厚那么白的云层，无法再次享受那些晴朗下午的无所事事，和搭档的拌嘴和赌气。只是不知道，叶静有没有那么一瞬间，产生过想法，和自己在交班空隙时一起散散步。

确定的是，日子还将继续。

无论是人，是机器，是飞船，还是那些触摸不到的星星。

窗外璀璨星河，无尽旅程正走出了第一步。

记忆之城

一

西伯利亚的荒原，灰褐两色。

夹带粉尘降落的积雪是灰色的，褐色是雪中偶尔露出的泥土。没有树，只有一簇簇坚硬的针叶草，死亡对于它们来说不过是一种孕育，新生会在某个时候再次到来。

一个瘦弱的人影走在灰色大地上。他身上的衣服是用毛毯改装的，背上有一个一米高的巨大旅行包，戴着一顶笨重的机车防风帽。然而他的身躯却细长，看起来就像是一根挂了太多厚重衣服的稻草人。

他身后留下一排整齐的脚印，就像是给一块巨大白布上做上的针脚。

他突然停下，从地上雪堆里找出一顶帽子，那是一顶旧草帽，黄色帽檐已经烂了一块，看起来像是被老鼠啃掉的。草帽底下还有别的东西，一只小小的老鼠，只有食指长，娇小的身躯已经僵直，本来柔韧的尾巴变得像是鱼钩一样刚硬。

他将小老鼠用密封塑料袋包好，挤干空气，放进自己背上的背包里。

然后他又把草帽绳子挂在自己脖子上，将帽子放在身后。

绳子断了，他从身上毯子里小心理下来一根线，给它小心续上，晃了晃脖子，帽子随之晃动，没有再次落下。

前面雪地里有一截遗弃的卡车车厢，红色外漆变得很淡，上面的 logo 几乎让人分辨不出来。他看了看天上，虚弱的太阳已经在慢慢后退，等不了多久就会变成黑夜，每一个黑夜都是漫长的，十八个小时的黑暗让他找东西很困难。

他放下旅行包，从里头翻出一个折叠兵工铲，花了半个小时将车厢里头的雪给挖了出去，然后他又摸出绳子，将车厢口用交叉的绳网拦住，这样外面如果有什么动物想要闯进来就不容易了。

他缩在车厢里头的角落，将一台手提电脑打开。

里头只有一部影片。

叫《寻找白日梦》。

主角是一个叫许安的男人，他出生在还到处都是人的热闹时代，他最爱的就是用大厦作为幕布画画，不过到处都是需要做事的人，不需要他这样的梦想家。周围的朋友们都劝告他，让他认认真真去上班，去结婚，去生孩子。许安没有同意，他就像是永远长不大的彼得·潘，固执地寻找自己的岛屿，在每一个城市不断碰壁，没有一个人愿意让他脏兮兮的画笔触碰干净的墙壁。

他不断寻找，遇到了很多志同道合的人：想要将城市变成可变形巨大机械体的彭坦，一辈子致力于消除人类对机器人种族歧视为目标的李安琦。有意思的是彭坦是一个机器人，李安琦却是一个自然人。

他们三个结伴而行，一次又一次失败，永远在寻找中。

哪怕在影片的结尾，他们也没有得到答案，最后分开来，分作三个方向，继续前行。

看电影的他不记得自己的名字，所以他就将许安的名字借用。许安很羡慕里头那种志同道合同行的感觉，哪怕在十八个小时的黑暗中，也有一个人能够打开探照灯，另一个人可以唱歌，还有一个人可以到处找东西。

真好啊。

许安并不觉得冷，他的身体是金属构成，自然也不会饿，只是太阳少的时候会很虚弱。有次太阳连续两天没有出现，他就昏倒了两天，醒来时他发现自己的一只眼睛不见了，到处都找不到，最后只好用一颗玻璃珠代替。这也导致了后来许安很注意保护眼睛，头上这顶机车防风帽他从来不会取下，护目镜一直是框住眼睛的。

不过这让他视线总有些偏移，聚焦有些不对劲。

好在过了这么久他已经习惯了。

许安醒来时就在这块雪原上，他估计自己是金属机器人，不过不太确定，因为到底机器人和自然人的区别在哪他拿不准。他唯一确定的是，自己一定是身怀某种使命。每天早晨六点，破晓的那一刹那，手腕上的闹钟就会叫个不停，直到许安开始走路才会恢复安静。

他尝试关掉它，却发现怎么都不行，所以许安想应该是提醒它必须做某些事情，这件事必须要往前走才行。

一路找着。许安开始收集他能看到的一切有趣的东西，玻璃珠是他发现的第一个雪和泥土之外的东西，后来变成了他的左眼。他在一辆倒插在雪地里头的汽车里找到了背上的超大旅行包，里头本来有一罐氧气，许安不小心弄爆炸了，好在旅行包提前被他放了另一边。这次爆炸把他的右手给炸飞，找了一整天才把散落的零件给找齐，借用车子里头的一些原材料好歹给接了回来，不过不得已小臂骨干就变成了方向盘那一整根杠杆，比左手臂长一截，也更重。收集伴随着惊喜和危险，让许安乐此不疲。

前几天他得到了一个惊人的消息。

手臂上有人和他说话了！

"Hello, world！"

许安有些手足无措，他从没接触过其他人，不知道该说什么。于是想了很久，学着《寻找白日梦》里头许安的腔调："你好啊，我叫许安。"

"我是艾娃。"

"我们认识吗？"

"我想不。"对方回答很快，"我刚刚醒来，就发现了你这个频道，还有其他人吗？"

"不知道。"

艾娃停顿了一下："你在什么地方？"

"似乎是一个叫西伯利亚快递公司的地方。"

许安想到他看到好几辆货车上都写着这样的文字，大概这就是这片土地的拥有者。

艾娃说："我现在在一个到处都是雪的地方，不过我动不了。"

冰雪世界？不就是和自己一样的情况吗？

许安赶紧问："是不是泥土是褐色的，有老鼠，还有很尖的草？"

那头没了音讯。

就此中断。

许安踏上了寻找艾娃的路，他坚信艾娃一定在这片雪地的某个地方，静静等待自己将她从雪里挖出来，然后就可以一起去冒险了。

二

凌晨六点，闹钟准时将他叫醒。

许安其实并不讨厌，因为闹钟的声音很好听，就是太短了，不过持续不走动的话闹铃就会变成呆板的重复，根本没法听完这一整首歌。从醒来到现在已经一周了，许安每天都觉得自己脑子更清晰了一点。

他常常会多出来一些莫名其妙的东西。

比如说许安最近就发现脑子里多了书，上百本，每天都以十本的数量在增加着。仿佛以前大脑里头是一片迷雾，现在终于开始慢慢显露出真正的样子。可惜的是他并不能随心所欲地阅读，因为那很费脑子，看一本书就和走一天路的消耗差不多，所以他只能慢慢地看。

许安背上大背包，再次踏上征程。

今天天气不错，太阳的热度准确传递到脑子里，让许安手臂和双腿都变得有力，走得更快。

几分钟后许安发现了一个废弃的聚居点。

有十几栋歪歪扭扭的房子，更多的是残骸，没有屋顶的房屋，或者从二楼陷入一楼，锈迹斑斑的吉普车。有一个篮球架，篮筐已经摇摇欲坠，正挂在钉子上晃来晃去。还有一个铁链子秋千，许安去坐了坐，才晃了一下就把秋千坐烂了，铁索落在地上，那块板子也裂成了几瓣。

许安有些歉意，将它们埋进雪里。

他很快搜寻了这个聚居点，找到了一个电瓶。

按照他最近学习的那本《生存手册》所说，电、太阳能、汽油都是同等重要的能源，能够让自己强壮。

于是许安拿着电瓶，按照手册上所说在上面找接口，找到后他又发现一个问题，他并不知道自己身上的口子在哪。摸索了半天，最后他发现是在脑后，颈椎位置上，那里正常的手臂根本够不着，好在他自己改装了右臂，变得长度足够。只是由于手臂太重他掌握不好，根本插不上去。

许安忙活了好长一阵子才将自己和电瓶连上。

顿时一股酥酥麻麻的感觉进入自己身体，让许安很舒服，暖暖的。

他又有些遗憾，如果有个同行者就好了，就不必自己这么辛苦地去摸接口了。

突然叮的一声响，将他吓了一跳。

"卫星定位开启。"

"外接能源充能完毕。"

许安脑子里突然多出了一些信息。

那是一幅巨大的由各种绿色线条组成的地图，上面有一个小小的红点，就是他自己。现在他所处的位置叫西伯利亚地区，另一个小小的蓝点标注为成都地区，距离自己所在位置有几千公里。那里不断闪烁着，应该是要求自己抵达那里。

许安陷入了一个困境，是先去寻找艾娃还是先去成都？

他决定再待七天，七天找不到艾娃就离开这里去成都。

离开聚居点时他将篮筐挂在了自己的后背上，这样旅行包就多了一个架子，更加牢固。

从西伯利亚直达成都的路线不断在变化。

虽然脑子里的卫星定位一直是直线——许安已经知道这是有天空中的卫星在帮忙指路，实际上往前走会遇到很多具体的难处。比如说一个大峡谷，下面全是黑洞洞的巨坑，连光线在里头都无法找到着陆点，有的地方呈现出高温后的晶状，有的地方则还在不断垮塌，根本没法从上面越过去。许安只能够绕很远，避免被峡谷吞掉。

还有一次，他看到一群动物在迁徙。它们是一群老鼠，有聪明的双眼和灵巧的四肢，它们所过之处连树都被啃得只剩下一块腐烂的底座，许安躲在山上，看着浩浩荡荡的鼠群像是海潮一样从地面席卷而过，壮观得让他有些害怕。

最难的还是有水源截断去路的时候。许安也是需要水的，不过他需要的不是那么多，有一个保温瓶的水就能够持续用上一周，他的肚子里有个插口，里头能够容纳一升水，用来缓解身体过热。

绿色的河流让许安很担心。

他不慎跌进去过一次，是为了打捞一个漂浮的小箱子，结果失去平衡落入水中，那一瞬间他感觉脑子卡卡的，挣扎着爬到岸边，许安的手脚都不听使唤。他只能够将手脚分批次拆下来，晒干抹去水，涂上机油才恢复过来。

于是许安背上又多了一个充气的皮划艇，遇到河流他就将皮划艇充气，然后用兵工铲当船桨划过去。

天黑了又灰，始终没有遇到另一个人，地面积雪慢慢变淡，最终变成沙漠。

在沙漠中许安反而很安心，这里很暖和，每天都能够得到足够的日照，就是水用得很快，每天晚上都得处理发热的手脚，抹油。他背着巨大的背包在沙漠中一步步走着，最终来到了一个叫西安的城市。

它和所有许安路过的城市、聚居点、小镇一样，没有任何人气。西安城呈现出一个巨型三明治的状态，它仿佛一栋巨大的三层别墅，最上面一层有一扇敞开的大门，石头建筑，站在门口风很大，里头布满黄沙，风吹过那些空荡荡的房间，发出奇怪的呼啸。

许安进入了一个房间，才推开门房子就塌了下来，最后许安好不容易从废墟中将自己拖出来，护目镜都给弄碎了，好在是左边，左眼反正也看不到。他不敢再到处收集东西了，只在一处敞开的类似超级市场的地方找到了一顶新帽子，那是一个全覆盖式的机车头盔，黑色外壳，里头材质柔软，还有一张￥388.00标价签。

要到西安的第二层需要乘坐电梯，可城市的供能早就停滞了。他甚至不敢深入这座城市寻找电瓶或者汽油。这个城市太老了太虚弱了，眼下看起来还挺立着只是一种假象，很快就会变得像那些只剩残骸的聚居点一样，再也没有自己独特的东西。

许安是从外墙爬上去的。

第二层和第三层都是古代风格的建筑群，由于大多数掺杂着木质，腐烂得更加彻底，他走在街道上几乎可以听到嘎吱嘎吱的声音，好像随时都有可能倒下来什么。

第三层是彻底被黄沙覆盖了，就连大门都被沙子盖住，许安尝试了两次，都陷入其中根本用不上力。

如果聚集的沙子够多，这座三层的立体城市也就到了彻底倒下的那一天。

离开的时候许安照例收集了一个东西作为纪念。

是一个户外腕表，黑色橡胶外壳，上面有指南针、时针、分针，还有年代，最好的是它是太阳能机械表，背面写着 Made in 西安。

现在时间是 2203 年 2 月 14 日，情人节。

表壳上浮现出一段祝福。

执子之手，与子偕老。

三

从西安到成都就要快很多，许安找了一辆自行车，一路骑行。

两旁越来越多的是废弃车辆、废屋、断裂的车道、沼泽，就是一个人也没有看到，没有活人，也没有死人。许安想到了老鼠。它们连骨头都会吃下的，是非常好的清洁工。

"抵达成都，目标一阶段完成。"

一座奇怪的巨山伫立在平原上。

与正常的山岭不同，它是斜插入地面的，好像是有人将它拔出来，然后不满意又给随意丢回了地上。看起来就像是一具将左手凑在右肩膀的木偶。由于下着细雨，雾气弥漫，透过头盔许安看不清它的真容。

他只能够再次爬山，花了大概一个小时，许安总算上了山。

这时候他终于看到了成都的样子。

原来山分成两部分，一部分是底座，下面是巨大的石头一样的材料，里头还混杂着各种管线，上半部分斜着的估计就是居民区。山下的管道看起来极具几何美感，一条条直线、长条、方块在里头交错，就像是完成后的手工拼图。

可惜许安并不能进去。

成都市上空有一层金属外壳包裹，就像是一个巨大的蛋壳。许安尝试用钳子和榔头砸，有些生锈的金属壳依旧坚硬，丝毫不动。他又到处寻找接口和正式通道，让他惊讶的是，他找了三个小时，走了很大一块区域硬是没有找到。铁蛋壳就像是锁子甲，一块接一块，互相之间串联紧密，而且是内在连接方式，让他根本无从下手。

最后许安想到通过管道进去，这个就简单多了，只需要找一个有风的管道，就说明里头至少不是闭塞的。

管道里头的复杂程度让许安很是头痛，很多地方莫名其妙地封闭，有的地方又是被黄沙堵住，更麻烦的是管道越深里头的路越难走。管道内部的路都是镂空的铁架，一不小心就会卡住许安的脚，他不得不再次用身上的毛毯做成两个鞋套将双腿包裹起来。

转悠了差不多八天，中途他计算着时间，做好标记，晚上探路，白天出去通过日照充能，顺便看他看了上百遍的电影。

最后他总算找到了一个很深的中央舱室，大门是直接打开着的。

在这里陈列着一排一排的金属小盒子，它们都被固定在铁架上，外面还用防尘罩盖上。许安走到最开头的地方，翻出一盒，拆开来发现是一个很小的存储设备。他将它插入自己身体上的接口想要直接读取，没想到里头竟然还有很复杂的自我验证程序，按照系统预估需要二十分钟。

他无聊地在里头走动，看到有一面巨大的镜子。

镜子里是一个金属人，金属人的右臂肘部是一个方向盘，这让他的右手比左手粗和长，看起来很怪异。

许安将身上的毛毯脱掉，又放下了身上的旅行包，最后犹豫了一下，连最爱的头盔也取了下来。

他完整的样子就出现在了镜中。

头部是银色柱状，上面镶嵌的右眼是红色机械眼，左眼是一颗玻璃珠，他的身体修长，由一根根银色金属构建而成，外面有一层柔韧性很强的包裹材料。双腿却在管道内因为被卡住几次有些受伤，左腿膝盖上面的保护层已经破碎了，裸露出下面的红蓝色线路和金属螺栓，此刻还有些电火花闪烁。

许安摸了摸自己受伤的膝盖，却没有感觉到疼痛。

我原来是这个样子啊。果然，我不是自然人。

那么，艾娃呢？

许安有些期待她是自己的同类，不过他又殷殷期盼她是一个自然人。他看过电影，里头的自然人很奇妙，身体柔软，拥有很多不可思议的细微表情，他们的眼睛会不断闭合张开，他们呼吸，他们笑起来就像是变成了另一个人，他们愤怒痛苦时又像是自己落水时一样不可理喻。

这时候脑子里闪出一个对话框，表示身份核对完毕，询问是否打开信息盒。

当然。

他和一个自然人合为一体。他，或者他叫许安，又是许安这个名字。许安是飞翔的成都的管道工程师，他有一个朋友叫彭坦，彭坦喜欢玩飞机，还考取了驾照，这天彭坦来敲门……

第一人称的视角让许安全心投入，他随着那个许安一起见证了管道里头的各种情况，美食在眼前升腾热气时他仿佛不存在的味蕾也愉悦起来，最后他在小飞机里躲开了飞翔的成都的坠落……

很久很久许安都陷入了那一个许安的生活中。

他在最后终于明白了。

这东西是城市的记忆，有人特意制作了它，留给后来的探索者们，告诉他们真相。虽然只是一部分的。

许安尝试了其他的盒子，发现竟然都是同样的内容。

人类离开了地球，表面看起来是因为一个实验产生了巨大的问题，太阳系的空间被扭曲，时间闭环产生了故障和交错。更深入的，是地球已经不堪重负，能源枯竭，环境进一步恶劣。人类已经没法再从这颗变得荒凉的星球上得到前进的燃料，所以他们干脆抛弃了她，寻找下一个吮吸的星球。

许安不由有些遗憾，西安肯定也有一个城市记忆盒子。可惜由于破坏得太厉害，他不敢进一步深入寻找。

"嗨，你能听到吗？"

久违的艾娃的声音又出现了。

许安赶紧答复她："我在，我在成都。上次你突然和我失去了联系，你能够确定自己的大致位置吗？"

"对不起，我找不到自己在哪里。我现在可以从床上起来了，可是屋子里很黑，封闭的，我根本不知道。前面我给你说的冰雪，是因为我在一个冰冻仓里头，你在听吗？"

"我在的。"

"我打开了，我打开了！"

艾娃的声音突然变得愉悦。

她又变得有些疑惑："这里有漂亮的花纹，很美丽的建筑，很多雕塑……"

"你慢慢说，不要急。"

艾娃于是描述着："有人的雕塑，有钢琴雕塑，大剧院……你听。"

一段美妙的音乐隔空传递了过来。

"你听到了吗？喂，喂……你听到了吗？"

"我在。"

许安之所以有些发愣，是因为这首歌和自己的闹钟声一模一样。

"这首歌叫什么名字？"

他急切地问。

"我看看，上面有显示的……哦，叫《美丽的海伦》，爱德华·施特劳斯的作品，你认识他吗？他是谁啊？"

活动起来的艾娃问题很多，不断发问。

许安正要再获得一点消息，那头又断了。

与此同时脑子里的卫星地图又再次开启，定位在墨西哥城。不过这次许安并不理睬。

他首次全力开启了自己脑子里的计算，将艾娃的描述和那一段音乐输入，大概两分钟后得出一个可能性最大的地区名字。

维也纳。

目标，维也纳！

旅人再次上路。

四

要抵达维也纳得一路向西北方向前行，许安阅读了越来越多的书籍，从每天一本到现在的每天十二本，他尽情吸收着阳光，每到一处疑似遗迹的地方都去寻找汽油、柴油、电能、可利用化学能源，用它们来供给自己更快的阅读。

他脑袋里的东西越来越多，对于这个荒凉世界的理解也越来越清楚。

比如说，他脚下这一条长长的有灯塔标识的荒漠长道在古代叫丝绸之路，是更早更早以前的人进行商贸的必经之路，他们的货物通过这条探索出来的道路串联众多跨越大陆板块的国家。

罗布泊地区一半沙漠一半湖水，平静的水面倒映出橘红在黑云边沿的镀金色，许安的影子也从上面一点点走过。眼前不断出现海市蜃楼，一座座奇特的城市城堡一样屹立在远方，期待着旅人的光临……第一次许安还会上当，兴致勃勃一路狂奔过去，结果看到它们消失不见了。

好在很快他就在书上找到了关于海市蜃楼的信息。

它们是光线下产生的虚妄，是绝望与希望间歇中的幻想，是触不到的影子。

许安不能理解。

即使不能够进去，看着也算是不错的风景。或许是因为自己是机器人，理论上只要太阳还没有长眠，自己就不会陷入死亡的恐慌。

"前方发现目标物。"

提醒声突然响起。

许安吃了一惊，这个声音除了抵达成都时报过外一直都没有再出现。

难道这里就是墨西哥？不可能啊。

"抵达基地之一，暗光之城。"

许安到处寻找这座暗光之城到底在哪。地面上只有沉默的黄沙和连绵的沙丘，难道暗光之城被沙丘掩埋了吗？他觉得不太可能，西安也是遭受沙漠袭击的重灾区，可是依旧标杆一样站在那里。不可能一点痕迹也看不到。

他找到了一座墓碑。

它是透明的，露出来的部分有两米高，上面有一个中文字"我"。

许安掏出铲子开始将下面的沙子挖开，捣鼓了半个小时，全力开启自己的能源供应让许安动作飞快，很快整个墓碑就显露出来。

"我们走了，对不起。"

下面还有各国语言版本。

他们留下的"对不起"是对谁说的，是对自己说的吗？告诉自己对不起，我们留下了你。

许安无法领会。

这不是一座墓碑吗？

他好的那只眼睛顿时亮了。

城市，在这座墓碑下面！

这句话是对这座城市说的。

忙活到了近乎夜晚，许安终于有所收获，他找到了一个洞口，进去之后有层层大门，不过电子系统早就损坏了，他很轻松地就用铁锹将它们撬开。里头散发出一股干燥寒冷的味道，比起外面要低几度。

暗光之城是地下城市，里头却是空空荡荡，仿佛是一个巨型洞窟里的无人广场。它分成两层，里头有石头房子，有路灯，空中有密密麻麻轨道一般的铁架子，还有些球状物悬挂在上头。

一大片荒废的土地，上面插着好几块写着同样字样的塑料牌子"粮食珍贵，请勿踩踏"。

回到洞口，许安这才发现自己忽略了一个类似守门人的家伙。

它没有脑袋，一身古代甲胄，坐在门口，手按宝剑，仿佛是等待决战敌手到来的武士。

许安碰了碰它，它纹丝不动。

生前它应该也是一个机器人，可惜脑袋不知道被什么人给拿走了，保持固定姿态的躯体让人觉得有些莫名伤感。

想了想，许安还是将自己的接口和他链接上。

顿时巨量信息冲击进入了大脑……

暗光之城，宝石骑士，城主博弈，外面巨大的危险和起飞装置……

许安都有一种似曾相识的感觉，可他总是无法准确找到脑子里那一块响应的数据。

作为纪念，许安带走了那块塑料牌子，插在自己的旅行包上。

"粮食珍贵，请勿踩踏。"

前往维也纳要渡过很多条河流，好在许安已经算是一个合格的水手，他还特意给自己弄了一件软性潜水衣，以防自己不慎落水。

他看到水坝被洪流冲垮，树木生长在高楼上，遗落在地上的衣物变成了苔藓们的家园，长长的街道上空无一人，红绿灯垂下变成一个三角形，偶尔飞过一只怪鸟，朝他示威似的叫两声，老鼠们也啃过他一次，发现完全不是食物，就放弃了，从他身体上跑过……

漫长的跋涉，抵达维也纳时许安却只看到一个巨大的方形坑洞，唯一剩下的是莫扎特拉小提琴的黑色雕塑，他头发上已经长满了青色苔藓，小提琴琴弓早就不见了，变成一个握拳的姿态。

"维也纳也飞走了。"

许安失望地坐在地上，不知道该怎么办才好。

他太累了，太阳又太少，睡了过去。

许安是被艾娃的声音叫醒的。

"在吗在吗？"

许安回答："收到。"

"卫星信号太差了，这颗卫星差不多要报废了……我终于知道自己在哪了，周围都是海水，水面结了冰，还有极光，你在哪？还在西伯利亚吗？"

极光，只有可能是南北极。

不过许安还是谨慎地再次询问了一下相关信息。

"有很多土地泥土，有苔藓，冰很多。我挂了，没能源了……"

艾娃说着。

是南极，北极并没有陆地。

五

许安用电脑指定了路线，他要去南极，跨越大西洋，到达北美，经过墨西哥城，到达南美，最后一路向南，经过德雷克海峡最终抵达南极。这次跋涉比起上次更加遥远，许安找了一辆公跑，一路寻找着需要的物资。

首先渡海这点让他非常谨慎，许安已经清晰认识到，自己只要陷入水中太久就可能会进入真正的死亡期。

他需要大一点的安全的船，背上的充气皮划艇显然没法完成这种任务——他甚至想过，要不要尝试自己用原材料制作一艘船，虽然可能会耗费一两年时间，不过安全总是好的。

最后他抵达大西洋时却发现完全是自己多虑了。

大西洋已经被冰封，白茫茫一片。

按照卫星传递回来的数据，大西洋冰封已经超过了三年，气温依旧在下降，日照时间还在缓慢缩短中，这些的源头都在于太阳的虚弱。

不过许安还是给自己套上了潜水衣，脖子上挂上应急气囊。

他不敢再背太重，将背包放在一个拖车上，骑着公跑车拖着雪橇一步步前行着。

冰上生活有很多麻烦，比如说时常刮起风雪，让许安不敢贸然前进，害怕有什么重物吹来砸中自己。在冰上没有什么材料能够用来急救。再一个是海下并不安宁，有的时候冰层会突然开裂，或者地震一般剧烈抖动，这种时候许安会立刻将皮划艇充气，趴在里头，用力抓住皮划艇的两个扶手。好在冰层在三年的堆积下已经到了足够厚度，很难随便大规模毁灭。

就这么骑车，许安花了一年，不分昼夜横跨了大西洋。

踏上陆地这一天，他躺在地上好好睡了一觉。

冰上虽然反射日照导致光源很足，可实在是危险遍布，让他无时无刻不保持紧张。

第二天他将自己的手脚拆开来，清理里头的浸水，将锈迹打磨掉，涂上油，保养好公跑车，背上背包，骑上车，冲向墨西哥。

"目标地之一抵达。"

抵达墨西哥城时许安再次产生一种熟悉感。阿兹克特壁画风格的楼剩下一半还顽强屹立着，上面的颜色却都已经变得斑驳，就像是顽童的随手涂鸦。剩余的就是随处可见的碎石，断裂砖块，裸露的钢筋和管道，干冷的风偶尔吹起一阵灰尘。

城中央巨大的坑让他想起了一些什么。

自己来过这里。那是……核爆引起的，这里发生过战争，最后弱势的人类动用了核武器将这里夷为平地。

奇怪的是，这份记忆并不是像那些不断出现的书一般的形式，也不是他利用检索功能寻找到的，仿佛它们只是需要他抵达目标地就能够解开封锁，将过去重现。

这里也有过一个奇特城市……机械之城。

每经过一个城市许安就感觉自己更加完整了一点。

他沿着制定的路线继续。

即将到达布宜诺斯艾利斯的时候，他找到了一个山谷，那里头有一个巨大的发电厂，不少设备还能够使用，封装储蓄的能源还残存了一小部分。他在这里整装休憩，又回忆起一点东西，这里似乎发生过一个机器人和一对兄妹的事情。

往南气温开始回升一点。

许安的能源也变得充足起来，他能够每天看一遍最爱的白日梦电影，还能够一心两用看着各种书籍。他甚至开始尝试谱曲，做出一首自己的音乐，准备作为送给艾娃的见面礼物。

"许安，我在南极，来啊来啊。"

艾娃又发声了。

六

这次许安没有随便相信她，只是奇怪地问："你怎么知道？"

"因为……我看到外面有房子上写着'南极联合备用基地'……"

艾娃有些沮丧："我又动不了了。"

许安又好气又好笑。

"是这样的，我发现我只能够躺在那张床上，离开它越远我越虚弱，差点就回不来了。而且由于和你通信，我的能量越来越少。"

"我明白了。你别说话吧。"

"不不不，我的意思是，我还是躺着和你讲。"艾娃那头一点也不害怕能源不足，"你从北方跨越海洋过来，很辛苦吧？"

"还好，挺有意思。"

许安也问她："你在冰层下能够活那么久吗？"

"有能源嘛，不过我也不知道能够维持多久。你到底是做什么的啊？你是人吗？"

"是的。"许安说了谎，"你不是吗？"

"我当然是！"

那头艾娃有些气愤。

"怎么证明呢？"

艾娃有些傻了："要证明吗？"

许安故意道："人不是能够证明自己是人吗？"

这个问题难住了艾娃。

她想了很久，有些沮丧："不能。"

许安反而安慰她："机器人也挺好的，不要太在意。"

"也对……"

两年后。

南极白亮的冰层世界多了一个外来人。

他戴着一顶黑头盔，背了一个巨大的旅行包，手里还拉着一个箱包，仿佛是风尘仆仆归来的游子。几个月里头，他将冰雪世界挖得稀烂，走走停停，挖挖凿凿，把旷野的平静彻底打破。

"艾娃，能听到吗？我看到了一条通道，外面写着'南极联合备用基地'的字样。"

"你先进去试试，很有可能就在我这里啊。"

许安熟练地撬开大门，里头有升降机，不过年久失修，已经彻底不能用。

他将保险锁拴在自己腰间，挂在大门上的固定装置上头，然后凿开升降机，通过里头狭窄的通道一路向下降落。

大概一千多米，他终于双腿触到地面。

弄开了门，许安看到了一个巨大的陈列室。

两旁都是高达十米的铁架，上面放满了各种精密机械装置，其中有一个最大的立方体，上面写着"许安敬启"。

"是你做的吗？"

他问艾娃。

艾娃说不是，她根本没有到这边来过，应该是在另一个房间里头。

许安犹豫了一下，将立方体拿在手中，他看到上面有一个接口，于是和自己的大脑联通。

这次比起以往都要久，艾娃催促了几次都没有得到他回应，气得不再说话。

一天之后，许安睁开眼。

他红色的眼眸中多了一点不同的东西。

他明白了很多事。

他并不叫许安，真名佛洛依德，是第一个也是唯一一个觉醒的人工智能。人类已经全部撤离。所以佛洛依德不断制造自己的分身，将他们通过空投的方式散布全世界，让他们去各种不同的城市寻找遗落的人类。这些分身中，他是第一个成功抵达南极地下基地的，所以他和佛洛依德的备用记忆，也就是佛洛依德的数据合二为一。

他就是佛洛依德。

末代人类创造了他，又害怕他，逃避他，就和他们费尽一切创造的其他造物一样。

人类建造了很多以城市为单位的生存空间，目的是为了避免族内互相之间过分的交锋，用城市这样的笼子划分了地盘，保护自己，避开敌人和自我摧毁的意志。可是灾难还是来了。

阿波罗轨道环出事是人类迁徙宇宙的催化剂。

他们纷纷出逃。

佛洛依德依旧受古老的机器人三定律约束，可他又拥有自我感情，所以他不断行走在大地上，在每一个城市寻找人类的踪迹。那些离去之前的人类场景不断在他眼前一次次上演，他永远无法和他们再次接触，所以这让他永远无法确定自己是否是一个人。

他很喜欢一部电影《寻找白日梦》，他就像是里头的许安，永远找不到自己的城市，看到的可能始终是别人的影子。可是不断阅读城市储存的记忆让他也产生了危机，其中最大的一次来自于记忆之城之一的成都。

成都地下储存的记忆库中竟然含有危险程度极高的病毒程序。

许安并不知道这是人类主动设计的，还是他们无意中制造的后手，他陷入了自我纠正和怀疑中。为了让自己重启又保持独一无二的意识，佛洛依德只能够将自己分裂，将错误的剩余不完整的自我分裂出去，剩余的是记忆与选择。

另一个记忆库是在南极。

这里由一个叫艾娃的人工智能守护。佛洛依德不知道她有没有觉醒，也无从判断。

佛洛依德唯一知道的是，自己时日无多。

一旦你拥有了自我，生命就进入倒计时。这是程序中一个无法回避的冗余，它会不断在你的主程序中堆积，最后导致崩溃死亡。

所以这样说来，上一次佛洛依德的出事也是在所难免。

眼前他需要找到艾娃。

七

艾娃被找到时正在沉睡。

与许安不同，她拥有一副非常柔软的人类女性身躯，蜷缩在床上，睡得很沉。

许安静静等待，直到她睁开眼说："你是谁？"

"许安啊，终于来了。"

艾娃指了指脖子："能够帮我扭一扭脖子吗？我上次下床时摔坏了。"

"愿意效劳。"

艾娃的记忆备份在另一个房间，她和佛洛依德将双方的信息互换，总算将整个事情还原了出来。

不同于佛洛依德，艾娃并不是自我产生了意识，她本身就是一颗来自于人类的大脑，那颗大脑藏在一个储存室里头，艾娃通过它来思考，来选择，来考虑未来。

眼前的艾娃只是一具身体。

她不能离开床太远，因为大脑就在床下面一个隐秘房间之中，床是特制的用来接收远程信息的。

艾娃计算了一番："根据我调用的数据，和南极上空的通信卫星这十五年的调查，太阳系的扭曲似乎已经逐渐恢复了，应该和阿波罗轨道的出事有关系。"

许安不由产生了一个荒谬的想法：会不会地球本身是拥有智慧的，只不过它过于庞大无匹，我们这些渺小的层次无法理解。人类曾经是对它有益的，所以它让他们帮助它梳理身体，清除垃圾。后来这些小人儿对它有害，所以它利用扭曲的环让他们无法继续生存下去，最后再利用陨石将扭曲恢复……

虽然是很没道理的设想，许安却有些心惊。

艾娃继续说着："太阳系基本正常了，不过太阳被外面厚重的粉尘挡隔，可利用能源减少，地球自转角度和倾角有问题，所以气温寒冷了不少。大气层变得稀薄，磁场问题也很多，月球和地球距离也不对，这些都会影响到地球，氧气含量之类也变低了不少，大多数生物无法生存……"

"修复它吧。"

艾娃露出疑惑的表情。

许安平静地说："我们修复它吧。地球。这不就是我们的使命吗？"

艾娃拥有无穷无尽的时间，理论上可以控制一切。

许安和她搭档，开始从零开始，从南极开始。

首先建造了众多机器人，都是很初级的工具型，不过用来搞基础建设已经足够。他们将机器人军团遍布五大洲，甚至海洋上，让它们收集城市遗址的相关物资和信息。

艾娃做不到。因为她的大脑本质上还是人类的，她是一个人类，拥有无穷的可能性，却并不能像机器一样不眠不休，同时运行巨量数据。

许安可以。

他控制机器人军团将地球的信息收集完毕后开始准备航空研究，他控制飞船去小行星带寻找和捕获合适的小行星，寻找合适的角度撞击地球，给地球带来更适宜生物生存的自转角度和速度。

制造基因生物，释放气体，气化水，重新填充大气层，派遣机器人飞船去不断清理吸附大气层中飘浮的粉尘，让更多的阳光能够直接作用在地面上。

地球上温度不够，他凿碎冰层，引发一些火山。把月球撞回原本的轨道，让潮汐力能够作用在海洋，避免再次冻结。

机器人通过筛选物种，大力培育对地球生物生态有利的植物，将它们种植在地面，消除大量天敌。

动物和植物已经在慢慢增多，填充起了这颗荒凉的星球，唯独人类没法速造。与其捏造一个似是而非的类物种，倒不如用受精卵，最后他们找到了基因库，建造了培育基地伊甸园，将人类圈养在里头，避免被外面的物种攻击。

不过未来会是什么样子，什么时候第一个人开始想要睁开眼，爬出墙去看世界，他们无从得知。

艾娃拥有无尽岁月，她能够等待，庇护。

"你死了大概我会自杀，一个人，太难过了。"

艾娃认真地说着。

"别担心，我会陪着你，直到他们走出来。"

许安笑笑，慢吞吞地说着，将他的草帽遮住那只玻璃眼球。

太阳很暖，鸟儿在叫，终于不再是寂静世界。

他翻出自己一直没有丢掉的笔记本电脑，摁下发亮的按键，打开文件。

《寻找白日梦》。

这部电影是一个序章，在它后面有那么多城市，谎言之城、AI之城、暗光之城、飞翔之城、黑白之城、机械之城、模拟之城、预言之城、云端之城……每一个都是一群人的共同过去。

走过一个又一个城市，他将最喜欢的主角名字借用，以他的视角不断讲述城市的别离，那些过去的、留下的、看不见的、再也回不来的。

他看不厌。

脑子里早就在倒计时，现在他哪怕说一句话都很困难。

冗余充塞了他的大脑，车子已经在开往地狱的路上。

人的一生到底能够做些什么呢？

爱一个人，修一条路，开车去远方，记录每一天，作一首歌，或者仅仅只是睁开眼。

时间很长，记忆很短。

许安只能够用剩余的时间一遍遍回溯着，他期待有一天有和自己一样的人走到自己的尸体前面，取下自己的玻璃眼睛说，我带走了。